# SOUFFLE
# LE VENT

## Du même auteur

*Le Masque de l'araignée*, Lattès, 1993.
*Et tombent les filles*, Lattès, 1995.
*Jack & Jill*, Lattès, 1997.
*La Diabolique*, Lattès, 1998.
*Au chat et à la souris*, Lattès, 1999.

James Patterson

# SOUFFLE LE VENT

*Traduit de l'américain
par Philippe Hupp*

Roman

**JC Lattès**

Collection « Suspense & Cie »
dirigée par Sibylle ZAVRIEW

Titre de l'édition originale
WHEN THE WIND BLOWS
publiée par Little, Brown & Company
© 1998 by James Patterson.
Tous droits réservés.
© 2000, éditions Jean-Claude Lattès pour la traduction française.

*Avertissement de l'auteur*

Lorsque j'ai commencé à écrire ce livre, j'étais loin d'imaginer à quel point ma fiction allait rejoindre la réalité. Plus d'une trentaine de médecins et de chercheurs m'ont aidé à en établir les bases, et renouvelé leur concours quand le manuscrit s'est trouvé presque achevé. Comme le déclarait l'un d'eux, professeur de médecine au National Institute of Health : « La science va faire dans les toutes prochaines années des progrès auxquels bien d'entre nous refuseront de croire. » Ces médecins et chercheurs ont effectué un travail des plus approfondis, mais je me garderai bien de vous en dire plus, de peur d'émousser l'intérêt du récit que vous vous apprêtez à lire.

Je voudrais aussi et surtout remercier Maxine Paetro, qui s'est associée à l'aventure dès les premiers jours ou presque, et m'a apporté une aide infiniment précieuse durant les phases de documentation, d'écriture et de mise en forme de cet ouvrage.

« Ce doit être exaltant vu du ciel. »
Leopold Bloom, in *Ulysse*

*Prologue*

*Premier vol*

# 1

— Au secours ! Aidez-moi ! Est-ce que quelqu'un m'entend ?

Les hurlements de Max déchirèrent l'air vierge de la montagne.

La gorge et les poumons en feu, la fillette de onze ans courait aussi vite qu'elle le pouvait pour fuir l'École et ses horreurs, et malgré sa force physique, elle commençait déjà à fatiguer. Sa longue chevelure d'or flottait comme un élégant foulard de soie. Même avec des cernes mauves sous les yeux, c'était une jolie gamine.

Elle entendait dans les bois les hommes lancés à sa poursuite, et elle savait qu'ils voulaient la tuer.

Elle tourna la tête à droite en grimaçant de douleur, lança un regard par-dessus son épaule, se représenta l'image de son petit frère, Matthew. Où était-il ? Ils avaient tous deux pris la fuite en hurlant et s'étaient séparés une fois à l'extérieur.

Matthew était peut-être déjà mort. Oncle Thomas l'avait sûrement eu. Il les avait trahis, et elle en était malade. Il fallait qu'elle pense à autre chose.

Des larmes glissèrent le long de ses joues. Les chasseurs se rapprochaient. Elle sentait le sol vibrer sous leurs pas lourds.

Telle une orange sanguine, un soleil palpitant sombrait derrière l'horizon. Bientôt, il ferait nuit noire et très froid dans les contreforts des Rocheuses. Max ne portait qu'un simple fourreau de coton blanc sans manches vaguement resserré au col et à la taille. Et elle n'avait, pour toutes chaussures, qu'une paire de ballerines aux semelles bien trop fines.

« Avance ! » intima-t-elle à son corps meurtri et épuisé. Elle savait qu'elle pouvait courir plus vite encore.

Le sentier sinueux rétrécit avant de se lover autour d'un gros épaulement rocheux vert de mousse. À grand-peine, luttant contre la végétation envahissante, la fillette tenta de poursuivre son chemin.

Soudain, elle s'arrêta. Impossible d'aller plus loin.

Au-dessus des taillis se dressait une imposante clôture haute d'au moins trois mètres et surmontée de plusieurs rouleaux de fil-accordéon tranchant comme le fil d'un rasoir.

Sur une pancarte métallique, on pouvait lire : DANGER DE MORT ! CLÔTURE ÉLECTRIQUE ! DANGER DE MORT !

Max se pencha en avant et prit appui sur ses genoux. À bout de souffle, la respiration sifflante, elle luttait contre les larmes.

Les chasseurs étaient sur le point de la rattraper. Elle entendait, flairait, sentait leur odieuse présence.

Alors, d'un geste soudain, elle libéra ses ailes. Des ailes blanches qui s'achevaient sur une pointe argentée et donnaient l'impression d'être curieusement déboîtées. Comme si elles possédaient une vie propre, elles se déployèrent au-dessus de sa tête, éclipsant presque le soleil. Leur envergure atteignait les trois mètres.

Max se mit à courir en battant furieusement des ailes. Ses petits pieds chaussés de ballerines décollèrent du sol caillouteux.

Tel un oiseau, elle prit son envol et franchit la haute clôture hérissée de barbelés.

## 2

Sans bruit, sans effort, cinq hommes armés couraient au milieu des rochers polis par les siècles et des grands pins d'Aspen et de Ponderosa. Ils savaient qu'ils n'allaient pas tarder à apercevoir la fillette.

Ils progressaient rapidement, et pourtant l'homme de tête accélérait régulièrement le pas. Ils étaient tous bons pisteurs, accoutumés à ce genre d'exercice, mais il les surpassait sur tous les plans. Plus concentré qu'eux, plus sûr de lui, il ne pouvait être que le meneur. Il n'y avait pas meilleur chasseur que lui dans l'équipe.

Les hommes affichaient un calme trompeur. L'instant était critique. Il fallait capturer cette fille et la ramener. Jamais elle n'aurait dû réussir à s'enfuir. Et surtout, plus que jamais, ils allaient devoir opérer avec la plus grande discrétion.

La fillette n'avait que onze ans, mais possédait des « dons », ce qui risquait de poser de formidables problèmes à l'extérieur. Ses sens étaient aiguisés à l'extrême. Elle avait une force incroyable pour quelqu'un de sa taille, de son âge et de son sexe. Et il n'était pas à exclure, bien sûr, qu'elle tente de s'envoler.

Soudain, ils l'aperçurent au loin. On la distinguait nettement sur le bleu immaculé du ciel.

— Clochette ! Nord-ouest, cinquante degrés ! annonça le leader.

On l'appelait Clochette, mais il savait qu'elle détestait ce nom. Elle ne répondait qu'à celui de Max, qui n'était pas le diminutif de Maxine ni de Maximilienne, mais de Maximum. Peut-être parce qu'elle donnait toujours tout ce qu'elle pouvait, qu'elle ne se ménageait jamais. Il suffisait de la voir en ce moment précis...

C'était bien elle, dans toute sa splendeur. Elle fonçait. Bientôt, elle atteindrait l'enceinte. Mais elle ne le savait pas. Jamais elle ne s'était aventurée aussi loin de chez elle.

Ils la suivirent des yeux, comme hypnotisés. Sa longue chevelure flottant dans le vent, elle donnait l'impression de glisser sur le sentier escarpé au milieu des rochers. Elle était en pleine forme et se déplaçait avec une agilité surprenante. Ici, au cœur de la nature, il aurait été dangereux de la sous-estimer.

Harding Thomas, l'homme de tête, s'arrêta brusquement et leva le bras pour faire cesser la marche. Les autres, persuadés que la fillette était à leur merci, ne comprirent pas tout de suite.

Et à cet instant, comme s'il avait deviné ce qu'elle allait faire, elle s'envola. Elle allait franchir la haute clôture barbelée.

Les hommes contemplèrent la scène, muets, stupéfaits, assourdis par le sang qui leur battait soudainement les tempes.

Ailes largement déployées, Clochette semblait voler sans effort, avec grâce et naturel. Le mouvement de ses appendices blancs, aux pointes argentées, était si régulier qu'on aurait pu croire que le vent l'emportait, telle une feuille.

Thomas se retourna vers les autres et cracha :

— Je savais bien qu'elle essaierait de passer. Dommage...

Il épaula son fusil. Quelques secondes encore, et la petite fille disparaîtrait derrière la paroi du canyon.

Il pressa la détente.

# 3

Kit Harrison avait pris un vol Boston-Denver. Grand et mince, les cheveux blond-roux, il était plutôt bel homme et ne passait pas totalement inaperçu. Diplômé en droit de l'université de New York, il avait cependant vraiment l'impression d'être un raté.

Coincé entre ses deux accoudoirs, dans la rangée centrale d'un 747 d'American Airlines, il se sentait prisonnier et transpirait à grosses gouttes. Il devait faire pitié à voir, car l'hôtesse, aussi sympathique qu'obligeante, s'arrêta pour lui demander si tout allait bien. Avait-on un petit malaise ?

Kit lui répondit qu'il n'y avait pas de problème. Monstrueux mensonge. Il souffrait de ce qu'on appelle un stress posttraumatique, parfois entrecoupé de violentes crises d'angoisse durant lesquelles il se voyait mourir sur-le-champ. Il vivait ainsi depuis près de quatre ans.

« Oui, mademoiselle l'hôtesse, un petit malaise. Un gros malaise, même. C'est que normalement, voyez-vous, je ne devrais pas aller dans le Colorado. J'étais censé passer des vacances à Nantucket, histoire de me mettre au vert, de me refaire une santé mentale et de m'habituer à l'idée que je vais peut-être perdre mon job après douze ans de bons et loyaux services. À l'idée de ne plus être agent du FBI, de ne plus vivre à cent à l'heure, de ne plus être grand-chose. »

Son billet était établi au nom de Kit Harrison, mais ce n'était pas son vrai nom. Il s'appelait en réalité Thomas Anthony Brennan. Agent Brennan, douze ans de boîte, ex-étoile montante du FBI. Il avait trente-huit ans et depuis peu, il commençait à sentir son âge.

L'heure était venue d'oublier son ancien nom. Et son ancien job.

« Je m'appelle Kit Harrison, je vais pêcher et chasser dans les Rocheuses. Voilà. Une histoire toute simple, et il faut que je m'y tienne. »

Kit, ou encore Tom, n'avait pas pris l'avion depuis près de quatre ans. Depuis le 9 août 1994, pour être plus précis, mais il préférait ne pas y penser maintenant.

Il feignait de dormir, mais la sueur perlait toujours sur son visage et son cou. La peur qui montait en lui avait largement dépassé la côte d'alerte. Il n'arrivait plus à déconnecter son cerveau, ne fût-ce que quelques minutes.

Ce voyage en avion était pourtant indispensable. Il *devait* se rendre dans le Colorado.

Tout cela était-il en rapport avec les événements du 9 août, date à laquelle sa vie avait basculé ? Oui, bien sûr. Ce qu'il allait faire, il allait le faire pour Kim, pour Tommy et pour Michael, Mike le petit dur.

Cela dit, tout le reste de la planète en profiterait également, et ce n'était pas peu dire. Difficile à croire, sans doute, et pourtant c'était la vérité, une vérité aussi énorme que terrifiante. Kit en avait la conviction : l'enjeu de l'enquête qui le conduisait aujourd'hui dans le Colorado était sans précédent.

À moins qu'il n'eût réellement perdu la tête.

Auquel cas le problème changeait radicalement de nature.

I

*Genèse* XIII, 7

# 1

Je suis vétérinaire et ma petite clinique se trouve à Bear Bluff, Colorado, à cinquante minutes de route de Boulder, juste sur la route des crêtes.

Un vent de folie commença à souffler sur mon « Zoopital », comme je l'appelle, quand Keith Duffy et sa gamine m'apportèrent une pauvre biche qu'ils avaient écrasée.

Sheryl Crow était en train de s'égosiller sur ma platine cassettes mais je mis fin à son calvaire dès que je vis Duffy entrer, les bras chargés de la malheureuse bête, et s'arrêter comme un idiot devant mon affiche préférée de Georgia O'Keefe, *Abstraction, White Rose II*.

Dès le premier coup d'œil, je me rendis compte que la biche, gravement blessée, était grosse. Lorsque Duffy la souleva pour la déposer sur la table, elle se débattit, le regard terrorisé. Ou plutôt, tenta de se débattre. Le 4 x 4 Chevrolet de Duffy avait dû lui briser l'épine dorsale.

La petite sanglotait et son père semblait si mal à l'aise que je crus qu'il allait lui aussi fondre en larmes.

— Peu importe ce que ça coûtera, balbutia-t-il.

Peu importait, effectivement, car je savais que la biche était perdue. Son petit, en revanche, avait peut-être une chance de s'en sortir. S'il n'était pas trop prématuré, si l'engin, qui pesait tout de même ses deux tonnes, ne l'avait pas réduit en purée, si... si...

— Je ne peux rien faire pour sauver la mère, répondis-je à Duffy. Désolée.

Il hocha simplement la tête. C'était un entrepreneur de

la région, et un chasseur. Un parfait abruti, à mon humble avis, qu'on pouvait au mieux qualifier d'irresponsable. Oui, voilà qui lui allait bien — irresponsable. J'essayais d'imaginer ce qui pouvait se passer en ce moment dans la tête de ce type qui se vantait si souvent de ses tableaux de chasse et dont la gamine pleurait pour qu'il sauve la vie d'une biche. Entre autres mauvaises habitudes, Duffy s'arrêtait de temps à autre à la clinique pour me draguer ouvertement. Et sur le pare-chocs arrière de son 4 x 4, il y avait un auto-collant : *Les chasseurs sont une espèce en voie de disparition. Protégeons-les.*

— Et pour le faon ? me demanda-t-il.

— Peut-être. Aide-moi à endormir la mère et on verra.

Je fis doucement glisser le masque sur le museau de la biche. Un coup de pédale, et l'halothane siffla dans le tuyau. Je lus dans les yeux noisette de la pauvre bête un mélange de terreur et d'infinie tristesse. Elle savait.

La fille passa ses bras autour du ventre de la biche et se mit à pleurer à chaudes larmes. Je l'aimais bien, cette petite. Dans son regard, on voyait qu'elle avait du cran, un vrai caractère. Son père avait fait quelque chose de bien au moins une fois dans sa vie.

— Putain... maugréa Duffy. Quand je l'ai vue, elle était déjà sur le capot. Fais de ton mieux, Frannie.

Je parvins à décoller gentiment la gamine de l'animal, je la pris par les épaules et la regardai en face.

— Comment tu t'appelles, ma puce ?

— Angie, sanglota-t-elle.

— Alors, écoute-moi, Angie. La biche, elle ne sent plus rien, maintenant. Elle n'a plus mal, je te le jure.

Angie plaqua son visage contre mon corps et m'étreignit avec toute sa force de petite fille. En lui frottant le dos, je lui dis que j'allais devoir euthanasier la biche, mais que si je parvenais à sauver le faon, il y aurait beaucoup de travail en perspective.

— S'il vous plaît, s'il vous plaît, m'implora-t-elle.

— Il va vous falloir une chèvre pour le lait, annonçai-je à Duffy. Peut-être même deux ou trois.

— Pas de problème.

Si je lui avais conseillé d'acheter des éléphants, il l'aurait fait. Il était prêt à tout pour que sa fille retrouve le sourire.

Ensuite, je leur demandai de quitter la salle d'examen pour me laisser travailler. L'opération s'annonçait délicate. Il y aurait beaucoup de sang, et ce ne serait pas beau à voir.

## 2

Un petit quart d'heure s'était déjà écoulé depuis que les Duffy avaient débarqué au Zoopital, vers sept heures du soir. La pauvre biche, dans le cirage, me faisait de la peine. Ma sœur Carole me surnomme « la nunuche ». David, mon mari, adorait lui aussi m'appeler comme ça.

Un peu moins d'un an et demi plus tôt, David avait été tué par balle sur le parking du personnel du centre hospitalier de Boulder. Je ne m'en étais toujours pas remise, je n'avais pas encore achevé mon deuil. L'assassin de David courait toujours, ce qui ne m'aidait guère.

Après avoir ouvert l'abdomen au scalpel, je sortis l'utérus et le déposai, intact, sur le ventre de la biche. Puis je fis une nouvelle incision, cette fois-ci dans la paroi utérine, et parvins à extraire le faon. Je priais pour ne pas avoir à le piquer, lui aussi.

Il devait être à quatre mois — presque à terme — et paraissait à première vue sain et sauf. Du bout des doigts, je lui dégageai gentiment les orifices respiratoires, puis je lui mis un petit masque sur le museau et ouvris l'oxygène. Un frisson secoua le poitrail de l'animal, qui commença à respirer.

Puis ce fut le premier cri. Ah, quel bruit magnifique ! Une nouvelle vie ! Rien qu'en y repensant, je sens mon cœur s'emballer. Ce n'est pas pour rien qu'on m'appelle Frannie la nunuche.

J'essuyai d'un revers de manche le sang qui m'avait éclaboussé le visage durant l'opération. Le petit orphelin s'époumonait toujours dans son masque à oxygène, mais j'avais décidé de le laisser se frotter un peu contre sa mère. On ne sait jamais, après tout, les cerfs ont peut-être une âme... Je ne pouvais pas refuser à une maman de dire adieu à son enfant.

Ensuite, je coupai le cordon, remplis une seringue et euthanasiai la biche. Ce fut très rapide. Elle ne se rendit pas compte de ce qui lui arrivait.

J'avais un bidon de lait de chèvre au frigo. Largement de quoi faire un biberon, que je fis réchauffer quelques secondes au micro-ondes.

J'enlevai le masque à oxygène et glissai la tétine dans la gueule du faon, qui se mit aussitôt à téter. Il était vraiment à croquer, avec ses petits yeux marron si doux ! Certains jours, je suis vraiment amoureuse de ce métier.

Je n'avais plus qu'à aller retrouver le père et sa fille dans la salle d'attente. Ils étaient là, pelotonnés l'un contre l'autre sur la banquette. Je tendis le faon à Angie.

— Félicitations. C'est une fille !

Il ne me resta plus qu'à les raccompagner tous les trois jusqu'au 4 x 4 dont l'avant avait subi de sérieux dommages. Je leur avais laissé le bidon de lait de chèvre et donné mon numéro de téléphone. Et tandis que je leur faisais des signes d'au revoir, je ne pus m'empêcher de songer à l'ironie de la situation : le faon allait rejoindre son nouveau foyer à bord du véhicule qui avait tué sa mère.

Puis je me pris à rêver d'un bon bain chaud, d'un verre de chardonnay bien frais, et éventuellement d'une pomme de terre au four nappée de cheddar du Wisconsin, bref tous les petits plaisirs qui rendent la vie supportable. Je dois dire que j'éprouvais un certain sentiment de fierté, ce qui ne m'était pas arrivé depuis fort longtemps. Depuis que la mort de David avait bouleversé ma vie...

Je m'apprêtais à rentrer quand je me rendis compte qu'il y avait une Jeep Cherokee noire garée devant la clinique.

La portière s'ouvrit. Le conducteur descendit lentement et sa silhouette se découpa, l'espace d'un instant, dans le faisceau des phares.

Grand et mince mais musclé, chevelure blonde abondamment fournie, l'homme balaya les lieux du regard : la grande terrasse couverte que j'avais festonnée de mangeoires pour les oiseaux-mouches et de manches à air faites de chaussettes coupées, mon fidèle VTT tout rouillé, les fleurs sauvages qui avaient tout envahi — lupins, marguerites.

La suite a un petit côté surréaliste. C'était la première fois que je voyais ce type et pourtant mon cerveau reptilien, cet organe infime et si primitif que toute logique lui échappe, se cala sur lui et ne le quitta plus. En le regardant, je ressentis soudain comme un pincement. L'avais-je déjà rencontré ? Et mon pauvre cœur quasiment inerte depuis deux ans toussota brusquement et se remit à battre plusieurs secondes durant. Je trouvais ça un peu énervant.

Selon toute vraisemblance, le mystérieux inconnu s'était perdu.

— C'est fermé, lui dis-je.

Il me dévisagea, sans daigner s'excuser de son intrusion, puis m'interpella :

— Docteur O'Neill ?

— Pourquoi, elle vous doit de l'argent ?

C'était une vieille réplique que j'avais entendue à la télé. J'avais besoin de me détendre après avoir piqué cette pauvre biche.

Il sourit, son regard s'illumina, et je me sentis comme happée par ses grands yeux bleu clair.

— Êtes-vous Frances O'Neill ?

— Ouais, mais je préfère qu'on m'appelle Frannie.

Malgré son air impassible, je devinais chez lui une certaine chaleur. Son regard pénétrant me clouait sur place. Il avait le nez fin, le menton volontaire, bref, des traits flatteurs qui lui donnaient un côté Tom Cruise, avec un soupçon d'Harrison Ford, enfin quelque chose dans le genre. Ou peut-être était-ce le halo des phares...

Quand il enleva son chapeau mou, je vis briller son épaisse chevelure blond-roux. Il se planta devant moi, me dominant de son bon mètre quatre-vingt-dix, tel un mannequin sorti tout droit des pages d'un catalogue L.L. Bean ou Eddie Bauer, mais toujours avec cet air infiniment sérieux.

— Je viens de la part de Hollander & Cowell.

— Vous êtes agent immobilier ? fis-je, sur la défensive.

— Je vous dérange, peut-être ? Si c'est le cas, veuillez m'excuser.

Au moins, il était poli.

— Qu'est-ce qui vous fait penser une chose pareille ? lui lançai-je en pensant à mon jean dégoulinant de sang et à mon sweat qui ressemblait à une toile de Jackson Pollock.

Il me détailla de la tête aux pieds et lâcha :

— Le gars que vous avez amoché doit être dans un sacré état. À moins que je ne vous aie surprise en pleine séance d'envoûtement ?

— Il y en a qui appellent ça la médecine vétérinaire. Alors, qu'est-ce qui vous amène ? Pourquoi Hollander & Cowell vous envoient-ils chez moi à une heure pareille ?

Du pouce, il indiqua la direction du centre-ville, où est située l'agence.

— Je suis votre nouveau locataire. J'ai signé le bail cet après-midi. Ils m'ont dit que vous aviez tout laissé entre leurs mains compétentes.

— C'est une blague. Vous avez loué mon cabanon ?

J'avais presque oublié que j'avais mis en location l'ancien relais de chasse où nous nous étions installés, à cinq cents mètres de la clinique, au milieu des bois. Après la mort de David, j'avais préféré dormir sur place, dans une petite pièce. À cette époque, beaucoup de choses avaient changé, et pas en bien.

— Alors, puis-je voir la maison ? me demanda le top model.

— Il vous suffit de suivre le petit chemin derrière la clinique. Il y en a pour quatre ou cinq minutes, mais vous verrez, c'est agréable. La porte n'est pas fermée.

— Je n'ai pas droit à une visite guidée ?
— J'aimerais beaucoup, mais je dois encore égorger quelques poulets et jeter deux ou trois sorts avant d'aller me coucher. Je vais vous donner une lampe de poche...
— J'en ai une dans la voiture.

Du pas de la porte, je le regardai regagner sa Jeep. J'aimais bien sa démarche, assurée mais pas arrogante.

— Hé, lui criai-je, c'est quoi, votre nom ?

Il se retourna, eut comme une hésitation.

— Kit, finit-il par répondre. Je m'appelle Kit Harrison.

# 3

Jamais je n'oublierai ce qui se passa ensuite. Ce fut un véritable choc, comme un coup de massue.

Kit Harrison se pencha à l'intérieur de la Jeep et, comble de l'horreur, décrocha d'un râtelier inox une carabine de chasse. L'enfoiré...

Je n'en croyais pas mes yeux. Je sentis mon estomac se nouer.

Moi qui suis d'ordinaire si discrète, je me mis à hurler :

— Hé, attendez ! Hé, vous, arrêtez-vous là !

Il se retourna, l'air toujours aussi serein.

— Comment ?

Cherchait-il la confrontation ?

— Écoutez-moi. (La grosse contre-porte grillagée claqua derrière moi. Je franchis à grands pas décidés les quelques mètres de gravier qui me séparaient de la voiture. Pas question d'admettre chez moi quelqu'un qui se baladait avec une arme de chasse.) J'ai changé d'avis. Ça ne va pas aller. Vous ne pouvez pas rester ici. Pas de chasseurs chez moi, quelles que soient les circonstances !

Il me tourna le dos, referma d'un coup sec la boîte à gants, la verrouilla, comme si ce que je lui disais ne lui faisait ni chaud ni froid, puis, sans même me regarder, déclara :

— Désolé, mais il y a un contrat.

— Je ne veux plus entendre parler de ce bail ! Vous avez entendu ce que je vous ai dit ?

— Ça ne change rien. Ce qui est signé est signé.

Il pêcha une lampe-torche dans le vide-poches de la portière, attrapa de la même main un gros sac de voyage bordeaux, et de l'autre saisit son horrible fusil. Au bord de l'apoplexie, je bafouillai : « Non, attendez, dites », mais il m'ignorait royalement.

Il referma la portière du pied, alluma sa lampe et, comme si de rien n'était, suivit le petit chemin. Il ne fallut pas plus de quelques secondes à la forêt pour engloutir le faisceau de la torche et l'écho de ses pas.

Le sang me battait les tempes et j'avais l'impression que mon crâne était sur le point d'exploser.

Dire qu'un connard de chasseur allait habiter chez moi...

## *4*

La nuit était presque tombée et les chasseurs n'avaient toujours pas trouvé le corps de la fillette. Transis de froid, tenaillés par la faim, ils commençaient à s'énerver. Et la peur les gagnait. En cas d'échec, la sanction serait lourde.

Ils devaient absolument retrouver cette fille.
Ainsi que le garçon, Matthew.

Les cinq hommes passèrent au peigne fin le secteur boisé où la gamine avait dû tomber. Elle était forcément là, quelque part ! Leur mission était claire : localiser le spécimen nommé Clochette et le détruire s'il était toujours en vie malgré sa chute et la balle qui l'avait touché.

« Piquer Clochette », songea Harding Thomas. Un euphémisme auquel il avait souvent recours dans les moments délicats. Piquer quelqu'un comme on piquait un animal. Il n'était pas question de mort ni de meurtre, mais de sommeil. Un infini et profond sommeil.

Pas de corps écrasé au sol, pas de silhouette suspendue dans la haute ramure d'un pin. Et pourtant, il était persuadé de l'avoir vue tomber à cet endroit précis...

Ils ne pouvaient pas la laisser là. Des randonneurs ou des campeurs risquaient de découvrir son cadavre. Et là, c'était le cataclysme assuré.

— Clochette, tu m'entends ? Es-tu blessée, ma chérie ? On veut juste te ramener à la maison.

Un appel que Thomas lança d'une voix aussi rassurante que possible. Ce n'était pas trop difficile. Il avait toujours éprouvé une réelle affection pour Max et pour Matthew.

Il avait toujours appelé Max par son nom de code, *Clochette*. Celui du petit Matthew était *Peter Pan*. Quant à lui, il répondait au surnom d'*oncle Tommy*.

— Clochette, où es-tu ? Viens, montre-toi, ma chérie, on ne te fera pas de mal. Je ne t'en veux même pas. C'est ton oncle Tommy qui te parle. Tu peux me faire confiance, au moins à moi. Tu m'entends ? Allez, sois gentille, je suis sûr que tu es là. Fais confiance à oncle Thomas. C'est le seul qui puisse t'aider...

## 5

Elle était en vie. Incroyable !

Mais Max était blessée. On lui avait tiré dessus. Sa blessure ne devait cependant pas être trop grave, car elle était restée consciente et ne semblait pas avoir perdu trop de sang.

Il y avait des heures qu'elle était accrochée au sommet de cet arbre, dissimulée par d'épaisses branches. Ou du moins l'espérait-elle. Ne pas bouger, ne pas faire de bruit, rester invisible.

Max frissonnait. Tout était en train de basculer.

Elle aurait tant voulu que Matthew se trouve à son côté. Ils se seraient mutuellement encouragés, réconfortés, auraient échangé des conseils. Comme ils avaient l'habitude de le faire. À l'École, ils étaient inséparables. Mme Beattie, la seule qui avait été vraiment gentille avec eux, les appelait « les siamois » ou « les jumeaux Bobsey ». Mais quand Mme Beattie était morte, les choses s'étaient gâtées. Et voilà où ils en étaient aujourd'hui...

La forêt grouillait de monde. C'étaient des gens méchants, les pires qu'on puisse imaginer. Ils étaient au moins six ou sept. Des chasseurs, ou plutôt des tueurs. Ils les cherchaient partout, elle et Matthew. Ils avaient des fusils et des lampes-torches.

Oncle Thomas faisait partie de la bande, et c'était le pire de tous. Il leur avait fait croire qu'il était leur ami, mais c'était lui qui endormait les gens. Oncle Thomas, prof, chercheur, et aujourd'hui tueur.

« On ne te fera pas de mal, ma chérie », articula-t-elle à mi-voix en singeant ses manières d'hypocrite.

Le seul truc bien, c'était qu'elle n'avait pas besoin de les voir grâce à une ouïe incroyablement fine qui lui permettait de dissocier les sons au millième de seconde près. C'était l'un de ses dons les plus cool. Elle entendait au loin le bourdonnement ténu des moustiques et les trilles agressives d'un roitelet. Elle captait le bruissement des feuilles de tremble à plus de cinq cents mètres. Matthew se trouvait-il dans les parages, l'oreille dressée, comme elle ?

— Clochette, tu nous entends ?

Ça, pour les entendre, elle les entendait, ces tordus lancés à sa poursuite. Elle les avait détectés depuis bien longtemps. Le moindre de leurs pas, de leurs toussotements et reniflements, de leurs souffles lourds, rien ne lui échappait.

— Y aurait fallu prendre des chiens.

Elle reconnut la voix d'un des gardiens de l'École, un type particulièrement dur.

— Tu parles ! ricana un autre. C'est qu'une gosse, l'autre aussi. Si on n'est pas fichus d'attraper deux mômes, autant laisser tomber tout de suite.

Des chiens ! Max réprima un cri. Les chiens, eux, pouvaient la pister. Pour ça, ils étaient bien plus forts que les hommes. Eux aussi, ils avaient des pouvoirs spéciaux. L'homme appartenait à la plus faible des espèces. Ce qui expliquait peut-être qu'il était parfois capable d'aller bien plus loin que les animaux dans la sauvagerie.

Une nouvelle fois, le vent se leva, avec des hurlements de loup. Un vent mauvais qui lui rappela que le froid, dans cette région, pouvait se révéler redoutable. Elle s'accrocha à l'arbre de toutes ses forces, tendant l'oreille.

Lorsque enfin les chasseurs se furent éloignés, lentement, essayant de surmonter la douleur, elle se laissa glisser le long du sapin.

Prudemment, elle s'enfonça dans les bois, puis, très vite, se mit à courir. Il fallait qu'elle se mette à l'abri. Il fallait qu'elle retrouve Matthew avant qu'il ne soit trop tard.

# 6

Mike, son gamin de trois ans, avait pris l'habitude de dire qu'il avait « superpeur du noir ».

Kit adorait cette expression. Chaque fois qu'il l'entendait, il éclatait de rire et serrait Mike le petit dur contre lui. C'était si bon de prendre ce petit bout de chou dans ses bras, comme ça. Chaque fois qu'il y repensait, il en était malade. Il avait l'impression de n'être plus qu'un individu littéralement vidé, une vulgaire dépouille.

Ce qui ne l'empêchait pas d'être actuellement en proie à une certaine fébrilité. L'enquête qu'il menait promettait d'être l'affaire de sa vie, et il opérait de manière officieuse. On lui avait retiré le dossier, et il se demandait même si on ne l'avait pas gelé.

Alors oui, il avait « superpeur ».

Une fois dans le chalet, il se débarrassa de son équipement de randonnée en faisant en sorte que tout ait l'air disposé aussi naturellement que possible. Il n'était pas impossible, en effet, que quelqu'un l'observe ou fouille sa chambre. Frannie O'Neill, par exemple...

C'était un modeste cabanon, décoré sobrement, mais avec beaucoup de chaleur. On s'y sentait chez soi. Une procession de lanternes de zinc étamé ornait la cheminée en granit de provenance locale, et une épaisse peau de mouton recouvrait le lit.

Il abaissa les stores, se déshabilla en quelques secondes, éteignit la lumière et se coucha. Il glissa la carabine sous le lit. Elle faisait partie de sa panoplie de chasseur, mais pouvait se révéler précieuse en cas de problème. Deux précautions valaient mieux qu'une.

« Je suis censé être en vacances à Nantucket pour décompresser et me vider la tête. C'est peut-être ce que j'aurais dû faire mais évidemment, je n'ai pas tenu compte des consignes. C'est la deuxième fois que je déconne dans cette histoire. La première, c'était le 9 août 1994. »

Il ferma les yeux, mais ne s'endormit pas. Il attendait.

Son entretien privé avec le directeur adjoint du FBI lui revint à l'esprit. Un rendez-vous qu'il avait sollicité sans passer par la voie hiérarchique.

Il en revit les grands moments comme si la scène s'était passée la veille.

À en juger par son air, le directeur adjoint ne comprenait pas qu'un simple agent de terrain puisse se permettre de déranger un responsable de son rang, dont le temps était si précieux.

— Je vais parler et vous allez m'écouter, agent Brennan.

— Dans ce cas, cet entretien devient sans objet.

— Je pense que justement, vous n'avez pas saisi l'objet de cet entretien.

— Non, monsieur. Apparemment, non.

— Compte tenu du drame personnel que vous avez vécu, nous essayons de vous ménager, mais vous ne nous facilitez pas la tâche. C'est le moins qu'on puisse dire. Alors écoutez-moi, et écoutez-moi bien : à compter d'aujourd'hui, vous laissez tomber votre chasse aux sorcières. Vous oubliez l'affaire des disparitions de médecins, ou nous nous séparons de vous. Est-ce bien compris ?

Voilà, en substance, ce qu'on lui avait dit. Il avait parfaitement saisi le message.

Et aujourd'hui, il était dans le Colorado. Manifestement, il avait franchi le pas. Il avait sacrifié sa carrière, et ce en toute connaissance de cause.

Bref, il était fichu.

# 7

Ce soir-là, à onze heures moins le quart, il rejeta le couvre-lit en peau de mouton et se leva.

Il s'habilla sans allumer la lumière. T-shirt, pantalon de survêtement, casquette, le tout en noir, juste assez pour couvrir sa carcasse de quatre-vingt-dix kilos. Et des baskets hautes, des Converse, marque à laquelle il était resté fidèle depuis l'âge de dix ans, à l'époque où il faisait les quatre cents coups dans les quartiers sud de Boston.

C'était une nuit de pleine lune. De gauche à droite, nez à la fenêtre, il scruta les immenses conifères et répéta le geste pour s'assurer que personne ne le guettait.

Il ouvrit la porte du cabanon et se glissa dans la nuit. L'air vif le fit frissonner. Il se faisait l'impression de jouer le personnage de Fox Mulder, dans *X-Files*. Et il fallait bien reconnaître que Mulder était sérieusement atteint...

Kit Harrison suivit le petit sentier serpentant jusqu'à la clinique. Il savait que Frances O'Neill y disposait d'une chambre où elle s'était installée depuis la mort de son mari, David. Il connaissait également l'histoire du Dr David Mekin et en savait d'ailleurs plus sur lui que sa propre femme. Après s'être spécialisé en embryologie au Massachusetts Institute of Technology dans les années 80, Mekin avait travaillé à San Francisco. Kit possédait douze pleines pages de notes sur lui.

De Frannie, il connaissait deux ou trois choses. Il avait fait quelques recherches. Diplômée de l'école vétérinaire de la faculté de médecine de Fort Collins, Colorado, elle avait suivi les cours du centre national de biologie des animaux sauvages. L'établissement jouissait d'une grande réputation, notamment en matière de chirurgie. Frannie avait fondé une antenne de « soutien psychologique aux personnes ayant perdu un animal familier ». Les activités florissantes de la clinique lui avaient permis d'assurer à son couple de confortables revenus mais depuis la mort de son mari, elle se désintéressait manifestement de ses affaires.

Kit mit à peine trois minutes pour rejoindre le « Zoopital », comme elle le surnommait. Les choses sérieuses allaient commencer.

Le porche était bien éclairé. Un halo de lumière jaune tremblotait derrière une fenêtre. Un peu plus loin, trônant sur le rebord d'une autre fenêtre, moustaches parfaitement immobiles, un chat de l'île de Man épiait l'intrus d'un œil circonspect.

Il s'arrêta pour reprendre son souffle —à moins que ce ne fût pour calmer les palpitations de son cœur— et regarda autour de lui. Il était bien seul.

Il fallait qu'il fouille la clinique, mais ce serait vraisemblablement pour un autre soir. Il se glissa derrière deux grands sapins, à quelques mètres à peine de l'une des fenêtres éclairées.

Et soudain, il fit un bond en arrière.

Elle lui avait fichu une peur bleue !

Frannie O'Neill se trouvait juste derrière la fenêtre, nimbée d'une douce lumière, nue comme au jour de sa naissance. Il avala une goulée d'air frais. S'il s'était attendu à cela !

Heureusement, occupée à sécher sa longue chevelure châtaine à l'aide d'une épaisse serviette blanche, elle ne l'avait pas vu. Ses cheveux était très beaux. Comme tout le reste, d'ailleurs.

Cette femme était bien plus séduisante qu'elle ne voulait le laisser paraître. Ses grands yeux pétillaient de vie. Svelte, prenant manifestement soin de son corps, elle avait une superbe carnation. Trente-trois ans, selon les notes que Kit avait prises. Son mari, le Dr David Mekin, en avait trente-huit lorsqu'on l'avait assassiné.

Kit rebroussa chemin. Impossible de fouiller la maison si O'Neill était encore debout, et il ne tenait pas à l'épier dans sa chambre comme un pitoyable voyeur. On pouvait lui reprocher beaucoup de choses, mais certainement pas ce genre de turpitudes.

Il regagna donc son chalet, l'image de Frannie O'Neill toujours en tête, comme gravée au fer rouge. Dans son regard, il avait décelé une lueur particulière, évoquant un sens de l'humour qu'il n'avait pas soupçonné lors de leur première rencontre. Cette femme était indéniablement plus séduisante qu'il ne se l'était imaginé.

Mais peut-être avait-elle du sang sur les mains.

# 8

Mardi matin, enfin...

Après des jours d'attente fébrile, Annie Hutton se sentait à présent parfaitement bien. Prête, étonnamment détendue.

À dire vrai, ses précédentes visites au service in vitro du centre hospitalier de Boulder s'étaient toujours déroulées dans les meilleures conditions. On semblait avoir pensé à tout, ne négligeant aucun détail susceptible de rassurer les futures mamans, et Annie était heureuse de se savoir confiée aux mains d'un personnel aussi dévoué et compétent.

La salle d'attente était décorée avec goût. Murs d'un beau jaune d'or avec des frises blanches, bouquets de fleurs, sans oublier les derniers numéros des revues les plus appropriées, comme *Mirabella*, *AD*, *Town & Country*, *Parents* ou *Child*.

Mais ce qu'Annie appréciait par-dessus tout, c'était l'optimisme et le sérieux de l'équipe, et notamment son médecin, le Dr John Brownhill. Il était en train de lui poser les questions requises pour l'examen des huit mois, et son état semblait l'intéresser au plus haut point. Ressentait-elle des contractions de Braxton-Hicks, ou quoi que ce soit d'inhabituel ?

— Non, tout va bien, lui répondit-elle. Je touche du bois.

Elle afficha un grand sourire reflétant toute la confiance qu'elle lisait dans le regard du personnel hospitalier.

Le Dr Brownhill lui sourit à son tour, sans trop en faire, sans la moindre condescendance, juste ce qu'il fallait.

— Parfait. Maintenant, quelques petits examens et vous serez à l'heure pour le grand numéro.

Annie avait la pêche, mais savait qu'elle n'en demeurait pas moins une patiente à haut risque. Le médecin l'avait informée qu'elle manquait de placenta. Aujourd'hui, le Dr Brownhill et son assistante, Jilly, allaient lui faire un monitoring fœtal pour contrôler le stress de l'embryon pendant les contractions. Cette perspective ne l'enthousiasmait guère, mais il fallait qu'elle se montre aussi positive que le personnel.

Jilly lui tartina le ventre d'un gel électroconducteur qui, manifestement, avait été préchauffé. Décidément, dans cette clinique, on pensait à tout ! Puis, avec la plus grande délicatesse, elle lui entoura l'abdomen de deux grandes bandes de plastique.

— Vous êtes à l'aise ? s'enquit le Dr Brownhill. S'il y a quoi que ce soit, vous nous le dites.

— Non, tout va bien. Le gel est juste à la bonne température.

Cela arriva si brutalement qu'elle eut l'impression de faire un mauvais rêve.

— Le cœur du bébé est en train de faiblir, lâcha le Dr Brownhill. 100, 97, 95. (Il se tourna vers Jilly.) Il faut qu'on l'endorme. Accrochez-vous, Annie. On s'occupe de tout.

Tout alla très vite. Gestes efficaces, traits tendus. Annie ne vit pas grand-chose. Elle sombra dans la nuit.

Moins de quarante minutes plus tard, soit bien plus tôt que prévu, le Dr John Brownhill apporta personnellement le nouveau-né au service des prématurés. Selon les données enregistrées en salle d'accouchement, l'enfant — un garçon — était en parfaite santé, mais on allait néanmoins prendre toutes les précautions.

On lui intuba la trachée et sa petite tête fut enveloppée d'un capuchon pressurisé. Ses poumons, encore insuffisamment développés, seraient ainsi assurés de recevoir un apport régulier d'oxygène à basse pression.

Un tube de plastique inséré dans le nombril permit de procéder à une analyse sanguine.

On posa à même la peau du nourrisson un thermomètre électronique adhésif.

Puis on lui glissa une sonde dans le nez afin de l'alimenter en lait maternel au cas où il aurait éprouvé des difficultés à téter.

Un spécialiste des soins intensifs en médecine néonatale se penchait continuellement sur le précieux bébé d'Annie Hutton, veillant à ce que tout se passe normalement.

L'un des médecins présents déclara au Dr Brownhill :

— C'est tout bon. Ce petit garçon me semble en pleine forme, John. Au fait, on lui a mesuré le pourtour du crâne. Quarante et un centimètres. Ce sera une grosse tête.

— J'aimerais autant.

Puis John Brownhill quitta la salle des prématurés pour rejoindre, deux étages plus haut, la chambre dans laquelle Annie Hutton se remettait de sa césarienne.

La jeune maman de vingt-quatre ans paraissait bien moins en forme que son nouveau-né. Les cheveux collés par la transpiration, les yeux dans le vague, elle avait tout à fait l'air d'une patiente sortant d'une césarienne improvisée.

Le Dr Brownhill se dirigea vers son lit, se pencha au-dessus d'elle, lui prit la main et, de sa voix toujours aussi douce et rassurante, lui annonça dans un murmure :

— Annie, je suis vraiment désolé. Nous n'avons pas réussi à sauver votre bébé.

# 9

Quelques heures à peine après avoir vu le jour à la clinique de Boulder, le petit Hutton arrivait à l'École. Des hommes vêtus de combinaisons étanches se précipitèrent vers l'ambulance pour réceptionner le nouveau-né, dans une ambiance électrique, presque euphorique.

Le médecin chef de l'École, qui avait tenu à assister personnellement aux premiers examens, prit plusieurs fois les rênes en détaillant ses gestes à l'intention de ses confrères.

Rythmes cardiaque et respiratoire, coloration de la peau, tonus musculaire, réflexes, tout était parfait.

On mesura ensuite la taille et le poids de l'enfant. Puis on le soumit à toute une série de tests.

Il avait un nævus, une minuscule tache de naissance, sur la hanche droite. On la consigna dans la colonne « imperfections ».

La plupart des tests visaient à évaluer la coordination motrice de l'enfant ainsi que ses aptitudes à manipuler son environnement. Le médecin chef les suivit de bout en bout, ponctuant chaque séance d'un commentaire.

— Quarante et un centimètres de circonférence. Autrement dit, le crâne d'un enfant de quatre mois. D'où la césarienne. Le cœur est lui aussi plus volumineux, et plus performant. Moins de cent pulsations à la minute. Superbe ! Nous avons là un vrai champion.

« Mais observez bien notre petit Hutton, et vous comprendrez que c'est là que tout se joue. Il nous écoute, il nous scrute. Regardez ses yeux. Vous voyez ? Ils vont d'un visage à l'autre. Comprenez-vous ce que cela signifie ?

« Les enfants en bas âge oublient l'objet dès qu'il a disparu. Lui, non. Il nous observe littéralement. Regardez-moi ces petits yeux. Il a déjà de la mémoire. Ce petit bonhomme est un phénomène !

## 10

Un matin comme les autres. Je m'étais réveillée en larmes, le souffle court, après avoir rêvé de David. Un rêve atroce, comme d'habitude.

Il y avait un gouffre dans ma vie depuis un an et demi, depuis le soir où un taré l'avait abattu d'une balle dans la tête sur un parking désert de Boulder.

Nous étions inséparables. Nous allions skier dans toutes les stations du Colorado et des autres États de l'Ouest. Le dimanche, nous nous mettions au service d'un dispensaire de Pueblo où affluaient les sans-papiers. Nous lisions tellement que nos deux petites maisons auraient pu servir de bibliothèques de prêt. Nous avions beaucoup d'amis — trop, même, pour pouvoir les voir autant que nous l'aurions souhaité. C'était une vie bien remplie, et nous l'adorions.

Ma clientèle ne cessait de grossir. Tous les matins, je me levais de bonne heure pour aller soigner des chevaux ou d'autres grands animaux. Au Zoopital, je prenais en charge les petites bêtes qu'on m'apportait de tous les coins du comté. Le *Denver Post* m'avait même décerné le titre improbable de « vétérinaire de la décennie ». Ça ne veut pas dire grand-chose, mais ça fait toujours plaisir...

Puis, du jour au lendemain, tout bascula. Le cours de ma vie s'inversa — irrémédiablement, semblait-il. Obsédée par le meurtre de David, j'en étais venue à harceler la police de Boulder et on avait fini par me demander, gentiment mais fermement, de rester en dehors de l'affaire. Malgré les demandes, je refusais désormais la plupart des interventions à l'extérieur.

Prenant mon courage à deux mains, je réussis à m'extraire du lit, passai ma bonne vieille robe de chambre bleu ciel et enfilai les pantoufles que m'avaient offertes deux braves gosses venus faire recoudre leur chiot mordu par un coyote.

Des chaussons en forme de têtes d'épagneul. Des yeux misérables, une grande langue rose, des oreilles tombantes, la totale.

Je commençai par me passer une cassette de Fiona Apple. J'aimais bien cette petite diva de dix-huit ans à la voix rauque, acide et bien déjantée.

Puis j'ouvris la porte de ma « suite » et pénétrai dans le labo. Mon regard tomba sur l'affiche que je préférais ce mois-ci. On pouvait y lire un mot d'Oscar Wilde : *La chasse au renard, c'est l'indicible à la poursuite de l'immangeable.*

Pour commencer, je chargeai la cafetière. Et dès que l'eau se mit à chuchoter, j'allai rendre visite à mes patients.

« Eh oui, Frannie O'Neill, c'est la vie que tu as choisie. »

La salle un était une pièce de quatre mètres sur quatre avec un évier, une seule fenêtre et deux rangées de cages toutes propres. La rangée du bas abritait trois pensionnaires : deux chiens et leur copine, une poule Leghorn.

L'un des chiens, un caniche modèle standard, avait de nouveau trouvé le moyen d'arracher sa sonde malgré la collerette. Je lui balançai les seize mots que je connais en français pour bien me faire comprendre, puis je remis le tuyau en place et lui ébouriffai le haut du crâne en lui chuchotant : « Je t'aime. » Il était pardonné.

Quoique sensiblement plus exiguë et sans fenêtre, la salle deux ressemblait à la première. C'était là que se trouvaient actuellement mes hôtes les plus insolites. Un lapinou atteint de pneumonie et vraisemblablement condamné, un hamster expédié par un anonyme via UPS.

Et un cygne du nom de Frank que ma sœur Carole avait recueilli près d'un plan d'eau, à côté de l'hippodrome. Elle se prend pour la mère Teresa des bois. Elle était partie camper dans un parc national avec ses gamines. J'avais failli l'accompagner.

Le café prêt, je me servis un grand gobelet bien fumant, ajoutai un peu de lait entier et du sucre. « Mmm, ça fait du bien. »

Pip ne me lâchait pas d'une semelle. C'était un Jack Russell terrier, un sacré petit numéro. La fourrière l'avait inscrit comme chien errant, mais on l'avait sans doute abandonné. Il se mit à danser sur les pattes arrière, sachant très bien que j'aimais ça. Je lui fis un petit bisou sur la truffe et lui servis un bol de bouillie agrémenté d'un fond de boîte de céréales.

— Ça te plaît ?
— Ouarf.
— Alors, tant mieux.

Et c'est en revenant que j'aperçus la Jeep noire étincelante et le type avec sa panoplie L.L. Bean. Kit Machintruc. Le chasseur s'était repointé. Il était planté, à côté de son 4 x 4, le fusil posé sur l'épaule.

Puis j'entrevis une forme allongée sur le capot.

« Oh, non, je rêve ! Il a déjà tiré quelque chose ! Ce connard a tué une bête sur mes terres ! »

J'avais souvent vu des dépouilles et des carcasses d'animaux dans le coin, mais j'étais ici chez moi et j'avais toujours considéré ma propriété comme un refuge préservé de la folie des hommes.

— Hé, vous ! hurlai-je. Hé, vous, là !

Au moment où je sortais de la maison à grands pas, en écumant de rage, il s'écarta et ouvrit la portière de la Jeep. Je compris alors que ce que j'avais pris pour un animal n'avait pas la bonne couleur.

C'était marron et cela ressemblait plutôt à un sac de toile.

À mes cris, le type se retourna et m'adressa un petit signe en souriant. Toujours ce sourire si craquant auquel je répondis par un regard furieux qui aurait dû le calciner sur place.

— Bonjour, me lança-t-il. Ah, ce coin est vraiment magnifique. Un vrai paradis, vous ne trouvez pas ?

Serrant les pans de ma robe de chambre, je me baissai pour ramasser mon journal et fis aussitôt demi-tour avec ma paire d'épagneuls pour disparaître à la vue de cette ordure.

## *11*

La discrétion jouait un rôle essentiel.

En cet après-midi, une chaleur moite régnait sur la région de Boulder. Mais sous les hauts et nobles sapins qui bordaient sa vaste propriété, le Dr Francis McDonough n'en souffrait guère. Surtout dans l'eau bleutée et lumineuse — à vingt-trois degrés, comme d'habitude — d'une piscine de vingt-cinq mètres.

Tout autour, du mobilier de jardin blanc en fer forgé, motif feuilles, de longues et confortables ottomanes, une grande banquette, des vasques ornées de fleurs de saison et d'immenses parasols en toile écrue.

Frank McDonough faisait des longueurs chronométrées, exercice qu'il affectionnait encore vingt ans après avoir figuré parmi les dix meilleurs nageurs de California-Berkeley, ce qui ne manquait pas de le surprendre.

Le Dr McDonough appréciait immensément sa vie à Boulder. Sa gigantesque propriété offrait une vue superbe sur la ville et la plaine, à l'est. Il adorait cet air vif et mordant, ce ciel d'azur. Un jour, il était même allé jusqu'au Centre national de recherche atmosphérique pour tenter d'éclaircir le mystère : pourquoi le ciel était-il, ici, aussi bleu ? Cela faisait maintenant six ans qu'il avait quitté San Francisco et depuis, jamais l'idée d'y retourner ne l'avait effleuré.

Encore moins un jour pareil... Les monts Flatiron semblaient si proches qu'on avait l'impression de pouvoir les toucher en se levant, et dans moins d'une heure, sa femme Barbara rentrerait de son travail.

Ils dîneraient sans doute dans le patio. Quelques belles perches au grill, accompagnées d'une bouteille de Zinfandel. Peut-être même qu'ils inviteraient les Solie, ou bien appelleraient Frannie O'Neill, à Bear Bluff, pour voir si on pouvait l'arracher à sa ménagerie. Frannie avait elle aussi beaucoup pratiqué la natation en fac, et Frank McDonough appréciait toujours sa compagnie. Depuis la mort tragique de David, il se faisait du souci pour elle.

Au moment où il allait toucher le bord sud de la piscine et attaquer sa quatre-vingt-onzième longueur, Frank s'arrêta en plein mouvement. Il venait de voir des silhouettes courir dans le patio, juste à côté du barbecue.

Il y avait quelqu'un.

Plusieurs personnes, en fait. Son estomac se noua. Que se passait-il ?

Frank sortit la tête de l'eau et se débarrassa de ses lunettes Speedo dégoulinantes. Quatre hommes en tenue de week-end — jeans, treillis, polos — avançaient à grands pas dans sa direction.

— Je peux vous aider ? leur lança-t-il.

C'était lui tout craché. Courtoisie, politesse et préjugés favorables.

Les inconnus ne répondirent pas. Bizarre, pour ne pas dire énervant. Au lieu de s'arrêter, ils traversèrent la terrasse. Puis se mirent à courir !

Au passage, ils renversèrent une table. Les bougies éclatèrent, journaux et magazines s'éparpillèrent aux alentours. Frank McDonough n'en croyait pas ses yeux.

— Hé, là ! Hé !

Ils venaient de sauter tous les quatre dans le petit bassin.

— C'est quoi, ce bordel ?

Frank s'était décidé à crier. Il ne comprenait pas ce qui se passait et commençait à avoir peur.

Ils se jetèrent sur lui comme une meute de chiens, l'attrapèrent par les bras et les jambes, l'immobilisèrent, lui tordirent les mains. Il entendit un horrible craquement et comprit qu'on venait sans doute de lui briser le poignet gauche. La douleur lui irradia le bras. Ses agresseurs étaient d'une force impressionnante. Malgré son physique sportif, ils le maîtrisaient comme s'ils avaient affaire à un gringalet de quarante-cinq kilos.

— Hé ! Hé !

L'eau qui s'était engouffrée dans son nez le faisait suffoquer. On lui avait plaqué la tête en arrière. Il ne voyait plus que le bleu infini du ciel.

Puis on lui enfonça le crâne sous l'eau. Il tenta d'aspirer une goulée d'air, mais avala un paquet d'eau chlorée et s'étrangla.

Bras et jambes solidement maintenus, il ne parvenait pas à sortir la tête de l'eau. On était en train de le noyer. Et il ne comprenait pas pourquoi.

Il tenta de se débattre.

De se libérer.

De rester calme.

Frank McDonough entendit sa nuque craquer. Impossible de résister. Ses forces l'abandonnaient.

Au-dessus de lui, à travers le rideau d'eau d'un bleu cristallin, il voyait trembloter les silhouettes aux vêtements détrempés. Ses yeux étaient grands ouverts. Comme sa bouche. L'eau s'engouffra dans sa gorge et pénétra dans ses poumons avec une violence terrifiante. Il eut l'impression que sa poitrine allait imploser et il n'attendait que cela. La pression le broyait comme un étau. Il fallait que la douleur cesse.

Et en une fraction de seconde, le Dr Frank McDonough comprit. Il vit la vérité aussi nettement que sa mort prochaine.

Tout cela, c'était à cause de Clochette et de Peter Pan.

Ils s'étaient échappés pendant qu'il était de garde.

## *12*

De Bear Bluff à Boulder, il faut compter trois quarts d'heure de route. Enfin, si on garde le pied au plancher.

J'essayais de conduire en conservant un minimum de lucidité, mais c'était peine perdue. Pour moi, d'un bout à l'autre, ce trajet de nuit se déroula dans un épais brouillard.

Impossible de détacher de mon esprit l'image du Frank McDonough que j'avais connu ces six dernières années, un homme toujours souriant et doté d'un formidable appétit de vivre. Ces temps derniers, je n'étais pas souvent sortie de Bear Bluff. Pas depuis quatre cent quatre-vingt-treize jours, en tout cas. Mais cette fois, je n'avais pas le choix. Il fallait que j'aille à Boulder.

Frank McDonough était mort. Sa femme, Barb, m'avait appelée en pleurs. Je n'arrivais pas à y croire. Cette nouvelle épouvantable et terrifiante m'avait anéantie.

D'abord David, et aujourd'hui Frank. Non, ce n'était pas possible...

J'avais essayé de joindre ma meilleure amie, Gillian, au centre hospitalier de Boulder, mais j'étais tombée sur son répondeur. J'avais laissé un message en espérant qu'il serait compréhensible.

Puis j'avais tenté d'appeler ma sœur Carole au camping où elle s'était installée avec ses deux filles. Peine perdue. J'avais tellement besoin d'elle en ce moment.

Avant même d'arriver sur place, j'entendis le ululement déchirant des sirènes de police. Le ranch des McDonough se trouvait non loin de l'hôpital, ce qui était assez logique puisque tous deux y travaillaient. Barb était infirmière, elle œuvrait en bloc opératoire. Frank, lui, dirigeait le service de pédiatrie.

Enfin, avant. Mon Dieu, dire qu'il était mort ! Mon ami, celui de David. Comment une chose pareille avait-elle pu arriver ?

Les sirènes de la police de Boulder me déchiraient les tympans, si proches, si sinistres que j'avais l'impression qu'elles étaient pour moi.

Elles ravivèrent aussitôt une foule de mauvais souvenirs liés au meurtre de David. Insupportable.

## 13

— Je suis le Dr O'Neill, annonçai-je à l'agent, une grande brute qui montait la garde devant l'entrée que je connaissais si bien. Je suis une amie de Barb et de Frank. C'est Barb qui m'a appelée.

— Oui, m'dame, fit-il en me saluant, deux doigts sur la visière de sa casquette. Elle est à l'intérieur. Vous pouvez y aller.

Je ne fis même pas attention à la beauté de cette gigantesque propriété dont Frank avait lui-même redessiné tout le paysage. Au lieu de pelouses immaculées, il y avait ici des centaines d'arbustes et de plantes aux couleurs les plus variées. En effet, Frank avait toujours accordé une place primordiale aux économies d'eau. Il était comme ça. Il pensait toujours aux autres, pensait toujours à l'avenir.

J'étais dans un état second. Les McDonough étaient le couple dont David et moi étions les plus proches à l'époque où il travaillait à l'hôpital. Ils avaient accouru à la maison le soir où David s'était fait tirer dessus. Barb, Carole et une autre amie, Gillian, avaient passé la nuit avec moi. Et voilà qu'aujourd'hui, c'était moi qui me retrouvais à Boulder, dans des circonstances analogues.

J'étais en train de monter les marches de l'entrée quand une femme surgit, mais ce n'était pas Barbara McDonough.

— Oh ! Gillian.

Gillian est la meilleure amie que j'aie au monde. Nous voilà donc dans l'entrée, dans les bras l'une de l'autre, sanglotant, essayant de comprendre ce qui avait bien pu se passer. J'étais si contente qu'elle soit venue.

— Comment a-t-il pu se noyer ? lui dis-je d'une voix étranglée.

— Oh, Frannie, je ne sais pas ce qui a pu se passer. On l'a retrouvé les cervicales brisées. Il a peut-être essayé de plonger dans le petit bassin. Ça va, toi ? Non, question stupide. Et Barbara ne va pas fort non plus. Quelle horreur, je n'arrive pas à y croire.

L'une contre l'autre, nous nous remîmes à pleurer toutes les larmes de notre corps.

Gillian est l'une des meilleurs chercheuses du centre hospitalier de Boulder. Elle jouit d'une telle réputation qu'elle peut se permettre de jouer les trublions, les idéalistes. Les pontes de l'administration la craignent comme la peste. Elle est veuve, elle aussi. Elle a un petit garçon, Michael, que j'adore.

Elle avait encore sa tenue de travail et son badge. Elle était venue directement, sans prendre le temps de se changer. Comme nous tous, elle était en train de vivre une longue journée de cauchemar.

— Il faut que je voie Barb, lui dis-je. Où est-elle, Gillian ?

— Suis-moi. Accroche-toi à moi, je m'accrocherai à toi.

Nous pénétrâmes dans la maison, cette maison que nous connaissions si bien mais qui n'avait jamais été si sombre, si silencieuse, si angoissante. Barb se trouvait dans la cuisine avec une autre amie très proche, Gilda Haranzo. Gilda est infirmière au service pédiatrie de l'hôpital, elle fait partie de notre groupe.

— Oh, Barb, si tu savais, j'en suis malade.

Dans ces moments-là, on ne sait jamais quoi dire et de toute manière, tout tombe à plat.

Nous nous jetâmes dans les bras l'une de l'autre.

— Tu sais, quand David est mort, je n'ai pas compris, me dit-elle entre deux sanglots, la tête enfoncée dans ma poitrine. J'étais nulle.

— Tu as fait tout ce qu'il fallait. Tu comptes beaucoup pour moi, tu sais. C'est vrai.

C'était la pure vérité, et cet instant me faisait d'autant plus mal. J'avais l'impression d'être à la place de Barbara, j'avais aussi mal qu'elle.

Nous étions là, toutes les quatre, à tenter de nous réconforter comme nous le pouvions. Comment imaginer que dans un passé pas si lointain, nous avions toutes des maris et que nous nous retrouvions autour d'un barbecue, dans la piscine, lors d'une fête de charité, ou juste pour papoter pendant des heures ?

Au bout d'un moment, Barb s'arracha au groupe pour ouvrir un placard au-dessus de l'évier. Elle en sortit une bouteille de Crown Royal, arracha la protection de la capsule et nous servit quatre verres de whisky bien tassés.

En m'approchant de la fenêtre, je vis quelques personnes de l'hôpital près de la piscine. Rich Pollett, l'un des principaux administrateurs, était là. Lui et Frank entretenaient d'excellentes relations. Ils allaient régulièrement pêcher à la mouche ensemble.

Puis j'aperçus Henrich Kroner, le président de l'établissement. Rick pour les amis. Henrich était un prétentieux persuadé que sa vision étriquée de la vie faisait de lui un être à part, alors que nous le considérions bien au contraire comme quelqu'un de très ordinaire. Sa présence m'étonnait, mais après tout, la maison n'était pas loin de l'hôpital et tout le monde adorait Frank.

Tel un éclair, une image douloureuse vint soudain me secouer. Quelques années plus tôt, David et moi étions allés faire du rafting avec Frank et Barbara. Et en fin de journée, nous avions décidé de nager un peu dans des eaux plus calmes. Dans l'élément liquide, Frank était aussi à l'aise qu'une loutre. Je revoyais encore ses mouvements puissants ; en nage libre, il était imbattable.

Comment avait-il pu trouver la mort dans cette piscine ?

Comment Frank et David pouvaient-ils être tous les deux morts ?

Pour robuste qu'il fût, le whisky ne m'aida pas à trouver la réponse. Je me faisais l'effet d'une toupie tournoyant sans fin. Je bus plusieurs verres jusqu'à ce que l'alcool, enfin, émousse mes sens et mes pensées.

Gillian paraissait s'inquiéter autant de mon sort que de celui de Barbara. C'était comme cela depuis la mort de David, une mort que je n'avais jamais acceptée. Je suis un peu sa fille adoptive. D'une certaine manière, elle correspond à l'idée que je me fais d'Emma Thompson — intelligente, tout en étant sensible, généreuse et drôle.

— Viens chez moi ce soir, me dit-elle, l'air misérable. Je vais faire un bon feu de bois et on discutera jusqu'à ce qu'on tombe de sommeil.

— Ce qui ne va pas tarder, Gil. Non, sincèrement, je ne peux pas. On doit m'apporter un collie blessé demain matin, et le Zoopital est déjà plein.

Elle leva les yeux au ciel, esquissa un sourire.

— Ce week-end, alors. Et pas question de me sortir une excuse bidon. Tu viens.

— D'accord, promis.

Après avoir aidé Gillian et Gilda à coucher Barbara, j'embrassai tout le monde et pris la route du retour.

## 14

Un panneau qui m'était familier surgit enfin des écharpes de brume gris-bleu qui tourbillonnaient dans la nuit : *Sortie Bear Bluff*. Je mis mon clignotant, pris la bretelle et sentis les chocs habituels des deux ralentisseurs.

Puis j'empruntai la 4th of July Mine & Run, une petite route à deux voies qui traverse plus de huit kilomètres de bois avant Bear Bluff. Bluff est le genre de bled où on ne s'arrête pas. Il y a une station-service, une petite épicerie, une boutique vidéo et moi. Le soir, tout ferme. Ici, on raconte que le bonheur, c'est de voir Bear Bluff dans son rétroviseur, à condition de regarder vite.

J'avais hâte de rentrer chez moi, je n'avais qu'une envie : sombrer enfin dans le sommeil pour échapper à ce que je venais de vivre. J'avais l'impression d'être ailleurs, dans un monde irréel. Et j'avais beaucoup trop bu.

La route, qui n'était pas éclairée, louvoyait en pleine forêt entre des escarpements rocheux. Mes phares balayaient nerveusement une végétation extrêmement dense qui semblait s'ingénier à entraver le passage de l'étroit ruban d'asphalte.

Je ralentis, soucieuse d'arriver chez moi en un seul morceau.

Des daims pouvaient surgir devant moi à tout moment et je n'étais pas en état de réagir suffisamment vite.

Quelque chose de curieux, comme une traînée de lumière blanche, entra dans mon champ de vision, sur la droite.

J'appuyai doucement sur le frein, ralentis encore un peu plus, et scrutai les bois livrés à une armée d'ombres en mouvement.

J'espérais bien me tromper, mais il m'avait semblé apercevoir une petite fille en train de courir. Une petite fille qui n'avait rien à faire ici, en pleine nature, au beau milieu de la nuit.

J'arrêtai la voiture. Si cette gamine s'était perdue, je pouvais la ramener chez elle. J'avais toutefois l'impression que quelque chose ne collait pas. Était-elle pourchassée par quelqu'un ? Ou s'était-elle bel et bien perdue ?

Je sortis de ma Suburban en laissant tourner le moteur. La brume paraissant se lever, je fis quelques pas dans la forêt, pas très rassurée. Je sentais des picotements le long de mes bras.

« Arrête-toi.

Ouvre l'œil.

Ecoute. »

— Ohé ! fis-je sans trop crier. Qui est là ? Moi, c'est Frannie O'Neill. Dr O'Neill, le vétérinaire du village.

C'est alors que je revis la trace blanche s'échappant de derrière un grand sapin bleu-vert. Je plissai les paupières, essayant de me concentrer, de distinguer quelque chose.

Oui, c'était bien une petite fille !

Je lui donnai onze ans, douze peut-être. Elle avait de longs cheveux blonds, et flottait dans une robe sale et déchirée. Elle me paraissait mal en point.

Elle m'avait forcément vue et entendue, mais elle fuyait. La peur, sans doute. Elle avait des problèmes. Je la voyais mal. Des lambeaux de brume reprenaient peu à peu possession des bois.

— Attends ! hurlai-je. Tu ne devrais pas être là, toute seule. Qu'est-ce que tu fais ? Attends, s'il te plaît.

Mais au lieu de m'attendre, elle courut encore plus vite, trébucha sur une branche morte, mit un genou à terre et cria quelque chose.

Les battements de mon cœur s'accélérèrent. Qu'est-ce qui n'allait pas ? Pensant que la fille s'était peut-être blessée, je courus dans sa direction. Avait-elle pris quelque chose, ce qui aurait expliqué son comportement ? Peut-être était-elle plus âgée que je ne l'avais imaginé. Difficile à dire de loin, avec tout ce brouillard.

Sans pouvoir en être sûre, compte tenu de l'infime clarté dispensée par un maigre croissant de lune, j'avais l'impression que ses proportions étaient inhabituelles. Elle avait les bras enveloppés dans je ne sais quoi...

Brusquement, je fis halte. Mon cœur se mit à cogner si fort que je l'entendais.

Non, c'était impossible.

Totalement impossible.

Je faillis pousser un hurlement. Le souffle coupé, je dus m'adosser à un sapin pour ne pas chanceler.

La fille avait apparemment des ailes, des ailes blanc et argent.

## 15

La vision que je venais d'avoir dépassait mes capacités d'imagination, mon entendement, mes convictions. Je ne sais même pas si, aujourd'hui encore, je suis à même de la faire partager. La fille avait les bras repliés en arrière d'une façon un peu étrange, mais lorsqu'elle les leva, des plumes se déployèrent.

C'était humainement impossible, mais j'avais bien là, devant moi, une jeune fille ailée !

Des taches étincelantes, bleues et jaunes, se mirent à danser devant mes yeux. Le Crown Royal m'était un peu monté à la tête, certes, mais je n'étais pas ivre. Ou alors, je ne m'en rendais pas compte. La mort de Frank McDonough m'avait-elle secouée à ce point ? Étais-je victime d'hallucinations ?

« Frannie, ferme les yeux.

Et maintenant, tu les rouvres, lentement... »

Elle était toujours là ! À moins de vingt mètres. Et elle m'observait, elle aussi.

« Frannie, surtout, ne tombe pas dans les pommes... Vas-y doucement, calmement. Ne fais pas le moindre bruit, le moindre mouvement qui risqueraient de l'effaroucher. »

Je la vis se redresser tant bien que mal, une aile bien repliée dans le dos, l'autre pendant légèrement. Était-elle blessée ?

— Hé, lançai-je une nouvelle fois, sur un ton aussi amical que possible. Tout va bien.

La jeune fille blonde se tourna vers moi. Elle me paraissait grande, pas loin d'un mètre cinquante. Ses yeux immenses, très écartés, me jetèrent un regard féroce. J'étais plantée là, sous cette lune anémique, dans une petite clairière tapissée de fougères, entourée d'ombres mouvantes. Médusée, presque étourdie, le souffle court, j'ignorais qui de nous deux avait le plus peur.

La fille me lança un regard terrifié et, une nouvelle fois,

prit la fuite. Elle s'enfonça dans la forêt qui bordait la route et il ne lui fallut que quelques secondes pour disparaître dans la nuit.

Je la suivis un bref instant mais la végétation était trop dense ; très vite, l'obscurité m'obligea à renoncer. Adossée à un arbre, je voulus faire le point, analyser ce que je venais de vivre. Peine perdue. Ma tête tournait beaucoup trop.

Je parvins à retrouver ma voiture, ce qui tenait un peu du miracle. Une fois au volant, je ne pus que rester là, prostrée, dans le noir.

« Non, murmurai-je, je n'ai pas vu une fille avec des ailes dans le dos. »

C'était impossible.

Et pourtant, je n'avais pas rêvé.

Quand je fus en état de conduire, je pris la direction de Clayton, une petite localité de trois mille âmes, toute proche. Il y avait là un poste de police — il s'agit en fait de l'antenne du bureau central situé à Nederland. Mais arrivée à moins d'une centaine de mètres du but, je dus me garer dans Miller Street.

Je ne pouvais pas faire ça...

J'avais pris le volant alors que j'avais bu et il était plus de deux heures du matin. La police de Clayton ne me louperait pas.

De surcroît, maintenant que la fille ne se trouvait plus devant moi, je n'étais plus entièrement sûre de ce que j'avais vu. Je ne pouvais pas raconter cette histoire aux flics d'ici. Pas tout de suite, en tout cas. Demain, peut-être...

Je pris donc la décision de rentrer chez moi. Après tout, la nuit porte conseil. Et parfois, elle permet d'oublier.

## 16

Kit transpirait à grosses gouttes, comme sur le vol American Airlines depuis Boston. Voler n'était vraiment pas son fort, mais il n'avait pas le choix.

Le pilote de l'hélicoptère Bell le regarda, narquois, et, sans chercher à ménager sa susceptibilité, lui lança :

— Ça va aller ? C'est la première fois que vous montez dans un moulin de ce genre, hein ? Je vous trouve une sale mine, M. Harrison. Vous voulez peut-être qu'on fasse demi-tour ?

Kit faillit perdre son calme. Quel gros con, ce pilote ! En réalité, Kit avait déjà souvent pris l'hélicoptère. Il avait survécu aux pires tempêtes de neige, aux orages les plus violents, à d'innombrables raids à haut risque. Et n'avait jamais eu peur avant ce fameux mois d'août 1994.

Jusqu'à cette date, il avait toujours été considéré comme un excellent agent, pour ne pas dire l'un des meilleurs. Homme de ressources, brillant, travailleur et du genre coriace. Un dossier exceptionnel. Que lui était-il donc arrivé ?

— J'ai la peau verte de naissance, répliqua-t-il, ironique. C'est normal.

— Comme vous voudrez, Kermit. Après tout, c'est vous qui payez.

Effectivement, c'était lui qui payait, et il n'avait pas d'argent à gaspiller. Ce petit vol privé lui coûtait une fortune, mais il le jugeait indispensable. Il fallait absolument qu'il dispose d'une vue d'ensemble de la région, qu'il puisse se faire une idée générale de la situation. Une situation dont l'enjeu n'était rien moins, selon lui, que la survie de l'espèce humaine. C'était pour lui une évidence, sans quoi jamais il ne se serait retrouvé ici, livré à lui-même.

Luttant contre son appréhension, Kit se pencha pour regarder la cime des arbres. Sur des dizaines d'hectares se dressaient de gigantesques pins de Ponderosa au milieu desquels avaient réussi à se nicher quelques bosquets de trembles. Ici et là, on distinguait des trouées — l'hiver avait fait des victimes. Et au loin, bien sûr, pointaient les pics enneigés du Continental Divide, la ligne de partage des eaux des Rocheuses.

Kit savait que quelque part, là-bas, près du Divide, se trouvait un labo. Mais où ?

L'hélicoptère survola Gross Reservoir. Kit aperçut le domaine skiable d'Eldora et la petite ville de Nederland. Puis apparut un autre lac artificiel pittoresque — sans doute celui du barrage de Barker, s'il avait bien lu la carte. Dans le lointain, il distingua le mont Flagstaff. Et, beaucoup plus près, Magnolia Road et Sunshine Canyon.

Il savait ce qu'il recherchait. La fin de la civilisation. Le meilleur des mondes. Ni plus, ni moins. Quelque part dans les environs.

Il songea de nouveau au Dr McDonough, qui figurait sur sa liste au même titre que David Mekin et sa femme. Il avait prévu de rencontrer McDonough, spécialiste en embryologie devenu piédatre.

Malheureusement, il était arrivé un jour trop tard. La faute à Peter Stricker, son supérieur. Non, il fallait être franc, il ne pouvait s'en prendre qu'à lui-même...

Le Dr McDonough était la victime numéro quatre. À sa connaissance, quatre médecins avaient déjà été assassinés. Quatre médecins au passé trouble, au présent douteux, et désormais sans avenir.

Au loin, deux adeptes du parapente glissaient dans le ciel. Ils paraissaient si libres qu'ils semblaient voler de leurs propres ailes.

— C'est bon, on descend, indiqua-t-il finalement au pilote de l'hélicoptère de location.

Il avait fait son petit tour d'horizon, avait enregistré la configuration du terrain. C'était le premier stade — indispensable — de l'enquête. Le pilote lui fit signe en souriant, pouce vers le bas.

— Accrochez-vous à vos tripes... Kermit.

« Hé, le roi des airs, je t'emmerde », songea Kit en s'abstenant de tout commentaire. Il ne tenait pas à déclencher les hostilités, surtout ici, à des dizaines de mètres du sol.

L'hélicoptère décrivit un arc de cercle et plongea brutalement. Et tout en sachant que c'était physiquement impossible, Kit sentit son estomac chuter bien plus vite que l'appareil.

Il était dix heures et demie du matin lorsqu'il quitta le minuscule aéroport de High Pines, à la fois frustré et tendu. Il avait besoin d'aide, mais il savait bien qu'il ne pouvait solliciter le Bureau. Il se retrouvait livré à lui-même, ce qui ne lui plaisait pas du tout.

## *17*

Kit avait toujours fait sienne la devise d'Olivier Wendell Holmes : *Il faut garder la foi et poursuivre son but, aussi incertain soit-il*. Ce qui expliquait sa présence dans les Rocheuses. Il poursuivait un but incertain et se démenait comme un beau diable pour garder la foi.

En quête de réponses, à moins que ce ne fût juste pour le plaisir d'entendre une voix familière, il appela le bureau de Peter Stricker, à Washington. C'était risqué, mais le jeu en valait la chandelle. Peut-être réussirait-il, après tout, à obtenir un tout petit coup de main du FBI...

Peter Stricker était responsable du secteur nord-est, et ils avaient conservé de solides liens d'amitiés. Deux ans et demi plus tôt, Peter travaillait encore pour lui.

Puis la vie de Kit avait basculé, et c'était lui qui s'était retrouvé à travailler pour Peter. Pas plus tard que la semaine dernière, Peter avait menacé de le virer s'il refusait de suivre les objectifs que le Bureau lui avait assignés. Un avertissement par écrit.

Bien avant ce coup de semonce, il avait remarqué plusieurs signes avant-coureurs. Depuis l'accident de 1994, il n'avait fait l'objet d'aucune promotion. Rien ne prouvait qu'il y avait un lien. Non, c'était vraisemblablement son entêtement et son insubordination qui avaient stoppé sa carrière au sein du FBI. Ainsi que son comportement obsessionnel dans les affaires qui le fascinaient ou le terrorisaient. Comme celle qui l'avait conduit dans le Colorado. Mais lui, il était capable de deviner des pistes, d'entrevoir des problèmes, d'imaginer des solutions qui échappaient aux autres.

Au FBI, il avait toujours été un agent hors normes. D'ailleurs, n'était-ce pas, soi-disant, pour cette raison qu'on l'avait recruté à sa sortie de la fac de droit de New York ? Au cours des premiers entretiens, on lui avait expliqué que les procédures du Bureau, trop réglementaires, trop classiques, devenaient excessivement prévisibles. Il fallait moderniser l'agent du FBI — à lui, donc, d'incarner la nouvelle génération. Il leur avait donné satisfaction, mais leur enthousiasme avait été de courte durée.

On lui avait fait miroiter qu'il fallait casser l'image traditionnelle du FBI, qu'on lui laisserait toute la latitude nécessaire, mais une fois dans les murs, il s'était rendu compte que le FBI ne tenait guère à changer. Au contraire, le Bureau avait tenté de le changer, lui. Et ses réticences avaient été très mal accueillies. L'un de ses supérieurs avait même eu le culot de lui dire : « Ce n'est pas nous qui sommes allés vous chercher, Tom. C'est vous qui êtes venu nous trouver, alors cessez de vouloir jouer les artistes et suivez le programme comme tout le monde ! »

Tout cela parce qu'il n'avait pas le profil type. Or il n'était pas censé avoir le profil type. Tels étaient les termes du marché qu'ils avaient passé.

Malheureusement, le FBI n'avait pas tenu parole.

On le regardait de travers parce qu'il se permettait de venir travailler avec une veste en velours, une casquette non réglementaire, un jean et des mocassins alors qu'on était en semaine. Parce qu'il lisait des romans « sérieux » comme *Underworld*, *Mason & Dixon* et toute l'œuvre de Toni Morrison. Parce qu'il lui arrivait de prendre son vélo de course pour faire le trajet de chez lui au bureau, à Boston.

On ne supportait pas ses cheveux mi-longs, cette manie qu'il avait de se raser un jour sur deux et sa démarche très légèrement déhanchée qui, loin d'être un signe d'impertinence, s'expliquait par la présence du baladeur dont il ne se séparait jamais.

Mais ce qui énervait le plus le Bureau, c'était son allergie à la discipline. Dès les premiers jours, on l'avait étiqueté « électron libre ».

Le pire, c'est que c'était sans doute vrai. Il s'était déjà fait remarquer par son esprit caustique quand il était poids moyen chez les Boston Golden Gloves, puis s'était illustré à Holy Cross durant ses premières années de fac. Et par la suite, les professeurs de droit de l'université de New York avaient eux-mêmes eu le privilège de découvrir sa conception toute personnelle des rapports étudiants-enseignants. Mais après tout, il n'était qu'un fils de conducteur de bus, un gosse de famille nombreuse. Les écoles chic n'étaient pas pour lui. De quel droit l'aurait-on empêché de dire ce qu'il avait à dire ?

Si, à l'université, son comportement ne lui avait pas valu d'ennuis majeurs, au FBI, c'était tout autre chose. Le FBI ne tolérait pas les électrons libres. Pas même ceux qui avaient résolu en cinq ans au moins deux affaires réputées « impossibles à résoudre ».

Mais à quoi bon se raconter des histoires ? Il connaissait parfaitement la raison de ses problèmes actuels. Depuis un an et demi, en dépit des consignes, il s'obstinait à suivre l'affaire des « expériences humaines ». Il n'avait cessé d'enfreindre les ordres de sa hiérarchie. Et il y avait plus grave...

— Tom Brennan, je voudrais parler à l'agent Stricker, annonça-t-il quand la très plaisante et très efficace secrétaire décrocha. Comment ça va, Cindy ? Peter est là ?
— Oh, ça fait plaisir de vous entendre, Tom, lui répondit-elle, toujours aussi polie. Je vais voir s'il est dans son bureau. Si vous voulez patienter...

À sa grande surprise, Stricker prit aussitôt la communication. Comme d'habitude, il parla à mi-voix. Plus qu'un chuchotement, c'était une sorte de sifflement très caractéristique qui obligeait l'interlocuteur à tendre l'oreille.

— Alors, comment se porte notre redoutable Tom ? C'est bien, le paradis ? Comment ça se passe, à Nantucket ? Tu devrais être en train de faire du catamaran, du surf, je ne sais pas, moi, en train de bronzer sur la plage. Oublie le téléphone !

— Justement, je t'appelle de la plage. (Kit se força à rire comme s'ils étaient les meilleurs copains du monde.) Je me la coule douce, en ce moment. Si je continue comme ça, je vais devenir un pro du transat. Il y a juste un petit truc...

— Ben voyons, Tom. Avec toi, il y a toujours un petit truc, toujours quelque chose qui coince. Mais normalement, les petits trucs, tu ne devrais plus y penser. On s'était bien mis d'accord, non ?

— Je sais, je sais, c'est ce qu'on avait dit. Et je suis ravi de passer quelques semaines ici. Mais voilà, il se trouve que ce matin, en me baladant sur Internet, j'apprends que dans le Colorado, hier, un certain Dr Frank McDonough s'est noyé. Ça m'a semblé extrêmement bizarre. Tu étais au courant ?

Incapable de dissimuler plus longtemps son irritation, Stricker haussa très légèrement le ton :

— Tom, fais-moi le plaisir d'oublier cette histoire abracadabrante. Tiens-toi à l'écart d'Internet, au moins un moment. C'est dangereux, ce truc. Regarde : Clinton y a laissé des plumes.

— Oui, mais il s'en est remis. Enfin, quoi qu'il en soit, il y avait un Dr McDonough dans la première commission d'experts de Berkeley. J'en suis certain. Tu veux bien mettre quelqu'un dessus ? Peut-être Michael Fescoe, ou bien Manny Patino ? Tu veux bien ? Juste pour vérifier s'il ne s'agit pas du même Frank McDonough. Je serais plus tranquille.

Manifestement, Stricker déplorait le tour que prenait la conversation.

— Bon, Tom, d'accord, je vais faire ça pour toi. Je vais

me renseigner sur ton macchabée. Frank McDonough, c'est bien ça ? Toi, occupe-toi de tes démons intérieurs, bronze, dégote-toi une petite nana dans le coin. Fais l'amour, pas la guerre.

— S'il s'agit bien du même McDonough, c'est le numéro quatre sur la liste, Peter. Que des médecins. Kim, Heekin, Mekin, McDonough.

— Oui, Tom, je connais l'affaire dans le détail et je sais que d'après toi, il manque un élément essentiel — bien que ce ne soit pas l'avis de nos amis de Quantico[1]. Je m'en charge. Toi, profite du soleil et de la mer.

— Merci de m'aider, Peter. Des types comme toi, on n'en fait plus. Je t'appelle quand même demain pour voir s'il y a du nouveau au sujet de McDonough, d'accord ?

Soupir. Puis la voix de Stricker se réduisit à un murmure tout juste audible.

— Donne-moi ton numéro sur l'île. Je t'appellerai.

— Non, je t'assure, c'est pas un problème, je rappelle demain. Bon, le soleil et la plage me réclament. J'ai même rencontré une fille qui me plaît pas mal. Physiquement, en tout cas, c'est assez mon genre. Merci encore pour le coup de main, Peter.

Il eut toutes les peines du monde à capter la réponse.

— Pas de problème, mais essaie de te détendre un peu, Tom. Promets-le-moi. Il faut que tu arrêtes de te mettre martel en tête, et que tu joues le jeu comme tout le monde. On s'était bien mis d'accord là-dessus. Je te donnerai les infos que tu veux sur McDonough, mais je le fais uniquement par amitié.

Kit raccrocha et s'éloigna de la cabine en expirant longuement. Il avait horreur de mentir à Peter et il ne faisait quasiment plus que cela. Sa vie tout entière était devenue un vaste mensonge.

---

1. Siège, entre autres, des services analytiques du FBI. (*N.d.T.*)

## 18

« Arrête, Matthew ! Ce n'est pas le moment de me jouer des tours. Je ne suis pas d'humeur. »

Max venait de penser à une autre ânerie de Matthew. C'était une question : Pourquoi les pilotes kamikazes portent-ils des casques ? Elle entendait encore son rire fracassant. Matthew adorait rire de ses propres blagues. C'était lui tout craché. Une vraie petite peste...

Elle n'avait toujours pas retrouvé son frère et ne savait plus où chercher. Et s'il s'était réfugié dans cette belle maison moderne là-bas, dans le bois ? Ou peut-être pourrait-elle au moins y trouver de quoi manger ? Un peu d'eau ?

M-a-n-g-e-r. Elle n'avait plus que cette idée en tête.

Une pub télé pour des spaghettis lui revint à l'esprit. Max avait quasiment tout vu, tout retenu. Chaque émission, chaque pub, chaque personnage. À l'École, la télévision lui avait tenu lieu de baby-sitter, de parents, de copines et copains.

Max s'immobilisa, fit le vide dans sa tête, scruta la maison. « Maintenant, il s'agit d'être extrêmement prudente. »

Tout était éteint, et le silence régnait. Max sentit une angoisse sourde lui nouer le ventre.

Elle contourna la haie d'épineux qui cernait la maison de verre et de bois et s'engagea sur le petit chemin escarpé.

« Je vous en prie, faites qu'il n'y ait personne.

Et que je trouve à m-a-n-g-e-r ! »

Le cœur battant à tout rompre, elle gravit à pas de loup les quelques marches de l'entrée, fit le tour et se retrouva devant une immense baie vitrée dont les panneaux coulissants n'avaient pas été nettoyés depuis longtemps. Elle ne pouvait pas s'empêcher de remarquer ce genre de choses insignifiantes, mais après tout, ne disait-on pas que c'était le détail qui faisait le génie ?

« C'est interdit, interdit, interdit », se rappela-t-elle. Personne ne devait la voir, sous peine de mourir.

Max posa ses doigts de part et d'autre de la jointure. On l'avait dotée d'une main spéciale qui fonctionnait parfaitement.

Les panneaux coulissèrent. Elle avait réussi à entrer !

« C'est un piège », songea-t-elle, mais il était déjà trop tard.

## 19

Non, elle avait imaginé le pire, mais personne ne l'attendait. Les propriétaires ne devaient pas être bien futés pour laisser leur maison ouverte et sans protection.

L'intérieur donnait une impression de désordre et de négligé. Des vélos, des rollers, des jeux vidéo traînaient un peu partout. Toute une famille habitait ici.

— Matthew, chuchota la fillette. Où es-tu, petit frère ? C'est moi, Max !

Sans trop y croire, elle se dit qu'il avait peut-être réussi à trouver refuge ici même, qu'il s'était peut-être caché. Elle pénétra dans la cuisine, toujours sur la pointe des pieds, et remarqua aussitôt le bourdonnement du réfrigérateur. Chic, un frigo ! Elle ouvrit la porte, savourant la bouffée d'air frais, et fouilla du regard étagères et compartiments.

À l'instant même où elle s'emparait d'une boîte de soda, des scrupules ralentirent son geste. Voler à boire et à manger, ce n'était pas bien.

« Mais bon, je me suis fait tirer dessus, on me pourchasse. Il faut que je m'alimente, que je me réhydrate, un point, c'est tout. »

Après s'être désaltérée, Max entreprit de se remplir

l'estomac. En s'envolant, elle avait dépensé une énergie considérable.

Elle s'attaqua à un bol recouvert d'une feuille de cellophane. Des pâtes ! Elle enfourna les spaghettis dans sa bouche. Ils étaient froids, mais cela n'avait pas d'importance. Il fallait qu'elle mange quelque chose.

Il y avait également du lait. Max renifla le bec du récipient entamé. Limite, mais encore buvable. Elle but le liquide goulûment, à même le carton.

Une tarte aux pommes l'attendait sur un plat, avec le couteau. Max se découpa une grosse part, bien collante.

Jamais elle n'avait mangé une tarte aussi savoureuse. Un vrai régal !

Elle fouilla le réfrigérateur à la recherche d'autres gourmandises. Et tomba très vite sur une pleine boîte de biscuits fourrés, des Klondike. « Génial ! » Elle en prit un dans chaque main et les dévora en quelques secondes. Il lui fallait du sucre.

Soudain, des picotements d'appréhension lui démangèrent la nuque. Les petites plumes fichées dans son cou se dressèrent. Elle rentra les épaules et tendit l'oreille.

Les chasseurs l'attendaient-ils à l'extérieur ? Oncle Thomas s'apprêtait-il à la capturer pour la ramener et, qui sait, la piquer ?

Mais la curiosité était trop forte. Il fallait qu'elle explore cette maison. Sans faire de bruit, elle suivit le couloir. Une vraie maison, c'était trop tentant. Et elle était seule. Quel bonheur !

— Attention, le petit chat arrive, murmura-t-elle.

Elle avait appris cette expression quand elle était petite, quand elle réfléchissait encore comme les petits. Sans doute était-ce une invention de Mme Beattie — sa nounou, puis sa maîtresse. Il n'y avait plus rien eu de bon dans sa vie depuis la mort de Mme Beattie.

Au bout du couloir, derrière une porte à lattes, Max découvrit une salle de bains. Horreur ! Tout était en noir. Les W-C, la baignoire, le lavabo, même le savon. Idem pour la douche dont le carrelage brillait derrière le rideau transparent. Max se sentait sale, poisseuse. Elle avait besoin de se laver plus encore que de dormir, de sentir de l'eau bien chaude ruisseler sur son corps et son aile meurtrie. Elle avait été blessée juste au-dessus de la deuxième jointure, mais ce ne devait pas être trop grave. Sans doute une plaie superficielle.

Max noua en arrière sa longue chevelure blonde et tendit l'oreille.

Pas le moindre bruit. Ses doigts trouvèrent l'interrupteur, le caressèrent. L'enfoncèrent.

La salle de bains noire s'illumina brutalement. Étrange impression.

Max se crispa, prête à prendre la fuite. Non, c'était idiot. Elle était bel et bien seule. Elle entra donc dans la pièce, referma la porte derrière elle, la verrouilla.

Puis elle se regarda dans le miroir.

Un mètre cinquante, et les plus belles ailes qu'on eût jamais vues.

Elle effleura ses cheveux, inclina légèrement la tête et murmura :

— Je suis belle. On peut le dire, non ? Je suis gentille, et je suis mignonne. Alors pourquoi ils essaient de me tuer ?

## 20

La journée commença par un coup de fil de Gillian.

— Frannie, je n'aime pas te savoir toute seule, comme ça, dans tes hauteurs perdues. Tu vas bien ?

— Oui, ça peut aller. Quelle heure est-il ? Où es-tu ?

— À l'hôpital. Où veux-tu que je sois ? Il est huit heures. Bien dormi ?

— Comme un bébé, Gil.
— Menteuse.
— Tu me connais par cœur, hein ? fis-je en riant, presque réveillée.

Dehors, il faisait un temps superbe.

— Et tant mieux pour nous deux, tu ne crois pas ?

Juste après que je l'eus laissée reprendre son travail, un sentiment d'angoisse s'empara de moi, aussi puissant qu'irrationnel. Une voix sourde, au fond de moi-même, me chuchotait que quelque chose risquait d'arriver à Gillian, que mes amis se trouvaient peut-être tous en danger.

Je savais bien que cela n'avait aucun sens, mais je ne parvenais pas à me défaire de cette impression.

Je passai le plus clair de la matinée à retrouver l'endroit où je m'étais arrêtée en voiture, la veille. Là où j'avais vu, ou cru voir... quoi donc ?

J'étais énervée, j'avais peut-être encore un peu la gueule de bois, je me sentais vaguement déphasée. Ce lendemain de cuite s'avérait particulièrement propice à la réflexion — et au doute.

Avais-je trop bu ? La mort de Frank McDonough avait-elle affecté mon jugement alors que j'étais déjà fragilisée ?

Malheureusement, plus je tentais de me persuader que je n'avais pas vu cette fille, plus j'étais convaincue de l'avoir bien vue.

Deux pistes surgirent dans mon esprit.

Les malformations congénitales.

La biotechnologie.

Deux domaines que je connaissais un peu. Sans cesser de tourner en rond dans ma Suburban bleue sale, toujours à la recherche de ma copine ailée, je me mis à réfléchir à tout ce qui était anomalies génétiques, aberrations et autres désordres en tous genres. Un sujet auquel — cela me revenait à présent — David et moi avions consacré plusieurs week-ends. Qu'est-ce qui avait pu déclencher ce curieux mouvement d'intérêt, je ne m'en souvenais plus, mais nous étions allés jusqu'à contacter le prestigieux Mutter Museum, qui dépend du Philadelphia College of Physicians.

Le musée nous avait aimablement montré des exemples de malformations recensées au cours des dernières années. Des petits Mexicains velus comme des singes, des enfants affligés de dédoublements anatomiques, des cas de dérèglements de croissance graves, comme les nains et les géants, des malheureux atteints d'une maladie rare et dont la peau ressemblait à celle d'un lézard.

David, dont la bibliothèque professionnelle était très fournie, possédait même un ouvrage sur le sujet, intitulé *Anomalies et curiosités de la médecine*. Le livre devait toujours y être, mais ce matin-là, impossible de mettre la main dessus. Peut-être était-il resté dans le bungalow occupé par l'homme de Neandertal contemporain, ce cher Kit Harrison.

Sur la route entre Bluff et Clayton, toutes les hypothèses me passèrent par la tête, même les plus folles, allant jusqu'à envisager, l'espace d'une seconde, une intervention extraterrestre. Un nouvel E.T. ? Non, il ne fallait pas exagérer. Mieux valait oublier — mais j'avais peut-être tort.

Je crois pouvoir dire que j'ai une très bonne mémoire. Au lycée, j'étais déjà imbattable. Mes archives mentales débordaient d'informations. J'avais déjà examiné un hermaphrodite — un enfant pourvu d'organes de reproduction à la fois mâles et femelles. J'avais également eu l'occasion de voir des hommes et des animaux privés de certains membres ou, au contraire, en possédant trop. Une petite fille avec deux oreilles d'un côté, un garçon avec six orteils, une adolescente avec quatre seins. À l'école vétérinaire, j'avais aussi pu constater les ravages des toxines et pesticides sur les élevages.

J'avais contemplé des images de « doigts formés », autrement dit de cornes, sur une tête humaine. Un cheval parfaitement sain affligé d'un corps parasite. Un veau avec une deuxième tête poussant sur la première. Je pensais à ce que disaient les Babyloniens : *S'il vient au monde un enfant à la tête de lion, cela signifie que le roi n'aura pas de rival.* J'avais déjà vu un enfant avec des oreilles de lion.

Mais jamais une fille aussi jolie et d'apparence tout à fait normale, avec des ailes blanc et argent ! Peut-être s'agissait-il réellement d'une extraterrestre...

Restait à explorer les mystères de la biotechnologie et

des manipulations génétiques, domaines dans lesquels David s'était spécialisé.

Mes connaissances en la matière se révélaient, en fait, assez limitées. Si David et moi avions pris l'habitude de tout partager, il n'aimait guère parler de son travail.

Curieusement, sitôt rentré à la maison, il faisait la coupure alors que moi, je ne demandais qu'à parler de mon Zoopital ou de la naissance d'un beau petit poulain, la veille, à quatre heures du matin.

Que savais-je de la biotechnologie ? En gros, cela consistait à maîtriser le développement naturel de micro-organismes, de cellules animales ou végétales. La biologie moléculaire, elle, s'intéressait particulièrement à tout ce qui concernait les croisements entre espèces. À défaut de gagner de l'argent, David s'était forgé une belle réputation dans le domaine.

Je me rappelais deux ou trois petites choses qu'il avait dites et qui auraient pu avoir un rapport avec une fillette dotée (« Allons, Frannie, n'aie pas peur de prononcer ces mots ») de magnifiques ailes blanc et argent. Quand *Jurassic Park* était sorti à Denver, il m'avait raconté que les croisements par manipulations génétiques étaient beaucoup plus courants qu'on ne pouvait l'imaginer en voyant ces magnifiques dinosaures de cinéma. Selon lui, de nombreux laboratoires indépendants pratiquaient déjà des expériences, parfois en toute illégalité.

La biotechnologie est devenue la nouvelle frontière de la science. Jamais l'homme ne sera allé aussi loin, aussi vite. Reste à savoir si nous sommes psychologiquement et moralement prêts à assumer tout ce que nous allons réussir à créer dans un avenir très proche. David m'avait quelque peu rassurée. Selon lui, la plupart des travaux, disons, sérieux, s'effectuaient encore sur de simples mouches.

Il avait également fait une réflexion qui, à la lumière de ce que j'avais vécu la veille, prenait une coloration particulière. En parlant du problème des manipulations génétiques, il m'avait dit : « Il y a toujours des dérapages. Il s'en produit régulièrement, Frannie. Dans ce genre de domaine, c'est inévitable. »

*Il y a toujours des dérapages.*

## 21

Journée bien remplie pour Kit. Il avait réendossé sa tenue d'agent de terrain du FBI, il se sentait revivre. Il travaillait seul et sans appui, mais en toute liberté, sans craindre qu'à tout moment la laisse du FBI le ramène brutalement en arrière.

Il avait pris le risque d'interroger la veuve de Frank McDonough. Barbara McDonough ne lui avait rien appris qu'il ne sût déjà, mais au fil de la conversation, il avait acquis la conviction que son mari avait été assassiné. Ancien champion universitaire, McDonough était un excellent nageur. De surcroît, selon les premières conclusions, il s'était rompu les cervicales lors d'un plongeon hasardeux, mais sa femme soutenait qu'il ne plongeait jamais.

Kit s'était également entretenu avec trois autres médecins de l'hôpital où travaillait Frank McDonough, avant d'appeler un vieux copain à Quantico pour lui demander un petit service — passer au crible tous les dossiers des toubibs de la région et chercher d'éventuels liens avec la victime. Difficile de faire davantage le premier jour.

En rentrant de Boulder, vers cinq heures de l'après-midi, Kit aperçut Frannie O'Neill dans les bois, juste derrière le chalet.

Même s'il la connaissait encore mal, elle lui parut aussitôt nerveuse, inquiète. Où pouvait-elle aller ?

Elle marchait vite, elle avait manifestement quelque chose d'important à faire. Mais quoi ? Il décida d'aller voir de plus près. Après tout, il avait quelques heures devant lui.

Elle portait un short kaki et une chemise écossaise rouge. Il songea au corps nu entrevu la veille, charmante image qu'il tenait à garder en mémoire, sans se l'avouer.

Il suivit donc le Dr Frannie dans les bois, à bonne distance. Elle ne se retournait jamais, mais donnait l'impression de chercher quelque chose. Et elle marchait si vite qu'il finit par la perdre de vue.

« Et merde... »

Il ajusta ses jumelles pour tenter de la retrouver. Des gros plans d'écorce de pin, de feuilles, une portion de ciel bleu lui sautèrent au visage.

Il lui fallut quelques secondes pour repérer la chemise rouge et le sac à dos bleu fluo. Frannie O'Neill progressait à grands pas, déterminée, préoccupée, loin de se douter qu'on la suivait. Ou alors, elle cachait bien son jeu...

Que fichait-elle ici ? Était-ce en rapport avec le travail de son mari ? Avec sa mort ? Ou bien celle du Dr McDonough ?

Brusquement, elle piqua à droite et disparut une nouvelle fois au milieu des pins, des aspens et des chênes. « Non, Frannie, pas par là ! » Mais au bout d'un quart d'heure passé à la suivre par monts et par vaux, Kit savait qu'il devait rester en hauteur, quoi qu'il arrive. Il monta encore, en espérant que la jeune femme finirait par réapparaître en contrebas.

Et quelques secondes plus tard, Frannie O'Neill lui donna raison. Le soleil pacifique de cette fin d'après-midi lui dorait le visage. Elle avait vraiment beaucoup de charme ; c'était une de ces belles filles du Midwest comme il les aimait. Ses yeux bleu-vert étincelèrent. Elle cherchait toujours quelque chose, mais quoi ?

Le sentier qu'elle avait emprunté s'élargit. Il rejoignait un chemin de terre. Conduisant où ? À un autre bâtiment ? Un labo secret niché au cœur de la forêt, où travaillait Frannie O'Neill ?

La jeune femme pressa le pas. Dans ces bois, elle était visiblement à son affaire. Elle semblait connaître le chemin par cœur.

Kit entendit distinctement un bruit de voitures.

« De la circulation par ici ? »

Le chemin débouchait sur un parking goudronné, derrière un supermarché. Frannie O'Neill avait tout bonnement pris un raccourci à travers bois jusqu'au bourg voisin, Clayton. Que manigançait-elle ?

Intrigué, Kit la vit s'arrêter près d'une plaque rocheuse, à la lisière de la forêt. Elle enleva son sac à dos, l'ouvrit et en sortit divers récipients, boîtes de conserves et cartons qu'elle disposa sur la pierre.

« Qu'est-ce que c'est que ce plan ? »

Cela n'avait aucun sens. Il régla ses jumelles, les braqua sur le contenu du sac. La voix de Frannie flotta jusqu'à lui. Un son mélodieux qui lui parut charmant, même en d'aussi mystérieuses circonstances.

— C'est l'heure du goûter !

Un goûter ? Pour qui ? À une heure pareille ?

— À table, les enfants !

« Les enfants ? »

Elle vida le contenu de plusieurs boîtes de conserves sur des assiettes en carton.

Une horde de chats se matérialisa aussitôt. Il en venait de partout. Sous les voitures, derrière les palettes empilées, dans les hautes herbes. Ils la rejoignirent en trottinant joyeusement, la queue en l'air, répondant à ses appels par de petits miaulements.

— C'est l'heure de se régaler, mes petits chats.

Fasciné par cet invraisemblable rassemblement félin, Kit ne lâchait plus ses jumelles. Des chats noirs, d'autres orange, tachetés, rayés, un pauvre matou à trois pattes et un minuscule chaton à la traîne, tous invités à la soupe populaire de Frannie. Elle les choyait. Il y avait chez cette jeune femme beaucoup de douceur et d'altruisme, et son comportement confirmait les premières impressions : Frannie O'Neill devait être quelqu'un de bien, tout simplement.

— Madame la chatte, à table ! insista-t-elle, le visage fendu d'un sourire franc et généreux. Allez, Blanc-Blanc, la Terreur, Supercat, c'est l'heure. Bonjour, Susie Q, comment ça va ?

Oui, décidément, cette Frannie O'Neill méritait qu'on s'intéresse à elle. Elle était la clé de tout, forcément.

## 22

Kit se mit à rire. Sans doute était-ce la première fois depuis son arrivée dans le Colorado, et pourtant il aimait bien rire à ses propres dépens. Durant de longues minutes, il observa le rituel du « goûter » : les caresses, les petits mots, les museaux plongés dans la nourriture.

Bien plus que le ballet des chats, c'était Frannie O'Neill qui le captivait. Il adorait la voir choyer ses animaux, il aimait la douce mélodie de sa voix, il ne pouvait s'empêcher d'imaginer ce corps dont les courbes lui plaisaient tant. Oui, il fallait bien l'admettre : elle le faisait fondre. Rien de bien inquiétant, mais ce n'était ni le lieu, ni le moment.

Il prit la décision de rebrousser chemin aussi rapidement que possible. S'il voulait en savoir davantage sur Frannie O'Neill et fouiller sa maison, le moment était idéal. Il s'était remis à raisonner et à agir en agent de terrain. Et en trahissant la confiance de la jeune femme, il lui serait plus facile d'échapper à la séduction qu'elle exerçait sur lui.

Bien entendu, elle ne fermait jamais les portes à clé. Il n'eut donc aucune peine à passer sa chambre au peigne fin. Un exercice dans lequel il était passé maître. Frannie ne saurait jamais que quelqu'un avait pénétré chez elle. Il éprouvait néanmoins quelques scrupules à violer son intimité. Était-elle au courant des activités de son mari ? Peut-être, mais pas forcément. À moins qu'elle ne fût elle-même impliquée dans l'affaire... Il ne la connaissait pas suffisamment pour la rayer de la liste. Elle pouvait très bien lui réserver quelques surprises et se révéler extrêmement dangereuse.

Il prit quelques notes, comme l'exigeait la procédure — qu'il n'était pourtant plus tenu de respecter.

À en juger par sa garde-robe et ses objets personnels, le Dr O'Neill aimait la simplicité. Jeans, bottes, T-shirts à poches, elle ne se ruinait pas en vêtements.

Tout était sobre et de bon goût. Rien de sophistiqué, ce qui ne surprenait aucunement Kit.

Curieusement, elle semblait collectionner les abris pour oiseaux. Il y avait également deux ou trois photos de mariage, et une sur laquelle David et elle s'embrassaient sous un parapluie bleu. Un Mac Performa 575, un modèle ancien, pas très cher.

Ici et là, quelques fantaisies : une robe du soir en taffetas de soie noire, une bague sertie de diamants et saphirs, un flacon d'*Eau d'Hermès*.

Kit aurait aimé la voir dans cette robe, toute parfumée.

Il s'étonna de ne pas trouver sur place la moindre documentation. Pas d'articles scientifiques, nulle trace de tout ce qu'avait écrit David. Bizarre... Avait-elle jeté tous les documents de son mari ?

La pièce renfermait un certain nombre de livres, dont certains étaient restés ouverts. *Si les souhaits étaient des chevaux — Le parcours d'un vétérinaire*, *L'Épidémiologie vétérinaire*, *Into Thin Air*, *Voyage aux sources de l'humanité*, *Minuit dans le jardin du Bien et du Mal*. Rien de compromettant, bien au contraire.

Souvenir émouvant, une maquette de bateau signée et datée : *Le bateau de David, 22 mars 1969.*

Sur la porte du réfrigérateur, un dessin d'enfant montrait une petite fille avec un chien sautillant. « On t'adore, docteur Frannie. Tes copains, Emily et Buster. »

Il fourra son calepin dans sa poche-revolver, jeta un dernier coup d'œil et quitta les lieux avant que leur maîtresse ne revienne. Finalement, le bilan de cette investigation se révélait plutôt décevant. Selon lui, O'Neill n'était aucunement mêlée à l'affaire.

Il avait toutefois la très nette sensation d'approcher du but. Dès le début, il avait deviné.

Dommage que personne n'ait voulu le croire...

## 23

Il était vingt-deux heures passées. Les versants boisés semblaient avoir sombré dans une nuit inaccessible, mais je savais bien que les apparences étaient trompeuses. Je pensais à la fille ailée.

Pour la énième fois, j'envisageai sérieusement d'appeler le shérif de Clayton, ou même la police d'État du Colorado, mais comment m'y prendre ? Qu'allais-je leur dire ? « Bonsoir. Depuis quelques années, je vis toute seule à Bear Bluff. Je crois pouvoir dire que je suis saine de corps et d'esprit, seulement voilà, je suis sûre d'avoir aperçu une petite fille avec des ailes. J'avais un peu bu ce soir-là, suite à la mort d'un ami. J'aimerais bien que vous veniez jeter un coup d'œil. Et n'oubliez pas d'apporter un grand filet — pour moi ! »

Je me trouvais encore à la clinique et j'essayais d'envisager toutes les hypothèses possibles. J'avais déjà appelé Barb McDonough et Gillian depuis mon portable, et je venais d'endormir un chat sauvage que j'avais ramené d'une de mes expéditions humanitaires à Clayton.

Je devais lui enlever les ovaires. J'étais en train de raser soigneusement le ventre de la femelle à la tondeuse électrique quand j'entendis, juste derrière moi :

— Bonsoir ! Il y a quelqu'un ?

Je fis un bond. Les événements que je venais de vivre m'avaient tellement bouleversée que j'avais l'impression de devenir folle.

— Ohé ? Dr O'Neill ?

Je me retournai et vis ce cher Kit Harrison planté juste derrière la contre-porte. Mon regard aurait pu le calciner sur place.

— Regardez ce que vous m'avez fait faire ! Allez-vous-en !

Il entra, s'approcha de moi et contempla mon patient.

— Mais encore ?

— À cause de vous, je viens de lui couper un téton.

Il grimaça et s'excusa platement. Il y avait du progrès. Ses maudits yeux bleus me donnaient envie de le croire. En quelques mots, il m'expliqua que la porte était ouverte, qu'il m'avait appelée et que je n'avais pas répondu.

— Et c'est grave ? me demanda-t-il, penché au-dessus du chat.

Sans le regarder, je lui répondis :

— Disons qu'elle peut tirer un trait sur sa carrière de danseuse topless.

En réalité, la blessure était légère. De toute manière, ma malade n'aurait plus besoin de ses tétons. Je resserrai les entraves avant de la badigeonner vigoureusement à la Bétadine, puis je lui recouvris le ventre d'un drap stérile fendu à l'emplacement où j'allais devoir intervenir.

— Vous voulez bien tourner la lampe par ici ? demandai-je à Harrison.

À ma grande surprise, il s'exécuta. Peut-être espérait-il terminer la nuit dans mon lit ? Il avait tout à fait l'air du type qui obtient généralement ce qu'il veut.

Après avoir incisé la *lineum alba* d'un coup de scalpel, j'ouvris la cavité pelvienne. Un coup d'œil de côté pour voir si M. Kit Harrison tenait le choc. Apparemment, pas de problème. J'étais déçue. J'aurais bien aimé le voir tomber dans les pommes.

Ses cheveux blonds étaient encore moites, comme s'il venait de se laver la tête, et en bon Américain cent pour cent pur jus et pur muscle, il embaumait la savonnette Ivory. Non, ce n'était vraiment pas le genre à s'asperger d'*Équipage*, d'Hermès.

— Alors, que puis-je pour votre service ? lui fis-je tout en opérant. Avez-vous suffisamment de serviettes ? Il y a de l'eau chaude ? Le service en chambre vous convient ?

— Le chalet est impeccable, me répondit-il. Il me plaît beaucoup. Je lui donne quatre étoiles et cinq diamants, la meilleure note possible.

Pas de chance...

— Je me suis laissé dire, reprit-il, qu'il y avait une bonne table dans le coin, à Clayton. Au moins deux étoiles.

— Oui, c'est vrai. Je dirais qu'on mange sans doute très bien dans une maison sur deux. Encore faut-il être invité, ce qui, dans votre cas, me paraît fort improbable. Les gens d'ici se méfient des citadins. Mais vous avez le Danny's Grill, et la Villa Vittoria. Leurs pâtes et leurs pizzas sont excellentes.

— Quand vous aurez terminé, venez donc grignoter quelque chose avec moi. J'imagine que nous pourrions même nous faire inviter chez l'un de vos voisins.

— Non, merci, rétorquai-je en agitant mon scalpel entre le pouce et l'index. Si vous voulez vraiment me rendre service et me faire plaisir, fichez le camp, vous et votre fusil.

Il s'éclaircit la gorge avant de répondre, dans mon dos.

— J'ai l'impression d'avoir pris un mauvais départ, docteur O'Neill. Et à vrai dire... vous ne savez strictement rien de moi. Vous ignorez totalement qui je suis.

Je retournai m'occuper de mon patient. Traitement du ligament utérin, points de suture. La chatte ronronnait, ce qui signifiait qu'elle allait bientôt se réveiller. Terrorisée, elle se mettrait à siffler et à cracher comme un démon.

Moi-même, je n'en menais pas large et cette sensation me déplaisait énormément. Un frisson inopportun me secoua. J'avais laissé ma porte ouverte. Il y avait un homme assis derrière moi, un homme dont je ne savais absolument rien, comme il me l'avait fait très justement remarquer.

Je fis volte-face, mais mon tabouret était vide.

Kit Harrison avait disparu aussi silencieusement qu'il était venu.

## 24

Max avait vraiment bien dormi. Elle ignorait à qui appartenait cette baraque mal entretenue, où rien n'était rangé, mais les propriétaires avaient eu la bonne idée de faire une large provision de délicieuses friandises. La fillette était sortie sur la terrasse à l'aube. Dans le ciel, toutes les nuances de rose et de rouge s'étaient mêlées, laissant échapper un filet de bleu.

— Bonjour, les arbres ! Bonjour, le ciel ! Bonjour, le soleil ! J'ai envie de survoler les Rocheuses. Quoi de plus naturel ? Qui sait, je vais peut-être retrouver Matthew ?

Elle s'était assise en équilibre sur la balustrade de bois, toujours vêtue du fourreau de coton blanc sans manches qu'elle portait lorsqu'elle s'était enfuie, avec les mêmes ballerines aux pieds. Elle bouillonnait d'excitation. C'était une belle journée pour voler.

« Matthew ? Matthew ? Où es-tu passé, Matthew ? Veux-tu venir voler avec moi ? Allez, Matthew, montre-toi. Je veux te retrouver vivant. »

Le vent hurlait sur le versant, derrière la maison. Max sentait l'air frais lui fouetter les jambes. Elle déploya légèrement ses ailes, histoire de faire un petit essai.

Il fallait qu'elle sache si cela faisait toujours aussi mal et si elle pouvait supporter la douleur, mais une chose était sûre : elle se sentait bien. La blessure était superficielle. Elle n'allait pas mourir. Du moins pour l'instant...

Le vent se mit à chanter doucement dans ses plumes. Max, impatiente, sentit le rythme de son cœur s'accélérer.

Elle aspira à pleins poumons l'air frais de la montagne, cet air gorgé de senteurs de fleurs sauvages et d'aiguilles de pin, et se lança dans le vide avant d'avoir eu le temps de se raviser.

Cette fois-ci, le vertige et l'impression de sentir son estomac se décrocher la gênèrent beaucoup moins. Son instinct prit le dessus. Elle battit des ailes de toutes ses forces.

« Les battements d'ailes servent à compenser les effets de la pesanteur », se souvint-elle. Mme Beattie, à l'École, lui avait tout appris sur l'art de voler, mais Max n'avait pas le droit de mettre son savoir en pratique. Voler était interdit.

Lorsqu'elle écarta les arrière-bras, ses omoplates pivotèrent naturellement dans leur logement. Les articulations des coudes s'ouvrirent automatiquement, les poignets s'allongèrent et les ailes se déployèrent.

Et elle se surprit à s'élever sans autre effort ! Elle glissait littéralement dans les airs, dans un silence absolu, cent fois plus facilement que si elle devait nager. Il était plus simple de voler que de marcher.

Comme si l'air était doté d'une vie propre, un courant ascensionnel aspira Max. Elle avait quelques connaissances en la matière. Ayant lu tous les ouvrages disponibles à l'École, elle en avait mémorisé une bonne partie. Selon les critères de l'établissement, elle était un génie. Matthew aussi, bien entendu. Alors, où pouvait-il être ?

Elle entendait chanter les oiseaux, mais n'en voyait pas beaucoup. La spirale l'entraînait toujours plus haut, sans le moindre effort. Voler était un plaisir sans égal, ce qui expliquait sans doute pourquoi on le leur avait interdit.

Seule la drogue, et encore, aurait pu permettre à d'autres de vivre une expérience comparable. Les plumes de Max étant directement reliée à son système nerveux, son cerveau connaissait l'orientation précise de chacune d'entre elles.

Lorsqu'elle eut atteint une altitude suffisamment élevée pour pouvoir faire disparaître la maison du bout du doigt, Max vécut un autre miracle.

Le mont auquel était adossée la maison rejoignait d'autres hauteurs, formant une chaîne qui s'étendait à perte de vue. Dévié, le vent créait un véritable courant le long de l'obstacle montagneux.

En prenant la vague, les ailes largement déployées, Max sentit l'air vif fouetter sa longue chevelure blonde. Le sol glissait sous elle, et seul le chuchotement du vent dans ses plumes troublait le silence. Comme libérée des lois de la pesanteur, Max s'éleva. Et c'est alors qu'elle aperçut d'autres amateurs de courants ascensionnels.

Un faucon à queue rouge, deux vautours et quelques corbeaux, moins impressionnants, naviguaient dans les airs avec la même facilité qu'elle. Le faucon vint tournoyer autour d'elle, méfiant. Elle affonta son regard farouche et sombre, et lui intima :

— Toi, dégage !

Elle survola la forêt au ras des cimes avant de plonger dans l'océan verdoyant pour se retrouver dans la pénombre, frôlant les branches du bout de ses ailes.

Puis elle s'amusa à effectuer des huit en boucles serrées autour des arbres.

Que de sensations ! Jamais elle n'avait autant eu l'impression d'être en prise avec la nature, avec l'univers tout entier.

Elle était vraiment faite pour ça !

Brusquement, elle décéléra. Le sol jaillit vers elle. Elle se posa trop vite et trop violemment. La douleur lui traversa le corps avant d'irradier son épaule blessée.

Max n'en croyait pas ses yeux.

Devant elle, à quelques mètres à peine, il y avait une femme. Celle qu'elle avait vue l'autre nuit.

## 25

— Je rêve ! Comment peut-on être con à ce point-là ?

L'écho de ma voix résonna dans la forêt.

Je me penchai pour extraire, de sous un tapis de feuilles mortes boueuses et détrempées, un horrible piège à mâchoires d'acier. Par bonheur, aucun animal n'avait posé la patte sur cet engin répugnant.

Soudain, un bruit, pas très loin. Quelque chose qui se déplaçait. Sans doute une bête de taille respectable. Ou alors le pauvre imbécile qui s'amusait à poser des pièges ?

J'étais là, figée sur place, le piège à la main. Demi-tour, lentement.

— Oh, mon Dieu...

C'était la fille-oiseau, à une vingtaine de mètres. La même que l'autre fois. Elle me fixait. Non, c'était impossible, et pourtant elle était bien là. Et elle avait des ailes.

Son visage, ainsi que, sans doute, ses longs cheveux blonds, me rappelèrent instantanément Jessica Dubroff, la gamine de sept ans qui s'était tuée aux commandes de son avion, quelques années plus tôt. Il y avait dans son regard la même énergie, la même détermination. Elle avait l'air tout à fait normale — si l'on faisait exception de son magnifique plumage.

Je tremblais comme une feuille, mes jambes flageolaient comme les pieds branlants de ma vieille table de cuisine. « Non, je dois être victime d'hallucinations. C'est impossible. Allons, reprends-toi, respire à fond. »

La fille s'immobilisa. Sa robe blanche — en fait, il s'agissait plutôt d'une sorte de blouse — était sale, en lambeaux. Et elle avait les cheveux complètement emmêlés.

Elle m'observait, sans bouger, tel un oiseau de proie. Était-ce moi qui l'avais trouvée, ou le contraire ? Essayait-elle de me suivre ?

Cette fois-ci, cela se passait en plein jour, et j'étais parfaitement à jeun.

Je ne rêvais donc pas. Elle était bien là, comme moi, en chair et en os, à une trentaine de mètres.

Nous nous dévisageâmes longuement sans rien dire. Elle avait des yeux d'un vert extraordinairement limpide et liséré de jaune. Je n'y décelais pas le moindre sentiment de peur, mais sa posture trahissait une extrême méfiance.

— Bonjour, lui dis-je d'un ton bienveillant. Ne t'en va pas, s'il te plaît.

Je vis son regard glisser vers mes mains.

Je n'avais toujours pas lâché le piège, avec ses horribles dents et mâchoires d'acier attachées à une chaîne rouillée.

C'était vraiment un objet répugnant, dont on sentait qu'il visait à mutiler.

Tout à coup terrorisée, la petite voulut s'enfuir. Sans doute avait-elle cru que le piège m'appartenait.

— Il n'est pas à moi ! criai-je. Attends, je t'en prie !

Abandonnant l'instrument de torture sur place, je me lançai à la poursuite de la jeune fille. Elle remontait une ravine assez escarpée et se déplaçait extrêmement vite.

D'où diable sortait-elle ? Était-ce une fille de paysan affectée d'une invraisemblable malformation congénitale ? Ou un cobaye ? *Il y a toujours des dérapages.*

Le terrain semblait vouloir me ralentir. L'argile se détachait sous mes pas pour dégringoler en contrebas. Il ne fallait pas que j'aille trop vite si je ne voulais pas faire peur à la petite, mais comment ne pas courir ? Je ne pouvais pas me permettre de la perdre.

— Je ne vais pas te faire de mal, hurlai-je. Je suis vétérinaire, je suis médecin.

À ma grande surprise, la fillette accéléra. Était-ce parce que je lui avais dit que j'étais médecin ? La forêt était trop dense. Je dus bientôt me rendre à l'évidence : la petite m'avait semée.

Je me sentais abattue, écœurée. J'avais laissé passer deux belles occasions d'entrer en contact avec elle. Je risquais de ne jamais la revoir, et peut-être étais-je la seule personne à l'avoir jamais vue...

Et c'est alors que j'entendis, juste au-dessus de moi, un grand craquement.

Je levai les yeux.

Elle était là, perchée sur une grosse branche, dans la ramure d'un immense chêne. Je lui donnai onze ou douze ans au grand maximum. Elle était là-haut, et m'observait, comme avant. Me suivait-elle ? Pourquoi moi ? Inexplicablement, je ne cessais de songer à David. Quel lien pouvait-il y avoir entre David et cette fille étrange ?

— Je t'en prie, ne te sauve pas. Je ne te ferai pas de mal. Ce piège, il n'était pas à moi. J'étais en train de l'enlever. Moi aussi, je déteste les pièges. Mon nom, c'est Frannie. Et le tien ?

Elle ne répondit pas, et il me vint à l'esprit qu'elle ne pouvait peut-être pas parler. En revanche, elle déploya ses magnifiques ailes. Des ailes d'aigle, ou bien des ailes d'ange.

Puis, soudain, elle se jeta dans le vide. C'était incroyable. Un véritable plongeon acrobatique, comme jamais je n'en avais vu et comme je n'en verrais sans doute plus jamais.

Et devant mes yeux, elle se mit à voler.

Elle volait comme un oiseau, ou plutôt comme volerait un être humain si les humains pouvaient voler. Elle prit son essor.

Et le cours de ma vie en fut à jamais changé.

## *26*

Le petit Matthew tremblait comme une feuille. Il tremblait ainsi sans discontinuer depuis que Max et lui s'étaient enfuis de l'École et s'étaient séparés pour plus de sécurité.

« Je file de ce côté-là. Toi, Matthew, tu vas vers la gauche. On aura plus de chances de s'en tirer. Vas-y, fonce ! On se retrouvera un jour. »

Maintenant, il se demandait s'il finirait par revoir sa grande sœur. Il ne pouvait pas imaginer ne pas la retrouver. Il venait déjà de passer deux journées entières sans elle, deux journées insupportables.

Avant, il ne leur était jamais arrivé de rester séparés plus de quelques heures. Lorsqu'on les séparait, à l'École, c'était pour les punir. Le comble de l'horreur pour Max comme pour Matthew. Oncle Thomas, ce sale traître, le savait bien. Il s'était fait passer pour leur ami, mais c'était bien lui qui, en ce moment, les pourchassait. C'était bien lui qui voulait les « piquer ».

Il fallait qu'il réussisse à penser à autre chose. Il ne pouvait pas demeurer terré là, dans cet endroit tout noir et plein de boue, à se demander quand reviendrait Max. Le pire, c'était que rien d'autre ne lui manquait. Oh, peut-être la salle de télé. Un petit peu, mais pas trop. Et peut-être aussi les repas dégueulasses de l'École, mais ça, c'était uniquement parce qu'il crevait de faim. Peut-être encore Mme Beattie, mais elle, elle était morte. On l'avait sûrement tuée.

Il essaya bien de se raconter une vieille blague, mais ne la trouva pas drôle. Comment rire, alors qu'il grelottait d'angoisse et de froid, dans le noir, le nez enfoncé dans la saleté ?

Max et lui s'étaient promis de se retrouver, et il se raccrochait désespérément à cette idée. Comme le sourire de Max lui manquait ! Et même ses bavardages incessants...

Matthew releva la tête et tendit l'oreille. Il perçut un bruit proche, tout près du sol. Des feuilles mortes qu'on écrasait ? Des pas ?

Non, rien que le vent sifflant dans les arbres. Il poussa un soupir de soulagement. Et brusquement :

— Matthew ? Mon grand Matthew ? Allons, montre-toi. Sors de ta cachette. Je sais que tu es tout près d'ici, j'ai suivi la trace de tes pas. Je t'ai dans le collimateur, Matthew. Ta jolie sœur se trouve-t-elle avec toi ?

C'était oncle Thomas. Matthew se mit à trembler pour de bon. Il y avait comme une boule dans son ventre, il avait du mal à respirer. Il se dit qu'il allait peut-être mourir d'une crise cardiaque. Même s'il n'avait que neuf ans.

— Tu as toujours été un bon garçon, hein, gamin ? On le sait tous. Allons, montre-toi et je serai gentil. Juré sur le petit doigt.

Matthew savait bien qu'il avait toujours été bon et obéissant. Et il détestait entendre ce salopard d'oncle Thomas dire « juré sur le petit doigt ». Ça, normalement, c'était uniquement entre Max et lui. Ils se faisaient des promesses en se tenant par le petit doigt. C'était juste pour eux deux.

Maintenant, il était coincé. Il ne pouvait plus s'échapper. Il se releva, les jambes flageolantes. Il tremblait de partout. Ses jambes, ses bras, les muscles de son visage et même ses fesses étaient agités de tremblements incontrôlables. En plus, il était sale et sentait horriblement mauvais, ce qui le gênait affreusement.

Il émergea de sa cachette.

Oncle Thomas était là, flanqué de ses sbires. Matthew aurait tant aimé pouvoir leur faire confiance. Il était même prêt à rentrer à la maison. Après tout, pourquoi pas...

— Ah, te voilà enfin, Matthew ! s'exclama oncle Thomas d'un ton plutôt amical.

Oncle Thomas regarda le garçonnet blond s'avancer vers lui. Tout comme sa sœur, Matthew était d'une grande beauté. Sur ses ailes couleur blanc cassé, des marques argent et bleu marine. C'était un spécimen extraordinaire.

Matthew adorait les blagues et les bons mots, surtout lorsqu'il était nerveux ou effrayé. Le moment était particulièrement bien choisi.

— À votre avis, pour tirer sur un mime, il faut un silencieux ?

Oncle Thomas tira. Une seule fois, sans avoir besoin de silencieux. Et Matthew, le brave petit garçon, s'effondra comme une masse sur le sol tapissé d'aiguilles et de brindilles.

II

*Clochette est vivante*

## 27

Harding Thomas s'assit près du petit Matthew et lui dit doucement, d'un ton presque tendre :

— Je suis désolé d'avoir dû me servir d'un paralyseur. Tu sais que je vous aime, Max et toi.

Le petit garçon de neuf ans avait encore les yeux rouges et larmoyants. Difficile de ne pas avoir pitié de lui, mais l'heure n'était pas au sentimentalisme. Thomas devait s'acquitter de sa tâche.

— Je ne crois plus ce que vous dites, murmura Matthew.

— Mais tu me croyais, avant, Matthew. On était copains, tous les deux, et si je suis là aujourd'hui, c'est parce que je suis ton ami. Il était question de te piquer, mais je m'y suis opposé. Je ne pouvais pas te faire ça, mon petit bonhomme. Maintenant, je veux que tu m'aides à trouver Max. Si on veut la sauver, il faut que tu me donnes un coup de main.

Matthew demanda d'une voix à peine audible :

— Qu'est-ce que je dois faire pour sauver ma sœur ?

Thomas hocha la tête et sourit enfin.

— Je veux que tu t'envoles et que tu appelles Max. Tu es le seul qui puisse la sauver.

Il montra quelque chose au gamin. On aurait dit une bobine de fil de pêche.

— Écoute-moi bien. Ce que tu vois là, c'est du fil incassable. On s'en sert pour pêcher des thons de mille livres dans le Pacifique. Je vais te laisser une centaine de mètres. Tu me suis ?

— Oui, oncle Thomas.

— Tu es un brave garçon, et tu vas m'aider à sauver Max. Il n'y a que toi qui puisses le faire, ne l'oublie pas.

Oncle Thomas fixa la ligne à un gilet kaki qui enserrait Matthew jusqu'à la taille, puis noua l'autre extrémité autour du tronc d'un gros chêne dressé à flanc de montagne. Parfait... Le piège qu'il avait conçu à l'intention de Max était prêt à fonctionner.

Thomas vérifia une dernière fois sa ligne. Il avait passé toute sa jeunesse à la campagne. Les animaux et les oiseaux, ça le connaissait.

— Vas-y, Matthew, envole-toi. Tu as ma permission. Je t'autorise également à appeler ta sœur. C'est bon, tu peux y aller. Envole-toi !

Matthew s'exécuta. Il mourait d'envie de prendre l'air. Il déploya ses ailes d'un grand mouvement majestueux et s'éloigna de l'arbre en courant pour prendre de la vitesse.

Lorsqu'il jugea son élan suffisant, il battit des ailes, si violemment qu'elles semblaient sur le point de se détacher de son corps. Ses pieds quittèrent le sol et il s'envola en décrivant une longue courbe vers le soleil levant, porté par la lente spirale d'un courant paresseux.

Il éprouva une telle sensation de liberté qu'il en oublia, quelques secondes durant, la mission dont on l'avait chargé.

Mais très vite lui parvint la voix d'oncle Thomas posté à couvert, en contrebas. Matthew n'avait pas cru un seul des mots sortis de sa bouche. Thomas et les autres gardes attendaient en bas, armés de fusils. C'étaient des tueurs. Dès que Max ferait son apparition, ils l'abattraient.

— Appelle-la ! Je ne t'entends pas, Matthew !

Matthew s'éloigna autant qu'il le put de Thomas, de sa voix fracassante et de l'énorme chêne qui le retenait.

« Tu me vois, Max ? Es-tu en train de me regarder voler ? Es-tu dans les parages ? »

Il se résolut enfin à crier, à pleins poumons :

— Max ! Max ! Max ! Tu m'entends ? Est-ce que tu m'entends ?

Puis il recommença plus fort. Il savait parfaitement ce qu'il lui restait à faire pour sauver Max.

— Reste où tu es, Max ! se mit-il à hurler. Ne viens pas, c'est un piège ! C'est oncle Thomas et les autres. Sauve-toi, Max ! Ils ont des fusils !

## 28

Max se trouvait loin de là, bien incapable d'entendre les appels de son petit frère. Un jour nouveau s'était levé. Max avait réussi à passer une nuit de plus sans se faire prendre ni tomber entre les griffes d'un ours ou d'un puma qui l'auraient déchiquetée avant de la dévorer.

Après s'être offert un copieux petit déjeuner, elle joua à un jeu sur CD-Rom, *Tomb Raider II*. Elle adorait Lara Croft, l'héroïne. Elle aurait tant voulu lui ressembler.

Vers sept heures et demie du matin, impatiente d'explorer le monde extérieur, elle quitta la maison où elle avait trouvé refuge.

Dissimulée derrière la jungle de branches et de feuilles d'un buisson chargé de belles myrtilles bien mûres, elle vit une chose qui la fascina et la terrifia en même temps. Elle cligna plusieurs fois des yeux, et jamais son cœur n'avait battu aussi vite.

À travers la végétation, elle venait d'apercevoir deux enfants qui lui ressemblaient beaucoup. Un peu comme elle et Matthew, en fait. Comme elle, ils se promenaient dans les bois de bon matin. L'avaient-ils déjà repérée ?

La petite fille portait une salopette en jean, un T-shirt et des baskets. Cool, la tenue. Elle avait des cheveux roux, tout bouclés, la moitié retenue par un nœud violet, l'autre sur le visage. Et ses ongles vernis étaient de la même couleur que les baies qu'elle était en train de cueillir.

Le gamin, lui, devait avoir quatre ou cinq ans. En le voyant, Max songea à son frère, quelques années plus tôt. Avec un bâton, il tambourinait sur un seau d'aluminium en chantant une chanson que Max n'avait encore jamais entendue.

*Ram, ram, ratatam.*
*Ram, ram, ratatam.*

Max sentit un frisson lui parcourir la peau. Une voix intérieure lui conseilla de s'enfuir, mais elle resta paralysée sur place. Il fallait qu'elle reste. Elle avait envie de parler, de parler sans s'arrêter. Elle avait tant besoin d'aide, elle avait tant de secrets à partager. Des secrets inimaginables ! Qu'aurait fait Lara Croft dans un moment pareil ?

*Ram, ram, ratatam.*

Quelque chose lui faisait peur, mais elle ignorait quoi. Elle était plus grande et beaucoup plus forte qu'eux. Là, il n'y avait pas photo. Elle possédait des dons particuliers, et sans doute était-elle également plus intelligente. Pas de quoi pavoiser, mais bon...

Le petit garçon releva la tête, et ses yeux bleus aperçurent les yeux verts qui le fixaient. Il recula en trébuchant, cria :

— Hé, je te vois ! Hé, qui t'es ? Hé !

Désarçonnée, Max se mit à hurler, et les deux enfants l'imitèrent aussitôt.

La fillette fut la première à se calmer. Elle attrapa son frère par la main, le tira violemment à elle et lui ordonna :

— Maintenant, Bailey, ça suffit !

Elle conserva ses distances, sans reculer d'un seul pas.

— Qui t'es ? voulut-elle savoir, les yeux écarquillés de peur. C'est chez nous, ici. C'est une propriété privée. C'est marqué partout sur les arbres. T'as bien vu les pancartes, non ?

Elle devait avoir huit ans ou quelque chose comme ça. Elle était si énervée qu'elle en bafouillait presque, rouge comme une pivoine. Elle jouait parfaitement son rôle de grande sœur courageuse.

Max n'en revenait pas. Elle brûlait d'envie de parler à ces enfants, de jouer avec eux. Elle aurait tant aimé pouvoir parler à quelqu'un... n'importe qui.

— Qui t'es ? redemanda la fille.

«Très bonne question», songea Max. La fille, elle, continuait à jacasser nerveusement.

— Bon, alors moi, je m'appelle Elizabeth Ellers. Et lui, c'est mon petit frère, Bailey. Il a cinq ans, moi j'en ai neuf. Qu'est-ce que tu fais ici, hein ? Vas-y, t'as qu'à nous le dire.

Après avoir regardé Max de la tête aux pieds, le petit Bailey se détacha de sa sœur et contourna lentement l'intruse, à bonne distance.

Amusée, Max tourna sur elle-même pour empêcher le gamin de bien voir ses ailes.

— Qu'est-ce qu'y-z-ont, tes bras ? bafouilla le petit.

Max hésita. Comment ces enfants allaient-ils réagir en découvrant ses ailes ? Oserait-elle ? Elle en avait tellement envie.

Elle haussa les épaules, orienta ses coudes et les cala puis, tout doucement, tendit les avant-bras. Ses articulations se déplièrent et, dans un chuchotement magique, ses plumes jaillirent.

Bailey et Elizabeth en restèrent bouche bée, les lèvres noircies par les myrtilles. Bailey fit *oooohhh*, et enfonça ses doigts cramoisis dans sa bouche.

Max savait qu'elle avait de très belles ailes. Les barbes de ses pennes immaculées comme la neige se chevauchaient parfaitement, empêchant l'air de passer. Sous les ailes, les petites plumes laissaient entrevoir une belle peau rose, gorgée de sang fraîchement oxygéné.

Ooohh !

## 29

— Oh, la vache ! s'exclama Bailey.

« Comment ça, "la vache" ? Était-ce ainsi que parlaient les gosses dans ce coin paumé du Colorado ? "Oh, la vache" ? Bon, après tout... »

Max déplia ses deux index, ce qui eut pour effet de déployer entièrement ses ailes, dont l'envergure représentait environ une fois et demie sa taille.

— Ooohhh !

Bailey se réfugia dans les bras de sa sœur ; ses yeux bleus paraissaient plus grands que jamais. Il avait vraiment une belle petite frimousse.

— C'est des vraies ? réussit à articuler Elizabeth Ellers. On dirait des vraies.

— Bien sûr qu'elles sont vraies ! répondit en souriant Max, ravie de voir qu'elle allait réussir à amadouer les deux enfants.

— Vas-y, chuchota Bailey. Fais-le pour nous. Montre-nous comment tu voles.

Elizabeth Ellers regarda Max dans les yeux et, à mi-voix elle aussi, comme s'ils assistaient à une messe en plein air, renchérit :

— On le dira à personne. C'est promis.

Le petit garçon hocha solennellement la tête de haut en bas, puis de droite à gauche, avant de se signer sur le cœur.

— Croix de bois, croix de fer, si je mens, je vais en enfer. Pareil pour Elizabeth. S'il te plaît, fais-le. Montre-nous.

— Si je le fais, il ne faudra pas le dire, hein ? C'est juste entre nous, lui dit Max. Et ne dis jamais « si je mens, je vais en enfer ». Ça pourrait t'arriver.

— On dira rien, insista le petit.

— Attention ! Si vous parlez, je reviendrai vous chercher.

— T'es une vampire ou quelque chose comme ça ? s'inquiéta Bailey, nerveux, qui s'était mis à loucher.

— Et comment que je suis une vampire. Non, c'est pour rire, je ne suis pas une vampire. Toi, tu es un nain martien ? Tu viens d'une autre planète ?

Elizabeth éclata de rire ; Max l'aurait bien serrée dans ses bras.

— T'as raison, dit-elle. Lui, c'est vraiment un Martien. C'est quoi, ton nom ?

— Oh... je m'appelle Clochette.

Rires. Max avait envie d'impressionner les deux enfants, mais aussi de se confier. Elle était d'un naturel ouvert. Sage et attentionnée, elle faisait toujours preuve d'une grande gentillesse à l'égard des autres. Pour elle, communiquer était indispensable. La seule vérité qu'elle avait apprise à l'École était qu'on récolte toujours ce qu'on a semé.

Elle regarda le sentier devant elle, constata que le terrain était plat et dégagé : ni cailloux, ni racines. Elle prit son élan.

Quatre ou cinq enjambées à peine, et elle eut l'impression que ses ailes fendaient littéralement l'air. La poussée la souleva et l'arracha du sol.

— La vache ! hurla Max en se demandant si les enfants saisissaient le clin d'œil.

Elle monta tout droit avant de piquer sur Elizabeth et Bailey qui, instinctivement, se plaquèrent au sol. Max riait à en perdre le souffle. Elle adorait jouer avec les autres enfants. C'était ce qu'elle préférait par-dessus tout.

Mais surtout, elle rêvait tant de pouvoir leur révéler ses secrets. Le problème étant qu'en faisant cela elle les mettrait eux aussi en danger. Croix de bois, croix de fer, si on ment, on va tous en enfer...

Max battait souplement des ailes, évoluant dans les airs en toute liberté. Elle décrivait de grands cercles, s'amusait à copier le contour d'un nuage, virait lentement sur la gauche, puis sur la droite.

Du sol, muets de stupéfaction, les yeux grands ouverts, la main en visière, Elizabeth et Bailey suivaient ses évolutions.

Pour elle, ils étaient déjà devenus minuscules, mais elle distinguait encore leurs visages braqués vers le ciel et le O parfait de leur bouche. Max savait bien qu'ils ne pouvaient rien faire pour elle. Ils étaient trop petits, cette histoire les dépassait totalement. Et elle ne supportait pas l'idée qu'on puisse leur faire du mal à cause d'elle et de ce qu'elle savait.

Elle leur adressa un au revoir de la main. Ils l'imitèrent.

— On dira rien ! beugla Bailey. Croix de bois, croix de...

— Reviens nous voir ! lança Elizabeth. On pourrait être copines !

Sitôt qu'ils eurent disparu de son champ de vision, Max éprouva un immense vide. Bailey et Elizabeth étaient vraiment de braves gosses. Ils seraient peut-être devenus amis si elle avait pu rester un peu.

Et Matthew, bien sûr, lui manquait terriblement. L'absence de son petit frère lui faisait l'effet d'un trou immense, informe, au milieu de la poitrine.

Elle prit de l'altitude, survolant désormais les plaines couleur d'or qui ondoyaient à la lisière des bois. Une douleur diffuse avait envahi son corps. Max se sentait très seule et elle savait bien, tout au fond d'elle-même, qu'elle n'était pas faite pour être seule.

Après tout, elle n'était qu'une enfant, elle aussi.

*Ram, ram, ratatam.*
*Ram, ram, ratatam.*

# *30*

Les bras de David pendent mollement sur mes épaules. J'essaie de le traîner au milieu d'un paysage désolé, une sorte de désert blafard vaguement familier. À la place du soleil, il y a une gigantesque horloge fichée dans le ciel et la grande aiguille égrène les secondes séparant la vie et la mort. Ce n'est pas la première fois que je me retrouve ici.

— Dépêche-toi, Frannie, je t'en supplie, halète David tout contre ma joue.

Il n'a presque plus de voix.

— Je suis désolée, chérie, mais il faut que tu fasses vite. On n'a pas beaucoup de temps.

Je n'en peux plus. Le corps sans force de David pèse une tonne, je suis épuisée, mais pas question d'abandonner.

— Tiens bon, lui dis-je. Fais-moi plaisir, accroche-toi.

Je sens son sang chaud m'engluer la nuque, me raidir les cheveux. Les larmes m'inondent les joues.

— Je suis là, me souffle-t-il. Tu pourras toujours compter sur moi.

Il est tellement lourd que ses pieds tracent des sillons dans le sable. J'ai changé de prise, sans cesser d'avancer. Mes bras ankylosés me font mal. Je sens le cœur de David battre contre mon dos, faiblement, à peine discernable.

Comme d'habitude, il commence à parler de nous, à évoquer des histoires joyeuses qui me rappellent, si besoin était, que nous avons eu une vie de couple bien remplie. Chacun a fait une belle carrière. Il était sérieusement question d'avoir un enfant, voire, avec un peu de chance, deux ou trois.

— On aurait dû faire des gosses, Frannie. On n'aurait pas dû attendre.

Et je lui réponds :

— Non, David. S'il te plaît. Je ne veux pas entendre ça.

Impossible de l'arrêter.

— Tu te souviens de notre cinquième anniversaire de mariage ? Tu revois ce petit hôtel, dans le Vermont, où on avait passé toute la journée à faire l'amour. Le petit déjeuner, le déjeuner et le dîner au lit...

— Bien sûr que je m'en souviens, David. Ce sont des moments que je n'oublierai jamais.

Il se met à fredonner un air. C'est la merveilleuse mélodie d'*Un homme et une femme*, un film qu'il adore. Moi aussi, d'ailleurs. Nous avons dû le voir au moins cinq ou six fois. Brusquement, je m'arrête.

— On est arrivés ? me demande-t-il.

Devant moi, encore et toujours ce désert aveuglant qui semble flotter sous la chaleur. Et je réponds :

— Oui, on y est.

Je le laisse glisser et je le couche doucement par terre, en plein soleil. Je lui allonge les bras le long du corps. Il a les mains et les pieds en sang, mais ce n'est rien à côté de la plaie juste à côté du cœur. Une balle.

— Je suis désolé pour tout ce que j'ai fait, me dit David. Si tu savais comme je regrette, Frannie.

Je ne comprends pas ce qu'il me raconte, mais je fais comme si et je hoche la tête.

J'enlève tous mes vêtements pour en faire un coussin aussi doux que possible, que je glisse délicatement sous la tête de David. C'est le geste le plus déchirant de ma vie.

— Merci, me dit David, l'œil attendri, mais encore vif. Je savais que tu ne me laisserais pas mourir.

Et là, David meurt, comme chaque fois. C'est pareil tous les matins.

La sonnerie du réveil posé sur le rebord de la fenêtre me tira de ce rêve inquiétant et pourtant si réaliste, même si David avait trouvé la mort sur un parking de Boulder, et non dans quelque désert mystérieux.

J'ouvris les yeux. Je me trouvais dans ma petite chambre, à la clinique, les bras en arrière, soudés à la tête de lit, les yeux larmoyants, les joues mouillées, et la poitrine en feu, comme si une pluie de coups de marteau venait de s'abattre sur moi. Et il me revint à l'esprit que dans un passé encore proche, j'avais vécu heureuse. J'aimais un homme et cet homme m'aimait.

Coup de pied pour dégager l'enchevêtrement des draps et couvertures. Une image surgit, presque choquante. Mon cauchemar était en train de se dissoudre, et pourtant je ne pus m'empêcher d'éprouver comme un sentiment de honte.

Je me trouvais face à un homme. Blond, il avait une

chemise en jean et affichait un sourire extraordinairement radieux. Je me vis me tournant vers lui.

Je sautai du lit qui ressemblait à un champ de bataille. Pourquoi culpabilisais-je autant ?

Clignant des yeux pour évacuer l'image de Kit Harrison, je fis quelques pas jusqu'à la fenêtre qui donnait sur la forêt, l'ouvris et respirai à pleins poumons. L'air fleurait bon l'herbe et la résine de pin.

La petite brise du matin glissa sur ma peau moite. Je commençais déjà à me sentir un peu mieux. Et juste au moment où j'allais m'éloigner, un hurlement déchirant me glaça le sang.

## 31

Cela venait de la forêt. Une longue et horrible plainte. Il ne me fallut pas plus d'une minute pour enfiler mon jean, mes chaussures de service et mon T-shirt de la veille.

Je fis une brève halte au labo, le temps de remplir une seringue de chlorhydrate Kétamine, de prendre un anesthésiant et de fourrer le tout dans mon sac à dos. Pip réclamait son petit déjeuner à grands renforts d'aboiements. Il attendrait.

— Je reviens, lui criai-je en me précipitant dehors.

Le hurlement se prolongeait ; j'en avais mal aux tympans. Courant à perdre haleine, les chaussures détrempées, je faillis glisser à plusieurs reprises.

J'étais presque sûre de savoir d'où provenait ce cri angoissant et ce qui s'était passé.

Derrière la clinique, le terrain boisé plongeait vers une

petite rivière. À la fonte des neiges, le ruissellement des eaux labourait le sol, créant des ravines qui, l'été venu, asséchées et obstruées de débris végétaux, faisaient le bonheur des prédateurs en quête de rongeurs.

Les braconniers, qui le savaient, y posaient fréquemment leurs pièges.

Les miaulements suraigus gagnèrent en intensité, puis s'interrompirent brutalement. L'animal haletait. Puis la plainte reprit, si atroce que j'en avais la gorge nouée.

Je franchis d'un pas l'amorce d'une fondrière et aperçut enfin le renard. Une belle bête au poil roux, suspendue dans le trou par une patte et qui, de l'autre, grattait frénétiquement la paroi pour tenter de se libérer. Cette scène me donna la nausée.

Je compris aussitôt ce qui s'était passé.

Pris dans un piège, le renard avait voulu se dégager et, en reculant, il était tombé dans la ravine, la patte toujours prisonnière des mâchoires d'acier.

Cette scène me révulsait. L'animal était en train de vivre un véritable supplice, et tout ça pour quoi ? Pour que quelqu'un, à Aspen ou à Boulder, puisse se pavaner dans son manteau de fourrure ? C'était une femelle. La renarde suppliciée était folle de douleur, et je la comprenais.

— Ne bouge pas, lui dis-je, pas trop fort pour ne pas l'effaroucher. J'arrive.

« Non, petit renard, je t'assure que je ne vais pas te faire de mal. »

La chaîne du piège, doublée, avait été passée autour d'un tronc d'arbre. Impossible d'ouvrir le cadenas, malgré tous mes efforts.

— C'est pas vrai !

Je songeai à sortir la renarde de la ravine en remontant la chaîne, mais c'était la morsure assurée. La bête pouvait être enragée et, pour ne rien arranger, j'avais oublié mes gants.

Il fallait que je trouve un moyen de descendre dans la fondrière. Ayant repéré un endroit qui me semblait approprié, je décidai de tenter ma chance. Malheureusement, l'argile se déroba sous mes pieds et j'eus droit à trois mètres de glissade sur les fesses.

Moi qui voulais m'approcher discrètement, c'était réussi ! La pauvre renarde, terrorisée, se débattit encore plus violemment, claquant des mâchoires, la bave à la gueule. Je vis qu'à force de s'agiter, elle avait aggravé sa blessure. L'os de sa patte était à nu.

— Ça va aller, ma petite.

Comment lui injecter la Ketamine ? Il y avait bien une sorte de corniche à la hauteur de mes épaules, mais elle me paraissait trop étroite et fragile pour que je me risque à m'y accrocher tout en essayant d'enfoncer mon aiguille dans la patte de l'animal.

Les glapissements incessants de la renarde étaient en train de me rendre folle. Elle n'allait pas tarder à entrer en état de choc. Peu après, ce serait la mort.

Et je savais que, toute seule, jamais je ne parviendrais à la sauver.

## 32

Kit venait de frapper une superbe balle qui, tel un boulet de canon, s'était élevée loin dans les airs. Sa belle et longue trajectoire en courbe lui ferait dépasser le Monstre Vert, l'enceinte mythique du terrain de Fenway Park, à Boston. *Home run !* Ses deux enfants l'admiraient depuis leurs sièges, derrière la ligne de première base.

Un martèlement insistant à la porte du chalet l'arracha soudain à sa fin de nuit et à ses rêves de base-ball héroïque. Il posa la main sur le fusil qu'il gardait sous le lit, fit glisser l'arme sur le plancher.

— Oui ? Qui c'est ?

Il se redressa face à la fenêtre, écarta les rideaux et aperçut Frannie O'Neill qui, comme toujours, faisait grise mine. Il ne l'avait encore jamais vue détendue.

Que lui voulait-elle encore ?

Il sauta dans son jean, remonta la fermeture Éclair, ferma le bouton. À la porte, les coups redoublèrent. « Une chemise propre, vite ! » Mais il dut renoncer.

— J'arrive.

Il ouvrit, aussitôt submergé par un torrent verbal à peine intelligible.

— J'ai besoin de votre aide, cracha Frannie. Je vous en prie, monsieur Harrison, il faut absolument que vous me donniez un coup de main.

*Monsieur* Harrison ?

— Bien sûr, pas de problème. Attendez, il me faut des chaussures...

Il attrapa ses tennis et la suivit au pas de course, torse nu. Elle se déplaçait si vite qu'il la perdit presque de vue. Elle avait de grandes jambes, et manifestement savait s'en servir. Et maintenant, comme ça, elle lui donnait du « monsieur Harrison » ?

— J'aimerais que vous m'expliquiez...

Il n'acheva pas sa phrase. Dès qu'il aperçut le pauvre animal gigotant au bout de sa chaîne, la patte broyée par les mâchoires du piège d'acier, il comprit pourquoi Frannie détestait autant les chasseurs. Et pourquoi elle manifestait une telle animosité à son égard depuis qu'il avait débarqué chez elle avec un fusil.

Le pelage fauve du renard était maculé de sang. Cisaillées par les dents du piège, la peau et la chair de sa patte semblaient avoir été littéralement retroussées depuis l'articulation. L'animal respirait difficilement, émettant par intermittence une plainte rauque et pitoyable.

— Je n'arrive pas à l'atteindre, haleta Frannie. J'ai essayé toute seule. Impossible.

Elle paraissait sur le point de craquer, et Kit lui-même avait comme un nœud dans la gorge. Le spectacle de la pauvre bête martyrisée le désolait et lui donnait des envies de meurtre. Comment pouvait-on infliger de pareilles souffrances à un animal ?

— Que voulez-vous que je fasse ?

Elle lui montra la seringue qui dépassait de son poing serré.

— Il faut que je lui enfonce ça dans la cuisse.
— D'accord, je comprends.

Il descendit au fond de la fosse à pas prudents, en réussissant à ne pas déraper sur la pente de glaise, examina l'endroit, puis remonta.

Ensuite, il s'accroupit à l'aplomb de la renarde suspendue dans le vide, à moins d'un mètre du bord, et, après avoir de l'œil jaugé et soupesé l'animal, il balaya rapidement le sous-bois du regard, à la recherche d'une branche cassée.

— Je pense que ça pourrait faire l'affaire, lança-t-il à Frannie.

Il avait trouvé une branche assez longue, d'une dizaine de centimètres de diamètre.

— Que faites-vous ? À quoi pensez-vous ?

Pour toute réponse, Kit se mit à plat ventre et s'avança jusqu'aux épaules au-dessus de la ravine.

— Surtout faites attention, lui murmura Frannie.

Kit approcha son bâton du museau de l'animal qui écumait à chaque halètement et dont les yeux presque vitreux ne le voyaient peut-être déjà plus.

La branche effleura la gueule de la renarde. Celle-ci, d'un coup de mâchoires, happa le morceau de bois et tenta vainement de le briser.

En priant pour que sa perche de fortune résiste aux crocs, Kit hissa lentement la renarde et parvint à la déposer sur le sol.

— Piquez-la maintenant, murmura Kit, essoufflé.

Sans perdre une seconde, Frannie enfonça l'aiguille dans la patte arrière de l'animal et vida la seringue. Quelques soubresauts plus tard, la renarde s'affalait, inanimée.

Kit la recueillit dans ses bras comme s'il s'agissait d'une simple peluche.

— Bien joué, fit Frannie. On a enfin réussi !

Elle prit l'animal et le coucha doucement sur le sol. Kit écarta les mâchoires du piège ; avec les plus grands soins, Frannie libéra la patte meurtrie.

— C'était vraiment du beau travail, dit-elle. Je vous remercie mille fois. Vous vous défendez rudement bien, en secourisme.

— De rien. On fait une belle équipe. Je suis content qu'on ait réussi à sauver notre copine la renarde.

Et là, ô miracle, Frannie O'Neill se fendit enfin d'un large sourire.

Et Kit se dit que, finalement, il avait peut-être bien fait d'attendre...

## 33

— Salut, les Rocheuses !

Max volait. Comment résister à l'appel de ces nuages qu'elle aurait pu mordre comme de la barbe à papa, de ce vent au sifflement si aigu, de ce ciel d'un bleu si limpide ? Elle se laissait porter sans le moindre effort. En dessous d'elle, entre les monts boisés, miroitaient les eaux noires d'un lac encaissé.

Elle descendit, comme attirée par cette immense flaque lisse comme de l'ardoise, et distingua aussitôt les phénomènes d'inversion thermique au-dessus de la surface. Sa maîtresse et amie, Mme Beattie, lui avait parlé des courants aériens et de l'incidence des températures lorsqu'on était en vol. Des informations que Max avait parfaitement retenues. Cela faisait partie de ses dons.

Elle jouait avec son ombre, cet oiseau noir démesuré qui glissait sur la cime des arbres, exécutant de grands moulinets comme si elle ramait. Elle suivait la courbe de la Terre de plus en plus vite.

Des images de Mme Beattie, de l'École, du foyer qu'elle avait quitté, vinrent gâcher cet instant de pur bonheur. C'était plus fort qu'elle. Elle se souvenait surtout des pires moments, ils étaient si nombreux...

Un matin, de très bonne heure, Mme Beattie était venue les trouver, Matthew et elle, dans la petite chambre où ils dormaient toujours. Mme Beattie était alors leur maîtresse depuis trois ans. Avant elle, il y avait eu des nourrices et d'autres tuteurs, mais cela changeait tout le temps. Et chaque fois, pas plus d'amour que d'affection. À l'École, c'était interdit. Ils avaient juste le droit d'apprendre, de travailler, d'obéir. Et de faire des tests. Encore et toujours des tests...

— Max... Matthew... chuchota Mme Beattie.

Avant qu'elle ait eu le temps de s'approcher du lit, Max émergeait déjà de son sommeil.

— On est réveillés, couina Matthew. On vous a entendue venir.

— Je sais bien, mon lapin. Bon, écoutez-moi. Ne dites pas un mot avant que j'aie terminé.

Matthew comprit tout de suite qu'il y avait un gros problème. Et comme Max, il demeura muet.

— Quelquefois, il arrive du mal à des gens bien, chuchota Mme Beattie.

Mme Beattie n'était pas seulement leur professeur, elle était aussi docteur. C'était elle qui faisait passer les examens, et notamment tous les tests d'intelligence, Stanford-Binet, WPPSI-R, WISC III, Beery, Act III et compagnie.

Matthew fut le premier à rompre son vœu de silence.

— Ils vont nous piquer, hein, c'est ça? On en était sûrs.

— Non, mon chéri. Vous, vous n'êtes pas comme les autres, vous êtes des enfants exceptionnels. Mais ce qui est vrai, c'est que le petit Adam a été piqué hier soir. Je sais que c'est dur, mais il fallait vraiment que je vous le dise.

— Oh, non, pas Adam! glapit Matthew. Pas Adam!

Ils s'accrochèrent à Mme Beattie, en larmes, tremblants. Adam n'était qu'un petit bébé, extraordinairement intelligent, avec des si jolis yeux bleus.

— Maintenant, les enfants, il faut que je m'en aille. Je préférais vous dire ça avant que vous ne l'appreniez de la bouche de M. Thomas. Tu sais, Max, je t'aime. (Elle les serra contre elle.) Et toi aussi, Matthew. Je ne voudrais pas que vous pensiez du mal de moi.

Quelques jours plus tard, Mme Beattie disparut à son tour. Ils ne la revirent plus. Pour Max, cela ne faisait aucun doute : on l'avait piquée.

Quand elle revint à la réalité, Max s'aperçut qu'elle volait beaucoup trop vite, sans regarder où elle allait. Ses souvenirs l'avaient égarée.

Elle changea de direction, monta en flèche vers le soleil. Aveuglée par une mozaïque de taches de toutes les couleurs, elle grimpa toujours plus haut. L'air était de plus en plus frais, de plus en plus pauvre en oxygène.

Lorsque enfin respirer lui devint impossible, elle exécuta une boucle complète et piqua droit vers les eaux scintillantes du lac.

Les ailes collées au corps, assourdie par le sifflement de l'air, les poumons en feu, elle creva la surface avec un angle d'attaque parfait.

Ce fut un magnifique plongeon.

Voler, il n'y avait que ça de vrai !

## *34*

Harding Thomas s'arrêta au Quik Stop, à Bear Bluff, pour prendre un café et se recharger en sucre. Au comptoir, il commanda « un grand noir » à la serveuse.

Deux enfants aux regards étonnés et aux cheveux roux

étaient en train de parler à leur mère, juste à côté d'un congélateur bourré de crème glacée Ben & Jerry.

Au moment où on le servait, Harding Thomas entendit :

— Je t'assure, maman, on aurait vraiment dit un oiseau. Elle était grande, et très, très belle. Comme un Power Ranger, sauf que c'était une vraie fille.

Électrisé, il faillit en laisser tomber sa tasse. Une gerbe de café vint éclabousser ses chaussures de marche.

La mère se dirigeait vers la caisse, hypnotisée par la couverture du dernier *People*. Ses sandales avachies claquaient sur le vieux linoléum brun et crème. Elle devait avoir dans les trente-cinq ans. Des bourrelets de graisse masquaient le haut de son short Champion informe, mais les gosses, eux, étaient plutôt mignons. Et manifestement, ils débordaient d'énergie.

Thomas s'empara d'un Snickers sur le présentoir avant de se diriger à son tour vers la caisse.

La petite famille se trouvait juste devant lui. Maman, apparemment, avait demandé à sa progéniture de se taire. Un conseil judicieux, mais un peu tardif.

— J'ai entendu ce que racontaient vos enfants, dit-il en souriant. Une extraterrestre qui vole... C'est une histoire pour le *Star*, ça.

Et du pouce, il désigna l'un des journaux à sensation en vente près de la caisse.

— Mais si, c'est vrai, insista le petit garçon. On a vu une fille qui volait. Hein, Elizabeth ?

Sa sœur lui décocha un regard de mise en garde, sans résultat. Thomas, encore légèrement sceptique, espérait bien en apprendre davantage. Cela ne devait pas être trop difficile ; les enfants lui réussissaient assez bien, en général.

Deux amateurs de VTT entrèrent dans le petit supermarché, maculés de boue. Ils portaient des casques et des chaussures de cyclistes. « Pourvu qu'ils n'entendent rien », songea Thomas. À son grand soulagement, ils se dirigèrent vers le fond du magasin.

— Bailey, Bailey, gémit la mère. Que vais-je bien pouvoir faire de toi ?

Elle se tourna vers Thomas, lissant d'une main ses cheveux teints au henné sans parvenir à dissimuler une certaine gêne.

— Hier soir, ils ont regardé une cassette de *Hook*. Maintenant, il voit la fée Clochette dans les bois. Et moi, je devrais le croire. (Sourire.) Enfin, après tout, c'est peut-être bon signe. Il a de l'imagination à revendre. Il paraît que plus tard, ça donne des esprits créatifs.

Blessé, le petit s'indigna :

— J'ai rien inventé ! On a vu la fille dans la forêt, près du coin aux myrtilles. C'est elle qui a dit qu'elle s'appelait Clochette, et elle volait loin au-dessus des arbres. Je te jure.

Harding Thomas situait à peu près l'endroit auquel l'enfant faisait allusion. Il l'avait déjà quadrillé deux fois avec ses hommes, sans succès. Il jeta deux pièces sur le tapis de la caisse, lança un au revoir à la cantonade et sortit.

## *35*

Thomas les suivit au volant de sa Range Rover. Ils avaient un vieux pick-up Izuzu à la carrosserie bosselée et rouillée. La mère ne semblait guère pressée de rentrer. Thomas ne risquait pas de les perdre.

Avant de faire ce qu'il faisait aujourd'hui, Thomas avait été capitaine. Il enseignait les sciences à l'école de l'armée de l'air quand le Dr Peyser l'avait approché pour lui proposer un poste. Il lui avait exposé son rêve, un rêve auquel Harding avait aussitôt souscrit. Il n'était pas le seul, et il avait la conviction qu'il fallait tout faire pour protéger ce rêve, cette vision de l'avenir. Voilà pourquoi il avait décidé de suivre la mère et ses deux enfants depuis le Quik Stop.

Lorsque le pick-up s'engagea sur un chemin défoncé et envahi de mauvaises herbes, Thomas comprit pourquoi la petite famille ne se pressait pas pour rentrer chez elle. La maison était une vraie ruine.

La façade lépreuse avait dû être blanche dans une vie antérieure et le porche gîtait dangereusement. Le terrain ne semblait pas avoir été fauché depuis une éternité et sur la boîte aux lettres, le nom Ellers était devenu quasiment illisible.

Thomas accéléra et pila derrière l'Izuzu juste au moment où ses passagers débarquaient.

Devant la mine inquiète de la mère et de ses enfants, Harding Thomas sauta de sa voiture, leva les mains et arbora un grand sourire cordial. Il allait leur faire son numéro d'oncle Thomas. Se faire passer pour quelqu'un d'amical était devenu l'une de ses grandes spécialités.

— Ohé ! Salut, les enfants, vous vous souvenez de moi ? N'ayez pas peur. Souriez, c'est pour la caméra invisible ! J'ai repensé à ce que les petits auraient vu dans les bois, et je me suis dit que ça pouvait peut-être être important pour vous.

— Hé, j'ai jamais dit que j'avais vu quelque chose, protesta la fillette. J'ai rien vu, moi. Et mon Martien de frangin non plus, d'ailleurs. Il raconte n'importe quoi, comme d'habitude.

— Excusez-moi, monsieur, commença la mère, mais je ne crois pas que...

— Ils ont vu une petite fille de onze ans avec des ailes, l'interrompit Harding Thomas. Moi, je crois ce que dit votre gamin. Et pour être tout à fait franc, cette fille, je l'ai moi-même vue. J'aimerais vous exposer ce que je sais et de votre côté, vous pourriez en faire autant. Puis-je entrer un instant ? Je vous assure qu'il s'agit d'une question vitale. Aussi étrange que cela puisse vous paraître, vos enfants vous ont dit la vérité.

Harding Thomas sortit son portefeuille pour en extraire une carte de visite attestant de sa qualité de conseiller juridique au ministère de la Justice. Rien de tout cela n'était vrai, bien entendu, mais cette petite carte se révélait souvent extrêmement précieuse.

Les Ellers allaient devoir répondre à un certain nombre de questions. Après quoi, ils devraient disparaître.

Ils avaient vu Clochette.

Une fois à l'intérieur, Harding Thomas s'efforça de mener son petit interrogatoire aussi diplomatiquement que possible.

— Je sais que tout ça peut paraître extrêmement bizarre, les enfants, et même inquiétant. Je dois vous avouer que je suis moi-même très déconcerté.

— Voulez-vous un peu de café ? proposa la mère, visiblement impressionnée par la fausse carte de visite.

— Appelez-moi Thomas. Oui, je veux bien. Je viens d'en prendre, mais je crois que, vu les circonstances, une deuxième tasse ne me ferait pas de mal.

La mère partit faire du café. Sans doute se contenterait-elle de verser un peu d'eau chaude sur du Nescafé, mais Harding aurait au moins le champ libre durant quelques minutes.

— Vous pouvez m'appeler oncle Tommy, chuchota-t-il aux deux enfants qui l'observaient, les yeux écarquillés.

— On n'a rien vu du tout, insista la fillette. Mon frère, il est complètement siphonné.

— On l'a vue, la fille avec des ailes ! fanfaronna le garçon. Même qu'elle volait !

Sa sœur le foudroya du regard.

— Non, c'est pas vrai. On l'a pas vue.

Harding Thomas frappa violemment du poing sur la table basse du salon.

— Mais si, vous l'avez vue ! Vous l'avez vue, et vous l'avez vue voler. Et maintenant, vous allez me raconter tout le reste, sinon je vais vous faire du mal, à vous et à votre maman. Regardez-moi dans les yeux, et vous allez comprendre que je ne plaisante pas.

Les deux enfants le regardèrent et ils comprirent et ils lui racontèrent tout ce qu'ils savaient sur la fille qui avait des ailes.

## 36

Kit avait retrouvé les réflexes du métier. Tom Brennan était de retour.

Il lui fallut trois quarts d'heure pour faire le trajet de Bear Bluff à Boulder. Il gara sa Jeep noire dans une petite rue encombrée, à quelques centaines de mètres de l'hôpital. À peine sorti, il se rendit compte que la réputation de la ville n'était pas usurpée. Ici, on voyait de tout : des hippies rescapés des années 60, des échantillons des années 80 garantis cent pour cent céréales, des caricatures de la Génération X, et pas mal d'autochtones qui se signalaient par leur apparence relativement normale.

Kit se retournait constamment, aussi discrètement que possible, pour s'assurer qu'il n'était pas suivi.

Il voulait parler à un certain Dr John Brownhill qui travaillait au service des fécondations in vitro. Selon les rapports sur lesquels Kit avait planché au FBI, ce médecin avait été en relation avec deux de ses confrères assassinés à San Francisco et à Cambridge.

Il patienta dans la salle d'attente. Les responsables de la clinique avaient visiblement privilégié l'accueil. Murs jaune paille, bouquets de fleurs, magazines récents, tout avait été prévu pour que les futures mamans se sentent à l'aise. Kit appréciait, lui aussi, ce cadre réconfortant. Il avait besoin de se détendre, et ce n'était pas toujours facile.

— Le Dr Brownhill va vous recevoir, annonça la secrétaire, une grande Noire rayonnante, aimable et attentionnée à l'extrême — une qualité que tous les membres du personnel semblaient partager. Premier bureau à droite, dans le couloir. Vous ne pouvez pas vous tromper.

La luxueuse moquette beige s'enfonçait sous ses pas. Avant de pénétrer dans la pièce, il prit une profonde inspiration. « C'est parti. »

L'homme qui lui ouvrit la porte était impressionnant. Cheveux longs — châtain tirant sur le roux, avec quelques petites mèches argentées — et le teint rougeaud, il paraissait en pleine forme physique. Son sourire, qui dévoilait deux belles rangées de dents, avait quelque chose de désarmant. Kit se fit la réflexion que le Dr Brownhill ne devait pas avoir son pareil pour réconforter ses patientes.

— Vous me voyez intrigué, monsieur Harrison. Vous êtes venu seul. Cette visite concerne-t-elle votre épouse ? Ou peut-être une amie ?

Kit hésitait encore sur la stratégie à adopter. D'un ton presque arrogant qu'il employait rarement en service, il lâcha :

— J'appartiens au FBI et je suis venu dans le Colorado pour enquêter sur un meurtre.

Ce ne fut qu'un mouvement furtif, mais Kit surprit un léger tic sous l'œil droit de John Brownhill.

— Je ne comprends pas, fit le médecin. Un meurtre ?

Impassible, Kit poursuivit :

— Avant de venir ici, vous exerciez à San Francisco, n'est-ce pas ? Au centre universitaire, et aussi dans une clinique de fécondation in vitro.

— Cela remonte à cinq ans, opina Brownhill, et jamais je n'ai regretté de m'être installé ici. Quoi qu'il en soit, je vois mal pour quelles raisons le FBI s'intéresse à moi. Vous parlez d'une enquête sur un meurtre ? Moi, je me borne à aider des couples qui, sans mon intervention, ne pourraient pas avoir d'enfants.

Kit jaugea le médecin au fond des yeux.

— Lorsque vous exerciez à San Francisco, connaissiez-vous le Dr James Kim ?

— Oui, je le connaissais, mais pas très bien. Nous nous sommes retrouvés tous les deux en Californie à la même époque. Voulez-vous bien en venir au fait ? Il y a des femmes enceintes qui m'attendent.

Kit hocha la tête d'un air compréhensif.

— J'ai rencontré le Dr Kim au mois de mai. On lui reprochait d'avoir pratiqué des expériences illégales en Californie du Nord. Il m'a déclaré qu'un médecin du nom d'Anthony Peyser se cachait ici, dans le Colorado. Et que lui et vous aviez travaillé avec le Dr Peyser.

Le Dr Brownhill secoua la tête.

— Attendez une minute... Ce n'est pas vrai. Le Dr Peyser a bien été accusé de manquements graves à la déontologie, mais je n'avais strictement rien à voir avec son laboratoire de Berkeley, ni avec les travaux qu'il y menait. On ne m'a jamais reproché la moindre pratique illégale et comme vous pouvez le constater vous-même, je ne cherche pas à me faire oublier.

Kit baissa le ton.

— Savez-vous que James Kim est mort ? On l'a abattu il y a une semaine en Californie. C'est un peu pour cela que je suis ici aujourd'hui.

John Brownhill parut réellement surpris.

— Je n'étais pas au courant. Kim, assassiné ? C'est vraiment moche. Mais je ne vois toujours pas en quoi je pourrais vous être utile. Je n'ai pas la moindre idée de ce qu'a pu devenir le Dr Peyser.

Lorsque le Dr Brownhill voulut se lever et s'en aller, Kit le retint d'un geste.

— J'ai encore autre chose à vous demander, docteur. C'est important. Pourriez-vous me parler du Dr David Mekin ? Vous avez travaillé avec lui aussi bien ici qu'à San Francisco, et je crois savoir que vous étiez amis. David Mekin a été assassiné, lui aussi. Pensez-vous qu'il s'agisse également d'une coïncidence ?

Le Dr Brownhill quitta son fauteuil.

— Vous voudrez bien m'excuser, mais j'ai des patientes à voir. David Mekin était mon ami et je ne tiens pas à reparler de sa mort.

Kit se leva à son tour en prenant tout son temps, et quitta la clinique en ayant le sentiment d'avoir rempli son contrat. Il avait réussi à déstabiliser son client, l'avait poussé dans ses derniers retranchements. Sans doute jusqu'au mensonge. Il avait donné un coup de pied dans la fourmilière. C'était un bon début.

## 37

La nuit était tombée sur les contreforts des Rocheuses, une nuit d'un bleu insondable, piquée d'étoiles. À la lisière de la forêt, à quelques pas de la maison, les hommes de l'équipe de sécurité s'agenouillèrent.

Avec leurs lunettes de nuit, on aurait dit un groupe d'intervention de la police ou un commando de l'armée sur le point de frapper un grand coup.

Ils tenaient la fille. On l'avait repérée à proximité des buissons à myrtilles.

Immenses baies vitrées face à la montagne, grand toit pointu à deux pans : le chalet était la caricature même de la résidence secondaire pour jeune cadre supérieur. Les propriétaires, des nouveaux riches de Californie du Sud, ne venaient que le week-end.

Harding Thomas enregistra tout dans le moindre détail. Il était à peine plus de vingt-deux heures et tout semblait éteint, sauf dans une pièce du bas où scintillait une lumière gris-bleu, soudain éclipsée par une lueur vive, presque blanche.

Quelqu'un regardait la télévision. Max adorait la télévision. À l'École, elle l'appelait « mon papa et ma maman », « ma nounou » ou « ma copine ».

— On y va, fit Thomas à mi-voix, en assortissant son ordre d'une mise en garde : Attention, elle n'a peut-être que onze ans, mais elle est très forte. Physiquement, elle pourrait en remontrer à la plupart des hommes. Son torse et ses épaules ont été conçus spécialement pour elle.

— C'est qui, cette nana, Supergirl ? ricana l'un des hommes.

— On peut dire ça, lui rétorqua Harding Thomas. Si tu te plantes, tu t'en rendras très vite compte. Garde en tête qu'elle n'a rien d'une fillette de onze ans.

Harding Thomas monta sur la terrasse en faisant grincer sous ses pas les marches de bois quasiment neuves, contourna les pots de géraniums et trois paires de vieux rollers de marque Roces Barcelonas.

Les chasseurs ajustèrent leurs lunettes de vision nocturne et, sans perdre une seconde, gagnèrent l'étage, bousculant au passage le mobilier de jardin dont le métal luisait dans la pénombre. C'était la même équipe qui avait supprimé le Dr Frank McDonough dans sa piscine.

La lumière qui pulsait par la baie vitrée était bien celle d'un téléviseur. Thomas s'approcha de la vitre et découvrit un salon.

Il y avait des lampes à halogène à profusion, mais toutes éteintes. Un télescope monté sur trépied, un système de projection vidéo, des fauteuils habillés de toile de jute sur laquelle on lisait « Café du Guatemala, 25 kg » ou « Café du Yémen, 25 kg ».

Et, juste sous la fenêtre, allongée sur un canapé moelleux, Max dormait, enveloppée dans ses propres ailes.

— Dieu merci, souffla Harding Thomas.

## 38

Max entendit les couinements. Cela venait du dehors, de la terrasse. Elle se représenta tout ce qui était censé s'y trouver.

Elle n'ouvrit pas les yeux, mais était parfaitement réveillée. Tous les sens en alerte, elle comprit qu'il se passait quelque chose d'anormal au-dehors. Elle s'était assoupie sous une vieille couverture indienne et soudain, ce fut comme si une ombre glaciale tombait devant la lune.

Elle entrouvrit les paupières, se redressa. Il était là.

Oncle Thomas l'avait retrouvée. Ce traître, cet horrible menteur...

Juste derrière la baie vitrée, avec ses sbires. Ils devaient être trois ou quatre. Pisteurs, chasseurs, tueurs.

Max sentit un cri l'envahir. ENVOLE-TOI ! ENVOLE-TOI LOIN D'ICI !

Mais comment s'envoler dans cette pièce au plafond bas, encombrée de meubles ?

« Tu es forte, extrêmement forte. C'est le moment de le prouver ! »

En une fraction de seconde, Max roula au sol. Elle renversa une table. Des revues s'éparpillèrent dans toute la pièce — *Los Angeles*, *Variety*, *Hollywood Reporter*, *Details*.

Une chaise métallique vint fracasser la baie vitrée. Instinctivement, Max leva les bras pour protéger son visage. La pluie d'éclats de verre qui s'abattit sur elle ne lui infligea que des coupures superficielles.

Elle hurla :

— Non, ne vous approchez pas ! Allez-vous-en !

Devant elle, il y avait ce grand couloir très tentant.

« Sois forte ! Disparais ! »

Au fond, par la porte entrouverte de la chambre, à la faveur d'une lune blafarde, elle distingua le Jacuzzi surélevé et le carrelage vert pomme. Rassemblant toutes ses forces, elle se précipita vers la chambre.

« Ne te retourne pas ! Fonce ! Tu es beaucoup plus rapide qu'ils ne se l'imaginent et après tout, ils ne veulent pas forcément te tuer. »

La fenêtre de la chambre était restée ouverte. Max avait pris la précaution de prévoir une sortie de secours. Au cas où... Et elle avait bien fait !

Au milieu du couloir, elle prit son envol et fila droit devant. C'était de la pure folie. Allait-elle le regretter ?

Elle se vit jaillir vers l'extérieur tel un missile sortant de son silo, mais les dimensions du silo étaient un peu justes. Elle heurta le châssis de la fenêtre du bout de l'aile. Elle entendit craquer le bois, sentit comme un coup de poignard dans son épaule meurtrie, poussa un cri de douleur.

Mais elle était toujours libre. Elle volait. Et une fois

encore, on lui tirait dessus. Voulaient-il la tuer, ou simplement la blesser à l'aile pour pouvoir la capturer ?

— Va te faire foutre, oncle Thomas ! hurla-t-elle sans se retourner. Tu peux crever !

La réponse ne se fit pas attendre :

— J'ai Matthew ! Oui, j'ai pris ton frère ! Tu peux revenir, maintenant ! Peter Pan est avec moi !

## 39

Le corps secoué de frissons, Max se réfugia dans les hautes branches du plus grand sapin, le plus fourni qu'elle put trouver. Si de là elle ne pouvait apercevoir les chasseurs, sans doute ne la verraient-ils pas non plus, se dit-elle, en priant pour que son raisonnement tienne.

Quels étaient les mots exacts d'oncle Thomas ? « J'ai Matthew » ou « J'ai eu Matthew » ?

Allaient-ils la tuer, ou cherchaient-ils simplement à la ramener à l'École ?

Elle savait que des « visiteurs » étaient venus à l'établissement pour les voir, son frère et elle. Pour les examiner longuement, pour discuter d'eux. Et quoi ensuite ?

Max tremblait comme une feuille, et ses dents s'entrechoquaient si violemment qu'elles lui faisaient mal. Elle se mit à sangloter.

« C'est ça, pleure ! Un vrai bébé ! »

Quelques instants plus tard, vaincue par la fatigue, elle ferma les yeux. Aussi brutalement que si quelqu'un l'avait débranchée.

Et Max dormit ainsi, allongée sur le ventre, le long

d'une grosse branche noueuse autour de laquelle ses bras semblaient s'être soudés.

Elle se réveilla dans un état d'extrême nervosité. Comment avait-elle pu s'endormir ? Combien de temps était-elle restée ainsi, accrochée à sa branche ? Des minutes, des heures ? Où étaient oncle Thomas et les autres gardes ?

Il faisait toujours nuit et Max étreignait sa branche comme s'il s'agissait de sa seule amie au monde. À moins de deux kilomètres de là, la maison dans laquelle elle s'était réfugiée se découpait sur le ciel. Toutes les lumières étaient éteintes.

Dans la forêt alentour, Max ne percevait ni bruit, ni mouvement. Pas de chasseurs, ni d'oncle Thomas.

Curieusement, c'est lorsqu'elle eut enfin la certitude que tout danger immédiat était écarté que la fillette sentit l'angoisse lui serrer le ventre. Plus question de retourner dans la maison où elle avait pu reprendre des forces. Elle était de nouveau sans abri. Elle pensa à Matthew, qui lui manquait atrocement, et les larmes lui montèrent aux yeux.

« J'ai eu Matthew ! »

Ou bien était-ce : « J'ai Matthew » ?

Elle tenta d'extirper de sa mémoire la sonorité exacte des mots qu'elle avait entendus.

Son petit frère était-il toujours en vie, ou l'avaient-ils piqué, comme ils disaient ?

Un étrange vrombissement vint perturber ses interrogations. Le bruit se rapprochait.

Max leva la tête et vit de minuscules lumières traverser lentement le ciel.

Oui, c'était un... avion.

Elle en avait déjà vu survoler l'École. Des avions d'American Airlines, d'America West ou de United, des petits avions à réaction, mais aussi des avions à hélices. Et chaque fois, ça lui avait donné envie de voler, mais l'interdiction était formelle. Voler, c'était la mort assurée. L'École ne plaisantait pas avec ça...

Des myriades d'étoiles scintillaient dans la nuit, et la pleine lune offrait un visage amical, comme si l'homme qui s'y était posé regardait Max de ses propres yeux. Il avait l'air réglo, mais en ce moment, Max ne pouvait faire confiance à personne.

Il lui vint une idée un peu folle. Elle restait fidèle à la devise qu'elle s'était forgée : « Je m'appelle Max, j'en fais un max. »

Elle se mit debout sur l'épaisse branche, sautilla sur la plante des pieds. Ses ballerines commençaient à s'user.

Elle déploya ses ailes au-dessus de sa tête, prit une longue et profonde inspiration, vida ses poumons. Répéta l'opération. Murmura : « Voler, c'est la mort assurée. »

Puis, d'un seul élan, prit son envol.

## *40*

Incroyable !

Elle filait dans la nuit comme une flèche. La fraîcheur de l'air, humide et presque palpable, lui piquait les joues, lui prenait le nez et lui tirait des larmes.

C'était vraiment une sensation extraordinaire, quelque chose d'impossible à imaginer. Il fallait le vivre, et qui d'autre qu'elle en avait la possibilité ? Évoluer dans les airs en toute liberté procurait un plaisir qui surpassait tous les autres, physiques ou intellectuels. Elle n'avait pas à intervenir, tout se faisait naturellement. Elle tendit ses ailes et se sentit aspirée vers le haut, comme si l'air n'en faisait qu'à sa guise.

Ses pouces, véritables ailerons, savaient quel était leur rôle. Une fois sortis, ils dévièrent le flux d'air par les ouvertures, et Max grimpa.

Jamais elle n'était montée aussi haut. Au sol, tout était

devenu minuscule. Elle allait bientôt atteindre l'altitude de l'avion dont le vrombissement se rapprochait.

Les hélices de l'appareil brassaient l'air de la nuit dans un vacarme d'enfer. Pour la première fois, Max mesura l'incroyable puissance de cette machine construite par l'homme. Elle pouvait battre des ailes aussi vite qu'elle le voulait, elle n'en faisait pas moins du surplace.

Puis, l'espace d'une fraction de seconde, elle passa à vingt, trente mètres du cockpit tout éclairé. Distingua l'intérieur.

Le pilote se tourna dans sa direction et l'aperçut — ou du moins le crut-elle. Pas assez longtemps, sans doute, pour se fier à ses yeux.

Elle lui fit un clin d'œil, assorti d'une grimace. Elle adorait jouer. Comment résister ?

Après quoi elle referma ses ailes et exécuta une pirouette qui l'éloigna de l'appareil.

« T'as vu ça, monsieur l'as du pilotage ? Moi, pour voler, je n'ai pas besoin qu'on me fabrique un avion. Il me faut juste un petit bout de ciel. Je suis faite pour ça ! »

## *41*

J'étais là, en train de frapper à la porte du chalet. À la porte de *mon* chalet, un chalet où, en d'autres temps, j'avais vécu avec David. Cela me faisait un effet extrêmement bizarre, et pourtant, il m'arrive de parler à des oies ou à des chimpanzés...

Mais bon, après tout, puisque Kit Harrison n'avait pas hésité à payer de sa personne pour me donner un coup de main et qu'il était beau comme un dieu, je trouvais normal d'accepter son invitation à dîner. Il avait même promis de faire lui-même la cuisine.

J'avais mis une chemise de batiste qui avait déjà vécu et un jean propre. Oui, des vêtements immaculés et quasiment repassés, aussi incroyable que cela puisse paraître. Je m'étais même offert le luxe de déposer sur mon auguste peau quelques gouttes du parfum Hermès que j'avais acheté à Aspen quelques siècles plus tôt. Et j'avais une bouteille de pinot noir tout à fait correcte nichée au creux du bras.

C'était surréaliste. Je venais chez moi avec une bouteille de vin.

Dès que Kit Harrison ouvrit la porte, je remarquai trois détails : il était rasé de près, venait de se faire couper les cheveux et sentait bon la bonne vieille savonnette Ivory.

— Vous êtes allé chez le coiffeur ? Où ça ?

— Pourquoi, ma coupe ne vous plaît pas ? fit-il, comme si je l'avais vexé.

Je ne m'attendais pas à ce genre de réaction. Kit Harrison susceptible ? Décidément, il ne cessait de me surprendre. Je m'étais montrée trop dure avec lui au début, et pourtant il avait bien encaissé.

— Il y a un salon, au village, reprit-il. Ça s'appelle *Chez Bob*. Ils m'ont vraiment massacré ?

— Non, c'est pas mal, j'aime assez. En fait, vous êtes même très bien. Bob Hatfield a fait du bon boulot.

— Merci, me dit-il, et il me gratifia de son sourire à la Tom Cruise version améliorée.

Un peu comme dans *Jerry McGuire*, à la fois bravache et fragile. Il prit la bouteille de vin, la déboucha avec beaucoup de classe et remplit deux verres.

— Vous n'êtes pas mal non plus, vous savez. Je le pense sincèrement.

— Merci.

Et voilà que maintenant, c'était moi qui me sentais gênée et sur la défensive, alors que j'étais chez moi.

Il me tendit l'un de mes verres, des verres que j'avais achetés chez Marshall Fields, à Chicago, si mes souvenirs étaient exacts. Je bus une gorgée avant d'aller chercher un glaçon dans le frigo.

— Je vois, me fit-il en riant. On coupe son vin pour rester lucide pendant le dîner...

— Ce n'est pas ça. J'aime bien le vin rallongé et frappé.

Un petit mensonge qui ne porterait pas à conséquence. En réalité, David et moi avions beaucoup fait la fête à une certaine époque. À Boulder, à Bear Bluff ou encore à Denver. C'était la belle vie, mais ça n'avait pas duré.

Pour la première fois depuis un an et demi, je me retrouvais dans cette pièce en compagnie d'un homme. Impossible d'échapper à l'image de David, à son empreinte, avec ces étagères surchargées de livres, ce canapé, ces pastels représentant des paysages du nord du Wisconsin. Le meurtre inexpliqué de mon mari m'avait si longtemps obsédée que je ressentais encore aujourd'hui une appréhension difficile à expliquer à Kit Harrison. Et à cette angoisse s'ajoutait un sentiment de culpabilité aussi vague qu'infondé.

Après quelques remarques amusées et polies sur la renarde en pleine convalescence, je demandai à Kit si je pouvais l'aider à préparer le dîner.

— Merci, mais je crois que je vais m'en sortir.

Il faisait mieux que s'en sortir. Escalopes de poulet, haricots verts à l'ail, pommes de terre rôties, salade mélangée. Tout cela sentait déjà si bon que je commençais à saliver.

Profitant de ce que Kit me tournait le dos, je poussai un long soupir. J'étais incroyablement nerveuse, surexcitée, dépassée par les événements.

En sortant les couverts d'un tiroir, je lui frôlai accidentellement les fesses, des fesses fermes, bien dessinées et fort agréables à effleurer, ma foi. Je dus encore une fois respirer à fond.

— Où avez-vous appris à cuisiner ?

— Tout ce que ma mère ne m'a pas enseigné, c'est ma femme qui me l'a appris. Ma mère, elle, ne faisait que de la cuisine italienne. Ensuite, quand j'ai commencé à élargir mes compétences, on s'est mis d'accord pour cuisiner à tour de rôle. C'était plutôt sympa.

Ses confidences me désarçonnèrent. Je ne m'étais pas imaginé qu'il pût être marié. Et il avait une mère italienne ? « Vous ne savez rien de moi », m'avait-il dit...

Puis il ajouta :

— Ma femme est morte, vous savez.

— Je suis désolée.

Je l'étais sincèrement. Je l'avais trouvé touchant lorsqu'il m'avait avoué qu'il cuisinait un soir sur deux. Ça, David ne l'aurait jamais fait.

— Oui, ça remonte à quatre ans ou presque.

La douleur se lisait sur son visage. Kit avait manifestement beaucoup aimé cette femme.

— Comment est-ce arrivé, Kit ? Vous voulez qu'on en parle ?

— Non, ça va mieux maintenant, me répondit-il avec un sourire forcé. De temps en temps, je me permets même de jouer les martyrs.

— Aïe. J'ai l'impression que vous ne vous ménagez pas.

— Peut-être. (Il parlait doucement, comme s'il monologuait. Je ne l'entendais presque plus.) Un petit avion qui s'est écrasé. J'ai perdu ma femme et mes deux petits garçons.

Il soupira. Moi, je le regardais, muette. J'avais l'impression qu'il allait craquer.

Dans le silence du chalet, le poulet en train de rissoler et le vent qui fouettait les vitres faisaient un vacarme de tous les diables. J'avais envie de serrer Kit dans mes bras pour établir un contact, pour chasser de ses yeux bleus toute cette douleur, toute cette tristesse.

— J'avais prévu d'emmener toute la famille à Nantucket. Il y avait longtemps qu'on ne s'était pas offert de vraies vacances ensemble. Mais j'ai eu un empêchement. Mon boulot m'accaparait énormément. (Son visage se décomposa.) Alors ils sont partis sans moi. L'avion s'est écrasé en mer entre le Rhode Island et Nantucket. C'était le 9 août 1994.

— C'est horrible.

En pensant à mon attitude depuis le premier jour, je

me sentis affreusement gênée. Je m'étais entièrement trompée sur le compte de Kit Harrison.

## 42

Kit refusait de s'appesantir sur son passé et, le temps d'une soirée, je réussis à suivre son exemple. Nous bavardâmes pendant une heure et demie en riant parfois franchement. Il était de bonne compagnie et j'appréciais la diversité de sa culture ; il s'intéressait aussi bien à l'opéra qu'au rockabilly, se passionnait pour l'éducation des enfants et le hockey sur glace professionnel, lisait des romans et des documents, aimait chiner...

Son parcours ne laissait pas indifférent. Il me fit entrevoir juste de quoi éveiller mon appétit. Son père, irlandais, avait été chauffeur de bus à Boston et sa mère, italienne, infirmière dans un service de pédiatrie. Mike et Maria vivaient toujours, mais s'étaient désormais installés à Vero Beach, en Floride. Il avait quatre frères, « tous plus beaux et plus intelligents que moi », prétendait-il. Une bourse lui avait permis de faire ses études au Holy Cross College à Worcester, Massachusetts, puis il s'était inscrit en droit, à Darmouth. Après quoi il était entré au FBI. Eh oui, Kit était un agent du FBI en vacances dans le Colorado.

Curieusement, j'avais le sentiment qu'il me cachait certaines choses, mais peut-être me trompais-je. Et après tout, rien ne le forçait à me dévoiler tous les détails de sa vie sous prétexte que nous avions cessé de nous fuir mutuellement.

— Allons nous promener au clair de lune, proposai-je une fois le repas terminé.

Ce dîner s'était révélé digne de certains des restaurants les plus chers de Denver, et je n'avais pas envie de rentrer « chez moi » tout de suite. Je repris :

— L'autre jour, vous parliez de prendre un verre à Clayton. J'aimerais bien qu'on y aille ce soir. C'est ma tournée.

Mon idée lui plaisait. Nous prîmes sa Jeep, direction la Villa Vittoria. On y sert une bonne cuisine italienne et le bar est très accueillant. Autochtones blasés et touristes plus blasés encore s'y côtoient dans une ambiance relativement pacifique.

Ce soir-là, c'était Angelo, un ancien de la maison, qui jouait du piano et chantait — si on pouvait appeler ça comme ça. Je le connaissais. C'était un homme charmant et un excellent chef de rang, mais un exécrable chanteur. Le patron était son neveu, ce qui expliquait un peu pourquoi on le laissait prendre le micro les soirs de semaine, quand la clientèle ne se bousculait pas.

— Il fait pitié, chuchotai-je. J'en suis malade pour lui...

— Je vous comprends, me dit Kit. S'il insiste, il n'y aura bientôt plus personne pour l'écouter. J'ai rarement assisté à un numéro aussi désastreux. (Il se leva de son tabouret.) Gardez la place. Je reviens tout de suite.

Intriguée, je le vis s'avancer vers Angelo et lui parler. Ils se mirent à glousser d'un air complice et regardèrent dans ma direction.

Que manigançaient-ils, ces deux-là ? Cela ne me plaisait pas trop...

— Quelqu'un, dans le public, aimerait entendre *Nel blu dipinto di blu*, annonça Angelo. Un air plus connu sous le nom de *Volare*. (La perspective d'assister en direct au massacre de ce grandiose classique me fit frissonner d'effroi.) Je me permettrai d'en confier l'interprétation à M. Kit Harrison, du Conservatoire de musique de la Nouvelle-Angleterre.

« Du Conservatoire de musique de la Nouvelle-Angleterre ? »

Angelo attaqua la célèbre chanson de Domenico Modugno avec une petite intro. En fait, au piano, il n'était pas si nul que ça. J'étais curieuse d'entendre le duo à l'œuvre.

Kit se pencha vers le micro. Il paraissait sûr de lui, donnait l'impression de savoir parfaitement ce qu'il faisait.

— Je dédie cette chanson au Dr Frannie O'Neill. Elle est vétérinaire et fait des miracles. Je sais de quoi je parle, je l'ai vue sauver des vies. J'espère que mon interprétation sera digne d'elle.

Je dus modestement hocher la tête, en souriant nerveusement. Honnêtement, je ne savais plus que dire ni penser. Kit et Angelo qui me jouaient la sérénade, devant tous les gens du coin ! J'avais l'impression de rêver.

Kit entama *Volare*. Et ce fut une révélation. Il était doté d'une très belle voix de ténor et la maîtrisait parfaitement.

Avait-il réellement fait le conservatoire de Nouvelle-Angleterre, ou n'était-ce qu'une plaisanterie ? Au restaurant comme au bar, chacun s'était tu pour le regarder et l'écouter. Il avait beaucoup de présence, et tout le monde, y compris les *rednecks* en chemise canadienne et leurs fiancées du moment, semblait être tombé sous son charme.

À la fin du morceau, la salle retentit d'un tonnerre d'applaudissements et d'acclamations. Les deux compères de fortune singèrent quelques remerciements de scène, puis Kit vint me rejoindre au bar.

— Alors, puis-je connaître l'opinion de la belle *signora* ? Cela vous a plu ?

J'en étais encore comme deux ronds de flan.

— Merci. Vous avez été génial, *magnifico*. Je suis très touchée. Vous étiez au conservatoire ?

— Enfin, disons plutôt le bar qui se trouvait juste à côté du conservatoire. Un endroit qui s'appelle Sparks. Je chantais et je m'accompagnais pour payer mes études. L'été, je faisais aussi Cape Cod.

Retour en arrière. Je revis Kit en train de m'aider à sauver la renarde, puis m'inviter à dîner avec lui à Clayton. Ces petits gestes m'avaient fait du bien. J'avais l'impression qu'on se souciait de moi mais, en même temps, je me sentais très vulnérable. Tout cela allait trop vite. J'étais si attendrie que j'en avais la gorge nouée. Et je savais bien qu'en ce moment, un rien pouvait me faire très mal.

— Ça y est, vous ne dites plus rien. Ah, non, je ne voulais pas faire ça...

— J'étais simplement songeuse, lui répondis-je.

Je pouvais difficilement lui avouer que j'étais en fait en train de penser à lui et à l'effet qu'il me faisait. Alors je choisis d'abord un autre sujet. « Faites-moi confiance », m'avait-il dit lorsqu'il m'avait aidée à libérer la renarde prise au piège. Pour des raisons que je ne m'expliquais pas encore totalement, j'étais prête à le prendre au mot.

— L'autre jour, dans la forêt, j'ai vu quelque chose. Ça va vous paraître complètement insensé et j'ai moi-même du mal à m'entendre dire une chose pareille. Que ce soit à vous ou à quelqu'un d'autre.

Je m'interrompis. Kit paraissait vaguement inquiet, mais j'avais au moins réussi à capter son attention.

— Qu'avez-vous vu, Frannie ? Allez jusqu'au bout.

Je le regardai droit dans les yeux. Ces beaux yeux bleus.

Oh, misère...

Je me mordis la lèvre.

Et si j'étais en train de commettre une énorme erreur ?

« Vous ignorez tout de moi », m'avait-il dit.

— J'ai vu une fillette... repris-je. Elle devait avoir quelque chose comme onze ou douze ans. Une fille sauvage. Et c'est là que ça devient complètement fou, Kit. Cette fille avait des ailes. Elle avait des ailes, comme un oiseau.

Ses traits se figèrent, sa bouche s'entrouvrit.

J'aurais aimé ravaler ce que je venais de dire, mais il était trop tard.

— Je sais, poursuivis-je, cela paraît incroyable, mais je vous assure qu'elle était bien réelle, Kit. J'ai vu, de mes yeux vu, une petite fille avec des ailes. Et je l'ai vue voler.

## 43

Kit eut l'impression que le ciel lui tombait sur la tête. Il s'efforça de ne rien laisser paraître. N'était-il pas, après tout, un professionnel ? Un agent du FBI, intelligent et parfaitement sain d'esprit ?

Ses soupçons étaient donc fondés : il se tramait quelque chose. Il avait bien fait de s'obstiner et de mener son enquête jusque dans le Colorado. Désormais, il était même prêt à aller au bout du monde s'il le fallait. Mais pourquoi diable lui avait-on retiré l'affaire ? Cela n'avait aucun sens. Nom de Dieu ! Frannie O'Neill avait vu une fille avec des ailes. Et elle lui avait elle-même fait cette révélation, ce qui prouvait qu'elle n'était pas dans le coup.

— C'est arrivé quand ?

Il ne voulait pas infliger un interrogatoire à Frannie, mais il fallait absolument qu'il sache ce qu'elle avait vu. Une petite fille avec des ailes ? Un cobaye humain ? À quel genre d'expériences se livrait-on par ici ?

— Vous me croyez ? fit-elle, interloquée, puis comme soulagée.

Lorsqu'elle le regardait comme ça, il se sentait prêt à croire n'importe quoi. Que la Terre était plate, que la Lune n'était qu'une meule de gruyère, que les coups de foudre existaient, que les histoires d'amour se terminaient bien, et que les petites filles volaient.

— Oui, je vous crois, Frannie, lui répondit-il.

— Tant mieux, parce que cette fille, je l'ai vue deux fois.

Et c'est avec des airs de jeune fille que Frannie entreprit de raconter ses deux rencontres par le menu, avec beaucoup d'enthousiasme et une émotion manifeste. Pour décrire la fillette au moment où elle l'avait vue voler, elle battit des bras. Les yeux grands comme des soucoupes, elle parlait encore plus vite que d'habitude. Et cette fois-ci, Kit n'eut pas droit à un seul froncement de sourcils.

Devant tant d'ingénuité et d'exubérance, il songea à révéler tout ce qu'il savait. Des détails qu'il ne devait confier à personne, et surtout pas à une femme dont le mari avait peut-être été impliqué. « Je ne peux plus mentir à Frannie », songea-t-il avant de déclarer :

— Écoutez, demain matin, à la première heure, on se met à la recherche de cette fille. On y va ensemble. On la retrouvera.

— C'est vrai, vous me croyez ? répéta Frannie, incrédule.

— Oui, je vous crois.

Puis il ajouta, avec un grand clin d'œil :

— Et j'ai été formé pour déceler si quelqu'un me ment ou pas.

Il se pencha sur elle, la prit dans ses bras et, très tendrement, l'embrassa.

Et Frannie O'Neill le surprit enfin. Elle répondit à son baiser.

III

*« Pigeon vole... »*

## 44

Une explosion de verre creva le silence de la villa juchée sur les hauteurs de Denver.

Le Dr Richard Andreossi sursauta. Il s'était endormi avec bébé Sam au beau milieu de l'après-midi. Une bonne sieste pleine de doux rêves.

Une nouvelle pluie de verre s'abattit sur le plancher. Le bruit semblait venir du bureau.

Le Dr Andreossi souleva délicatement le petit corps couché en travers de sa poitrine et le nicha au milieu des coussins du canapé.

— Je reviens tout de suite, petit bonhomme. Surtout, ne te réveille pas, hein ?

Depuis longtemps, Richard Andreossi s'était promis de couper la branche d'arbre qui touchait la fenêtre du bureau, mais jamais il n'avait trouvé le temps de le faire. Il avait trop de travail et ses responsabilités de jeune père l'épuisaient. « Être papa à quarante-sept ans, ce n'est pas une vie. » Il le savait bien, mais Megwin voulait absolument avoir un enfant et il était trop tard, maintenant, pour revenir en arrière.

Il remonta son caleçon bleu écossais jusqu'au bourrelet, enfila ses vieilles tennis défoncées. Entendit un autre bruit, comme celui d'une lampe s'écrasant sur le sol. Que se passait-il ?

Un animal s'était-il introduit dans la maison ? Un écureuil, ou un petit oiseau ?

En arrivant dans la pièce, Andreossi mit quelques secondes à saisir la situation. Il ne comprit pas tout.

Un inconnu de grande taille et solidement bâti, portant un survêtement gris à capuchon et des Nike, était en train de renverser méthodiquement tout ce qui se trouvait dans le bureau. Il se livrait à un saccage en bonne et due forme. Et le Dr Andreossi eut vite fait de le reconnaître.

— Qu'est-ce que vous foutez ici ? C'est quoi, ce bordel ? Qu'est-ce que vous voulez ?

L'intrus avait déjà vidé la moitié du vieux bureau à cylindre chargé d'ouvrages de référence et de papiers divers. Le Dr Andreossi sentit des perles de sueur rouler le long de sa nuque et de ses flancs.

Il jaugea la distance qui le séparait de l'inconnu. Il craignait pour sa vie, et plus encore pour celle du petit Sam.

— Inutile, prévint l'homme. Vous n'êtes pas assez rapide.

Et, tel un pistolero de western, il dégaina une arme et la pointa droit sur le visage du médecin.

— Que voulez-vous de moi ? questionna celui-ci.

C'était un homme brillant. En l'espace d'une seconde, il passa mentalement en revue toutes les hypothèses envisageables.

— Rien, absolument rien, lui répondit l'homme armé. (C'était un pistolet Smith & Wesson.) Il n'y a strictement rien que vous puissiez faire. Deux des enfants se sont échappés de l'École. Vous nous avez laissés tomber au pire moment, docteur.

Comprenant qu'il allait peut-être mourir, le Dr Andreossi sentit un froid soudain lui pétrifier le corps. Sa tête tournait. Une voix, à l'intérieur, répétait inlassablement *Sam, Sam, Sam*.

— Et mon bébé ? murmura-t-il. Il est sur le canapé.

— Ne vous inquiétez pas, Megwin ne va pas tarder à rentrer, lui répondit l'homme sans sourciller. Votre enfant n'a rien à craindre. Jamais nous ne lui ferions de mal. Nous ne sommes pas des monstres, tout de même...

Et Harding Thomas pressa la détente à trois reprises.

## 45

En dépit de la peur qui l'étreignait, Max était bien décidée à aller jusqu'au bout. À partir de maintenant, il fallait qu'elle se comporte en adulte. Elle devait retourner sur les lieux du crime, rentrer *à la maison*, en quelque sorte. Il fallait qu'elle sache si c'était là qu'on retenait Matthew, et elle avait également d'autres choses à vérifier, des choses importantes. Plus question de reculer. Elle allait rentrer.

Évidemment, voler de nuit sans l'aide d'un radar ou d'un pilote automatique était extrêmement dangereux. Ce n'était sûrement pas ce qu'elle avait fait de plus intelligent. Les nuages s'amoncelaient, la pluie menaçait et il faisait beaucoup trop sombre.

*Attention !* En émergeant d'un lambeau de brume, elle faillit se fracasser le crâne contre la montagne. D'un coup d'aile désespéré, elle fit un brusque écart à gauche, puis elle prit de la hauteur. Moins une...

Elle pensait sans arrêt à l'École. C'était plus fort qu'elle. Oncle Thomas lui avait dit qu'elle avait été conçue sur le modèle des écoles militaires. Il avait lui-même été soldat, avait enseigné à l'école de l'armée de l'air et avait de grands enfants. Matthew et elle vivaient dans un petit dortoir. Leur emploi du temps, soigneusement étudié, ne leur laissait aucun temps libre : petit déjeuner, cours, tests, exercices, repas de midi, projets, cours, tests, repas du soir, puis au lit. Et le lendemain, on recommençait.

Jusqu'au jour où Mme Beattie était arrivée. Elle dirigeait leurs devoirs ainsi que tous les tests qui étaient si désagréables, mais elle leur avait également fait découvrir quelque chose de merveilleux : la pause-jeu. Mme Beattie n'avait jamais été dans l'armée, elle. Max et Matthew l'adoraient. Et un beau jour, pour leur malheur, on l'avait piquée.

À l'époque de l'arrivée de Mme Beattie, d'autres améliorations étaient intervenues. On leur avait installé un espace inspiré de la série télé Boxcar Children, ainsi qu'un nouvel ordinateur Apple. Le week-end, on leur permettait désormais de travailler le bois et d'apprendre le dessin et la peinture. Pour Max, cette « initiation à l'art » n'était sans doute qu'un test de plus, mais cela ne la choquait pas. Elle aurait bien aimé que le reste soit aussi passionnant...

L'École disposait d'un équipement ultramoderne. L'électronique gérait tout, de l'éclairage aux accès en passant par la température des pièces. Impossible d'échapper aux caméras vidéo omniprésentes. D'un simple coup de fil à partir de leurs téléphones cellulaires, les gardes pouvaient ouvrir une porte ou même faire couler un bain.

Peut-être était-ce pour cela que Max aimait tant sa liberté nouvelle.

Soudain, elle aperçut l'École et piqua en direction des bâtiments familiers, collés les uns aux autres. L'instant de vérité approchait. Il n'était plus question de reculer.

Très vite, elle comprit que quelque chose n'allait pas. Elle redressa, se mit en vol stationnaire, puis se posa doucement dans le bois.

Tandis qu'elle tentait de reprendre son souffle, elle sentit des picotements d'effroi descendre le long de son dos. Ses pires craintes étaient en train de se réaliser...

Des hommes vêtus d'inquiétantes tenues sombres étaient en train de charger de lourdes caisses à bord d'énormes camions gris presque aussi inquiétants qu'eux. Ils entraient et sortaient des bâtiments, ils avaient l'air extrêmement pressés. Tout indiquait qu'ils étaient en train de vider les lieux, qu'ils allaient fermer l'École.

Ils étaient trop nombreux. Max ne pouvait s'approcher davantage. Quant à pénétrer dans l'enceinte, il ne fallait pas y songer.

Elle entendit même des gardes s'interpeller dans les bois environnants. Elle décida donc de s'éloigner. Elle n'avait pas le choix, si elle voulait rester en liberté. Elle en aurait pleuré, mais n'avait pas l'intention de craquer maintenant.

« Non, pas question de me laisser prendre ! songea-t-elle. Je suis le seul espoir qui reste, la seule qui puisse tout raconter. »

Alors elle attisa sa colère afin d'augmenter sa force. Cela marchait à tous les coups.

Elle s'enfonça à l'intérieur de la forêt.

Pour l'instant, elle n'avait plus rien à craindre. Le jour se levait. Il y avait juste assez de lumière pour qu'elle distingue les lieux. Et pour que les salopards de l'École puissent la repérer.

Derrière elle, quelque chose bougea. Ils étaient déjà là.

Max se retourna et comprit alors, mais trop tard, qu'elle se trompait. C'était bien pire que cela. Elle pouvait faire sa prière.

Moins de trois mètres la séparaient du puma. Une bête d'un mètre cinquante et d'au moins deux cents livres, gris et fauve. L'animal s'était immobilisé.

Leurs regards s'affrontèrent. C'était à qui réussirait à intimider l'autre, à qui ferait le premier geste. Surtout, ne pas laisser l'œil refléter la peur...

Lorsque le puma se mit à gronder, entrouvrant ses puissantes mâchoires, elle aperçut ses formidables crocs brunâtres. Avait-il peur d'elle ? Sentait-il qu'elle avait quelque chose de particulier ? Dix fois déjà il aurait pu se jeter sur elle et la déchiqueter.

Avait-elle une chance de s'enfuir en courant et de s'envoler ? Une fois en l'air, elle pouvait s'en tirer.

Ils s'observaient mutuellement, comme figés sur place. Max voyait mal comment sortir indemne de cette impasse.

Elle respirait avec difficulté, ce qui limitait ses possibilités. Il fallait qu'elle tente le tout pour le tout.

Elle s'efforça de prendre une longue inspiration lorsque le félin bondit à la vitesse de l'éclair. L'instinct lui avait dicté le signal.

Max poussa un hurlement, mais curieusement, il s'agissait plus d'un cri de rage et de colère que d'un cri de peur.

Elle esquiva l'attaque avec une vivacité qui la surprit elle-même.

« Je peux être aussi rapide que ce puma », songea-t-elle.

Un espoir qui ne tarda pas à se muer en certitude.

Dans un même mouvement, stupéfiant de puissance et

de fluidité, le fauve freina de ses énormes pattes et fit volte-face, l'air vaguement surpris.

Max lui asséna un violent coup sur l'oreille. L'animal parut chanceler, puis revint à la charge.

Nouveau coup, à la mâchoire cette fois. Max n'en revenait pas. Quel plaisir !

Le puma déséquilibré roula sur lui-même, et la fillette en profita pour prendre son élan et décoller. Furieuse à la perspective de perdre sa proie, la bête se rua sur elle et bondit comme si elle-même avait des ailes, mais son impressionnante gueule ne parvint à happer que de l'air.

Max prit de l'altitude puis, se jugeant hors de danger, elle se pencha vers le puma frustré, lui lança un *miaou !* moqueur assorti d'une grimace, et s'éloigna à tire-d'aile.

## 46

Kit et moi avions décidé d'explorer la forêt, au-dessus de la route 119. La « route des Cimes », comme on la surnomme, suit les contreforts des Rocheuses jusqu'à l'ouest, là où commencent les choses sérieuses. Autant chercher une aiguille dans une meule de foin. Nous nous faisions l'impression de chiens de chasse ayant perdu leur piste.

C'était la première fois que je vivais ce genre d'aventure. Nous nous étonnions, l'un comme l'autre, de nous trouver là — et ensemble !

Nous formions un assez beau couple. Le soleil tapait dur, et Kit avait déjà enlevé son T-shirt pour ne conserver que son short de toile vert. Moi, j'avais des chaussures de randonnée, un short kaki et mon débardeur de gym.

Mais aucune trace de la fille.

Où pouvait-elle être allée se nicher ? À sa place, où me serais-je cachée ? Comment deviner ce qui se passait sous le crâne d'une gamine de onze ou douze ans ?

Cette histoire m'obsédait. La science avait toujours été mon domaine de prédilection. J'avais décroché le prix scientifique Westinghouse, j'avais fait de brillantes études de biologie, j'aurais pu faire médecine et devenir toubib si je l'avais voulu. Une fille avec des ailes ? Il y avait de quoi faire perdre le nord à n'importe qui. Il fallait absolument que je connaisse le fin mot de l'histoire.

La douce fraîcheur de la matinée n'était déjà plus qu'un souvenir. Nous marchions en pleine fournaise. Mon sac à dos bien chargé m'arrachait les épaules et j'avais hâte de m'en débarrasser, ne fût-ce que quelques instants.

Kit, derrière moi, respirait bruyamment. Heureusement que je ne voyais pas ses beaux yeux bleus.

La veille, enhardie par quelques gorgées de grand cognac, le cœur emballé, je l'avais embrassé. Cet homme-là n'était pas comme les autres. Il y avait chez lui une sensibilité rare, que j'avais refusé de voir les premiers jours.

La disparition de sa femme et de ses enfants y était peut-être pour quelque chose, mais j'avais le sentiment, obscurément, qu'il en avait toujours été ainsi. Ce qui ne m'empêchait pas de garder à l'esprit que, comme il me l'avait si bien dit lui-même, j'ignorais tout de lui.

Nous venions d'atteindre un promontoire lorsqu'il me demanda :

— Qu'en penses-tu ? On prend quelle direction ? Tu as une idée ?

Ça, les idées, je n'en manquais jamais.

— J'opterais pour le versant sud, là-bas, lui répondis-je. Si j'étais en fuite, je chercherais une planque d'où je puisse bien voir la vallée.

Il prit un air incrédule.

— Tu parles de ce versant-là ?

— Ce n'est qu'à trois, quatre kilomètres d'ici, à tout casser.

— Trois ou quatre kilomètres ? Une paille !

Il me faisait rire, mais je le trouvais encore plus craquant lorsqu'il était sérieux. La veille, il m'avait expliqué qu'il n'était pas chasseur. Sans toutefois me dire ce qu'il était réellement.

— En mettant les bouchées doubles, on pourrait y être en deux heures, insistai-je. Tu seras le premier surpris.

— À vos ordres, capitaine. C'est vous le chef.

— À la bonne heure, Kit Carson. C'est comme ça qu'on a conquis l'Ouest.

Encore deux bonnes heures de glissades et d'escalade et nous atteignîmes enfin le versant sud du mont qui a donné son nom au village, Bear Bluff. Autrement dit, le Saut de l'Ours.

— Allez, on fait une pause, suggérai-je.

Il transpirait, et cela le rendait encore plus séduisant. Sans doute en était-il conscient. Il faisait partie de ces rares personnes capables de faire preuve d'une certaine arrogance sans être pour autant insupportables. Il était sûr de lui, mais avait conservé un sens de l'humilité que je trouvais charmant.

— Pas la peine de me ménager, me fit-il en souriant. Je suis en assez bonne condition physique — pour un gars de la ville.

Il me faisait rire. « Oui, me dis-je, de la ville ou pas, tu es en bonne condition. »

Je posai mon sac à terre, regardai ma montre. Bientôt dix-sept heures. Je sortis deux oranges et en lançai une à Kit. Il l'intercepta sans problème malgré mon geste approximatif.

— Bons réflexes !

Je le regardais, béate, comme une idiote. Pour me laisser aller à ce point, il fallait vraiment que je lui fasse confiance...

Tandis que nous dévorions à pleines dents nos oranges bien juteuses, je jetai un coup d'œil sur les environs. Rien d'inhabituel. Un coin d'herbe tassée, qui avait dû servir de couche à un cerf. Une anfractuosité trop petite pour accueillir quelqu'un. Et ces vautours qui tournoyaient au-dessus de nous comme si nous étions de vulgaires poulets...

Qu'espérais-je trouver ici ?

Un petit lit pour fille-oiseau, plein de duvet, avec une jolie collection de poupées Barbie ?

Kit s'approcha de moi. Je ne le voyais pas, mais j'avais senti l'odeur d'orange et de transpiration.

— Frannie ?

J'aimais beaucoup sa voix de ténor chaleureuse. J'aurais pu l'écouter pendant des heures. Et, à bien y réfléchir, c'était précisément ce que j'avais fait la veille au soir.

— Oui ?

Il désignait quelque chose, vers l'endroit le plus pentu du versant.

— Regarde, là-haut. Qu'est-ce que tu vois ?

Mon regard se braqua dans la direction indiquée par son index.

À mi-hauteur, au-dessus d'une saillie de rochers et de sapins, quelque chose volait. Quelque chose de gros.

Ce n'était ni un faucon, ni un busard.

La fille avec des ailes !

Elle évoluait au-dessus de nous, tel un aigle majestueux. Et avec plus de grâce encore.

Kit la regarda tournoyer dans les airs en psalmodiant :

— Oh, mon Dieu ! Oh, mon Dieu ! Elle existe réellement !

# 47

Kit, choqué, n'en croyait pas ses yeux.

Cette jeune fille paraissait normale à tous points de vue, si ce n'était qu'elle avait des ailes et qu'elle volait.

Elle glissait dans les airs, cent ou deux cents mètres plus haut.

Alors ils se lancèrent à sa poursuite.

Une progression difficile. Par moments, il leur fallut escalader de véritables parois de roche. Très vite, ils se rendirent compte que la distance la plus courte entre deux points est celle qui se parcourt... à vol d'oiseau.

En contemplant le flanc abrupt de la falaise qui le défiait, Kit se demanda par quel miracle Frannie parvenait à trouver des points d'appui. Lui ne voyait qu'une paroi lisse. C'était du suicide. Comment se hisser là-haut sans se briser les os ? Il avait remis son T-shirt, mais ce n'était certainement pas cela qui allait le protéger...

Il n'était pas une brute et ne se sentait pas particulièrement menacé lorsqu'une femme faisait quelque chose mieux que lui, mais là, cela devenait grotesque. Frannie n'était pas en grande forme : elle était dans une forme olympique.

Heureusement, elle ne le lui faisait pas trop sentir. Bien au contraire, elle faisait tout pour l'aider et l'encourager.

— Ne regarde pas en bas, lui conseilla-t-elle. C'est moi que tu dois regarder.

— D'accord, ça me va. Merci pour le tuyau. Ce sera beaucoup plus facile. Il faut regarder Frannie, faire comme Frannie. Et comme Frannie est toujours en vie, il n'y a pas de raison que je m'écrase quelques centaines de mètres plus bas.

Pour se hisser jusqu'à la corniche sur laquelle elle avait trouvé refuge, il saisit une grosse racine et, du bout du pied, trouva une encoche dans le rocher. Il ne se débrouillait pas si mal, après tout.

C'est alors qu'il dévissa.

Il glissa d'un bon mètre avant de réussir à s'accrocher à une branche qui ploya dangereusement, mais l'empêcha d'aller se fracasser sur les rochers, en contrebas.

— Hé, le play-boy ! lui lança Frannie. Pas de panique ! Tu y arriveras. Il faut simplement que tu sois prudent. Concentre-toi.

Et Kit, haletant, remonta lentement, centimètre par

centimètre. La peur de la chute ne le quittait pas, mais il ne renonçait pas aussi facilement. Au bout de quelques minutes qui lui parurent une éternité, il se hissa enfin sur le rocher. Il aurait aimé gratifier Frannie d'une réplique bien sentie, mais le souffle lui manquait.

— Tu m'as appelé comment ? lui demanda-t-il lorsqu'il eut retrouvé l'usage de la parole.

— De quoi tu parles ?

Kit rampa encore un peu puis, péniblement, se mit debout. Frannie, juchée sur un rocher, se massait consciencieusement les orteils. De beaux orteils, longs, minces et d'une grande souplesse.

— Pourquoi m'avoir traité de « play-boy » ?

Elle lui lança un regard en coin, haussa les épaules, lâcha :

— Les vêtements, je crois. Impeccables, tout neufs. Tu fais mannequin de catalogue.

— C'est vexant, ça !

Et Frannie explosa. C'était un rire incontrôlable. Elle se tenait les côtes de douleur, elle en pleurait. Devant ce spectacle, Kit se mit à l'imiter, et ses sifflements pathétiques se muèrent rapidement en ululements hystériques.

— Il ne faut pas exagérer, protesta Frannie dès qu'elle fut en état de parler. Ce n'était pas si drôle.

— Je sais, bredouilla Kit. Pas terrible. C'est pour ça qu'on rit autant, d'ailleurs.

Et la crise de rire repartit de plus belle.

Frannie fut la première à recouvrer ses esprits. Elle s'épongea le visage du revers de la main, fouilla dans son sac à dos, en sortit une trousse de premiers secours et la lança à Kit.

— Ton ventre. Tu as du sang sur la chemise. Oh, quelle horreur ! Je ne supporte pas la vue du sang.

Elle riait.

Sans broncher, il tamponna sa peau écorchée avec un tampon imbibé d'alcool. Frannie l'observa, l'air parfaitement détendue. Lorsqu'il eut terminé, il fit simplement « aïe ! » en souriant.

Il scruta les hauteurs avoisinantes.

— En tout cas, ce n'est pas aujourd'hui qu'on la rattrapera. Elle nous a encore échappé.

— Je me demande qui sont ses parents, s'interrogea Frannie. D'où sort-elle ? Où habite-t-elle ?

Kit ne réagit pas.

Elle le fixa des yeux.

— Attends une minute... Tu sais déjà quelque chose, c'est ça ?

Il vida ses poumons.

— Oui, je savais que quelque chose se tramait. Je suis bien un agent du FBI, Frannie, comme je te l'ai dit hier soir. C'est pour cette raison que je suis venu dans le Colorado. Je travaille sur cette affaire depuis trois ans.

Frannie, livide, se mit à bafouiller :

— Qu... quoi ? Comment ça, « cette affaire » ? Qu'ai-je à voir là-dedans, moi ?

— Pas de panique. Écoute-moi. Tout a commencé à Cambridge, Massachusetts, ou du moins je le pense. Selon nous, un médecin du nom d'Anthony Peyser s'est livré à des expériences visant à accélérer le développement humain.

— Tu veux dire qu'il essayait de modifier le processus de l'évolution ?

— Quelque chose dans ce goût-là. Ce que je sais, c'est que Peyser avait recruté personnellement un certain nombre d'étudiants et que son équipe travaillait sur un projet important. Apparemment, ils ont obtenu des résultats. Et puis, à Boston, les choses ont commencé à se gâter. On les a accusés d'utiliser des cobayes humains — des clochards, des SDF, voire des étudiants qui avaient besoin de gagner un peu d'argent. La fin justifiait les moyens. Tu as dû entendre parler, ces derniers temps, de petits laboratoires ou même de centres de recherche universitaires soupçonnés de dérives de ce genre. Et on sait d'ailleurs que l'armée s'est déjà plusieurs fois distinguée dans ce domaine.

— Oui, je suis vaguement au courant, comme tout le monde. Donc, si j'ai bien compris, tu étais déjà informé des activités de ces toubibs et c'est pour ça que tu m'as crue, quand je t'ai parlé de la fille ?

— J'ai confiance en toi, point. Et c'est pour ça que je t'ai crue. Si tu me faisais un petit peu confiance, toi aussi ? Marché conclu ?

— On campera ici cette nuit, se borna-t-elle à répondre.

Décidément, songea Kit, cette Frannie n'était pas une tendre. Mais ce n'était pas pour lui déplaire...


## 48

J'étais encore un peu secouée par les aveux que Kit m'avait faits, mais je le comprenais et, à vrai dire, j'avais confiance en lui. La lueur que je voyais briller dans ses yeux me rassurait.

— Je vais à l'épicerie, lui dis-je en me dirigeant vers le bois. Tu as besoin de quelque chose ?

— Oh, le *Denver Post*, des M & M's aux cacahuètes et du Prozac.

— Bon, tu t'occupes du feu ?

Il hocha la tête, émit un grognement d'homme des cavernes et m'offrit son fameux sourire qui tue. La complicité qui s'était établie entre nous n'en finissait pas de me sidérer.

À une centaine de mètres de notre campement improvisé coulait un petit torrent. Les eaux vives roulaient sur les rochers avant de rejoindre un bassin. J'y étais déjà venue. Sans doute au cours d'une randonnée avec David.

Après avoir monté une ligne sur la canne télescopique que je trimballe toujours dans mon sac à dos, je n'eus qu'à accrocher à mon hameçon l'un des vers qui grouillaient dans le compost de feuilles mortes, au bord de l'eau, puis à attendre que le dîner se présente.

Quelques minutes plus tard, je ferrais une belle truite arc-en-ciel. Je coupai le fil et l'attachai pour conserver le poisson dans l'eau, puis mis un nouveau bas de ligne. Une demi-heure plus tard, alors que la nuit allait tomber, je n'avais toujours rien pris d'autre...

Ma truite n'était pas énorme, mais nous allions devoir nous en contenter. Avec les quelques tomates et pommes de terre que j'avais pris la précaution d'emporter, elle ferait tout juste l'affaire.

Une sorte de sixième sens me disait que la fille n'était pas loin. Lorsque nous l'avions aperçue, j'avais eu l'impression qu'elle nous narguait. Peut-être même avait-elle fait en sorte de nous conduire jusqu'ici. Pourquoi ? Que cherchait-elle à nous faire découvrir ? Quels secrets voulait-elle nous faire partager ?

Je sortis la truite du courant, la tuai rapidement d'un coup de caillou sur la tête, remplis ma gourde puis rebroussai chemin.

Mon agent du FBI m'attendait, toujours aussi peu bavard. Mais peut-être avait-il raison... On pouvait facilement dissimuler un laboratoire dans ces montagnes. Des hippies défoncés s'y étaient réfugiés durant des années.

Le feu était magnifique.

— Voilà ce que j'appelle un feu ! le félicitai-je.

— Et je l'ai allumé à l'ancienne...

Mes pommes de terre étaient déjà en train de cuire dans la braise. Cet homme avait décidément toutes les qualités ! Je lui tendis ma gourde et lui montrai ma prise. Sifflement d'approbation. Cet homme était aussi un vrai rustre !

J'étais en train de vider le poisson avec mon couteau suisse, sur une pierre plate, et il m'observait en se léchant les babines, qu'il avait fort jolies. Je lui dis :

— Je veux bien partager ma truite avec toi, à une condition.

Sourire. Au moins, je l'amusais.

— Tu me dis ce qui se passe, repris-je. Sans me raconter de salades, et on fait moitié-moitié.

— D'accord, docteur O'Neill, c'est vous qui l'emportez. Mais je veux voir ma demi-truite sur mon assiette avant d'ouvrir la bouche.

— Ça roule, conclus-je.

Je déposai mes filets dans la poêle et calai celle-ci sur les braises rougeoyantes. De bonnes odeurs vinrent aussitôt me chatouiller les narines.

Kit contemplait le panorama. Je vins m'accroupir auprès de lui, juste au moment où le soleil allait sombrer derrière l'horizon, balafrant le ciel de zébrures saumon, pourpres et ambre.

— Quel spectacle, murmura-t-il. Ce n'est pas à Boston que je pourrais voir ça...

Je ressentais une étrange satisfaction. Comme si ce coucher de soleil, c'était moi qui l'avais peint. J'étais en train de vivre une formidable aventure et j'en savourais chaque instant avec gourmandise.

Quelques minutes à peine, et notre truite était déjà prête. Je n'eus plus qu'à retirer les pommes de terre du feu et à découper une tomate. Kit se chargea de garnir les assiettes.

Dîner en plein air, sur fond de crépuscule. Nous parlions beaucoup, à voix basse. Et au moment du café, comme il me l'avait promis, Kit se lança dans une longue explication.

Il s'en tint aux grandes lignes. Selon lui, il était difficile de faire autrement. Le problème avait pris naissance dans un laboratoire clandestin, à la fin des années 80. Quelques chercheurs et des étudiants du Massachusetts Institute of Technology s'étaient livrés à des expériences sur des cobayes humains. Le responsable de l'équipe s'appelait Anthony Peyser. Je dis à Kit que ce nom ne m'évoquait strictement rien. Et je ne connaissais aucune personne correspondant à la description qu'il me fournissait. Il reprit :

— Plusieurs plaintes ont été instruites à Boston, mais la police n'a rien établi de concluant. L'équipe s'est alors installée à San Francisco, puis dans le New Jersey, avant d'effectuer un court séjour en Grande-Bretagne, peut-être dans le but d'obtenir des financements européens. Puis tout ce petit monde est revenu à Boston. À ce moment-là, j'ai bien cru les coincer. Ils avaient pris comme cobayes des SDF soi-disant condamnés, et aidé au moins deux d'entre eux à devancer l'appel. Mais ils ont trouvé le moyen de se faire libérer sous caution et, du jour au lendemain, ils se sont volatilisés.

— Jusqu'à aujourd'hui ? demandai-je.

— Un membre du groupe a contacté deux anciens collaborateurs du laboratoire. Ils étaient peut-être en relation depuis longtemps, d'ailleurs. Bref, ce type semble avoir soudain des états d'âme — je me demande bien pourquoi — et se met en rapport avec le Dr James Kim, à San Francisco, et le Dr Heekin à Cambridge. Lesquels se font vite trucider. Oui, Frannie, ils ont *horreur* de laisser des témoins. Et comme ce sont des scientifiques, ils font très consciencieusement leur travail.

Kit s'interrompit brutalement. Son regard se porta vers l'horizon. Le soleil venait de disparaître. Je savais que l'histoire ne s'arrêtait sans doute pas là.

J'eus alors l'impression étrange mais très nette que pour moi, tout venait de basculer. J'aimais ce visage affirmé, ces pommettes et ce menton anguleux, mais j'aimais aussi la douceur de ce regard. Jamais je n'avais connu un tel émoi, même avec David. J'avais beau tenter de me raisonner, j'étais bel et bien en train de tomber amoureuse de Kit Harrison...

— Et c'est tout ce que tu sais ? lui demandai-je. Tu me le jures ?

— C'est tout ce que je peux affirmer avec certitude, Frannie. Et ça valait bien une malheureuse demi-truite, non ?

— Bon, d'accord. Et tes égratignures sur le ventre ?

— Tu sais, j'ai joué au rugby. À Holy Cross, puis en équipe amateur, à Boston et à Washington. Alors je pense que je tiendrai le coup.

Monsieur jouait les durs.

— Tu as désinfecté ? le questionnai-je, méfiante.

— Je ne vais pas en mourir, toubib. Ce n'est qu'une simple écorchure.

Je contemplais le ballet intermittent des lucioles qui tourbillonnaient dans la nuit. J'avais beaucoup appris sur les lucioles, mais j'aurais été bien en peine de me rappeler quoi. Seule me venait à l'esprit l'image de ces petites touffes de poils blonds sur le torse de Kit, et de cette grande marque rouge sur sa magnifique peau. Je pensais à la douceur de ses lèvres, à ses mains lorsqu'elles m'effleuraient.

J'étais en train de m'exciter. Décidément, ce type me faisait beaucoup d'effet.

Il fallait que j'essaie de penser à autre chose, mais je n'avais pas de bête malade sous la main, pas de vaisselle à faire en catastrophe. Moi qui ne fume pas, je me serais volontiers grillé une cigarette. Et un petit verre m'aurait fait le plus grand bien.

Je finis par retrouver l'usage de la parole.

— Je crois que je ferais mieux de jeter un œil, murmurai-je.

Il était si silencieux que je ne m'attendais même pas à ce qu'il me réponde. Mais au bout d'un moment, il s'éclaircit la voix et me demanda :

— En qualité de médecin ?

— Non, en tant que compagne de randonnée, parvins-je à grommeler.

— OK, me dit-il. Je m'en remets à tes mains expertes. Attends, j'enlève ma chemise.

— Chic !

Ses yeux bleus se mirent à briller.

— Docteur O'Neill ? Vous ai-je bien entendu dire « chic » ?

— Je t'ai déjà dit que tu pouvais m'appeler Frannie. Et j'ai bien dit « chic ! »

## 49

Max les observait à bonne distance, le cerveau en ébullition.

Les larmes lui brûlaient les joues, et il lui était impossible de les arrêter, ce qui l'énervait beaucoup. Elle avait horreur de craquer comme ça. Ça lui arrivait rarement, mais elle avait dû encaisser beaucoup de choses en très peu de temps. Elle était toujours en fuite...

Max savait bien que c'était idiot, mais les larmes coulaient, coulaient. Elle n'arrivait pas à se défaire des images de la scène à laquelle elle venait d'assister. En voyant le caillou s'abattre sur la tête du pauvre poisson, elle avait reçu comme un choc. La femme docteur l'avait tué le plus froidement du monde. Comme ils le faisaient à l'École.

Comment avait-elle pu tuer ce poisson ? Le piquer ?

C'était une chose vivante.

Il avait sûrement des bébés et un beau petit chez-lui quelque part dans le torrent.

Et maintenant, il était mort parce que le docteur l'avait piqué.

Max tremblait sur sa branche et sanglotait doucement. Jamais elle ne serait en sécurité dans ce monde. Elle se sentait si seule, si triste. Matthew lui manquait tellement qu'elle préférait ne pas y penser. Oncle Thomas ne lui avait pas menti lorsqu'il lui avait dit que le monde du dehors était terrifiant. Et pour ce qui était de faire peur, lui, il s'y connaissait.

Enfin, au moins, elle s'était trouvé un endroit sûr, en hauteur, d'où elle pouvait voir l'homme et la femme. Ils avaient allumé un grand feu pour faire cuire leur poisson. Max devait bien admettre que cela sentait drôlement bon. Elle n'avait rien avalé de solide depuis si longtemps qu'elle avait l'impression d'avoir un nœud à la place de l'estomac.

Elle aurait tant aimé pouvoir parler à quelqu'un.

La femme docteur et son ami s'étaient assis face à la

vallée pour contempler le soleil couchant. On aurait dit un mélange de marmelade d'oranges et de gelée de raisin. Max avait de plus en plus faim. En regardant le même coucher de soleil que le couple, elle avait un peu l'impression d'être avec eux. Était-ce une illusion ? Allaient-ils l'aider, si elle le leur demandait gentiment ? Normalement, c'est ce qu'il faudrait faire. Mais elle savait bien que dans la réalité, ça ne se passait jamais comme ça.

Alors elle les épiait, assis autour du feu. Ils s'aimaient bien. Ça se voyait.

Elle ne savait pas trop quoi penser au sujet de la femme docteur. Son instinct lui dictait de lui faire confiance, mais comment Max aurait-elle pu croire un seul instant à toutes ces salades, toutes ces amabilités, tous ces « N'aie pas peur, je ne vais pas te faire de mal » ?

Puis ils mangèrent. Un spectacle qui ne fit qu'attiser davantage la faim de Max. Elle les écouta bavarder, rire, parvint même à saisir quelques mots : « ... écorchures... là-bas, en face... désinfecté... »

Elle aurait tant aimé se joindre à eux et dévorer une pomme de terre cuite à la cendre. Les pommes de terre étaient aussi des choses vivantes, mais cela n'aurait pas trop gêné Max.

Elle se pencha pour mieux voir l'homme et la femme. Que se passait-il ? Qu'étaient-ils en train de faire ?

La femme docteur se leva et s'accroupit près de l'homme, puis commença à enlever ses vêtements. La chemise d'abord. L'homme, qui était plus fort qu'elle, ne se laissa pas faire.

Il se coucha sur elle, mais elle ne le repoussa pas et ne fit pas le moindre geste pour se débattre. Ils avaient l'air de bonne humeur, ils riaient. Ils se mirent à s'embrasser.

— Oh, ils s'accouplent, chuchota Max.

## 50

Armé de ma trousse de premiers secours, je m'agenouillai auprès de Kit. Voulant déboutonner sa chemise, je dus sortir le pan coincé dans son pantalon, et le frottement du tissu contre sa peau à vif lui arracha une grimace.

— Pardon. Excuse-moi.

— Ça ira. Je suis un homme, je peux souffrir.

Notre feu brûlait joyeusement, et des reflets d'ambre dansaient la sarabande sur le torse musclé et velu de mon compagnon. Tâtonnant d'une main à la recherche de mon tube de pommade, je faillis le laisser tomber. Le capuchon roula au sol.

Une noisette de crème sur le bout de l'index, j'effleurai le corps de Kit avec un luxe de précautions. Étrange sensation. Je tremblais légèrement, et le bruit de ma respiration m'assourdissait, ce qui ne m'empêchait pas de me concentrer sur ce que j'étais en train de faire.

À tel point que je sursautai de surprise lorsque Kit, gentiment, m'attrapa le poignet.

— Je t'ai fait mal ? lui demandai-je.

— Non, Frannie, mais tu me fais vivre un vrai supplice.

Il passa son bras autour de ma taille et, avec autant de puissance que de délicatesse, me souleva, me déposa sur le tapis d'herbe et d'aiguilles de pin puis s'arc-bouta au-dessus de moi. En dépit de sa forte carrure — il ne devait pas peser loin de quatre-vingt-dix kilos —, il y avait dans chacun de ses mouvements une grâce étonnante.

J'avais les bras noués autour de son cou. Lorsqu'il me tira à lui, je sentis son corps, et plus particulièrement une certaine partie de son corps, contre ma cuisse. Bien que surprise, pour ne pas dire choquée, je n'éprouvai ni crainte, ni doute. Au moins, l'approche était franche.

J'eus envie de sa bouche et presque instantanément, elle fut à moi, aussi douce et fraîche que je l'avais imaginée.

Oh, ce goût salé, ses mains sur ma peau, cette barbe d'un jour ! J'avais trop envie de lui...

Il me caressa légèrement les seins, mais une muraille de tissu nous séparait. De ma gorge s'échappaient maintenant de doux gémissements et j'avais peine à reconnaître ma voix. Je fis ce que je pus pour aider Kit à me déshabiller, tirant sur mon haut tout en essayant de faire glisser son short. Je redécouvrais des sensations que j'avais presque oubliées.

Il y avait dans son regard une telle chaleur, une telle franchise et surtout, une telle honnêteté, que je compris soudain à quel point Kit et moi étions sur la même longueur d'onde. Un vrai coup de foudre. Je n'avais rien vu venir et jamais je n'aurais pu penser que cela m'arriverait. Cela me faisait un peu peur, mais j'étais en train de vivre des instants grisants et merveilleux.

Deux ans de deuil et de pénitence consumés en quelques secondes d'une rare intensité. Je sentis la main de Kit tirer sur ma ceinture pour libérer la boucle, entendis s'ouvrir la fermeture Éclair de mon short. J'étais littéralement en train de fondre, et je l'avais voulu...

Lorsque enfin mon short glissa et s'arrêta sur mes genoux, un courant d'air frais me caressa les cuisses. Un grand frisson me secoua. L'instant que nous vivions avait quelque chose de proprement magique.

Je m'attaquai à la ceinture de Kit. Pas facile, avec ce cuir si épais. J'essayais désespérément d'ouvrir la boucle lorsque j'entendis prononcer mon nom.

— Frannie. Frannie, s'il te plaît, arrête.

« S'il te plaît ? Arrête ? »

Je me forçai à regarder Kit. J'avais l'impression que quelqu'un venait brusquement de me braquer une lampe-torche en pleine figure.

— On est en train de déconner, haleta-t-il. Je ne sais pas où je serai, la semaine prochaine. (Immense soupir.) Je ne sais même pas où je serai demain.

J'avais envie de lui répondre : Et alors ? mais une vague de tristesse me submergea. Une infime partie de mon cerveau fonctionnait encore, et elle me disait que je n'allais pas faire l'amour avec Kit, que je mettrais du temps à m'en remettre, que je n'oublierais jamais cette nuit dans la montagne. Que je n'oublierais jamais Kit Harrison.

— D'accord, fis-je simplement avec un hochement de tête.

— D'accord ?

— D'accord. Tu as raison. Je ne sais pas où j'avais la tête. On arrête avant de faire une grosse connerie.

— Je suis désolé, chuchota-t-il, le nez dans ma chevelure. J'en ai vraiment envie. Je me sens si bien avec toi. C'est juste que...

Je le fis taire d'un doigt sur les lèvres.

— Ne dis rien.

Et nous restâmes enlacés un long moment. Assez longtemps, en tout cas, pour que nos cœurs se calment. J'avais retrouvé mes esprits — ou presque.

Nous nous embrassâmes de nouveau, mais ce baiser fut plus tendre, plus courtois. Pour nous prouver que nous pouvions rester amis ? Puis je me relevai et remontai mon short.

J'allai chercher mon sac de couchage et le traînai de l'autre côté du feu, aussi loin que possible. Comment expliquer ce passage, en si peu de temps, de l'extase au malaise le plus absolu ?

— Frannie ?

— Ouais ? grommelai-je.

— Amène ton sac par ici.

J'hésitai, puis secouai la tête. J'avais besoin de mettre un peu de distance entre nous. Question d'orgueil, sans doute.

— Rapproche-toi, j'insiste. (Puis il ajouta, avec plus de douceur dans la voix :) S'il te plaît. N'oublie pas que le flic de choc, c'est moi, et que toi, tu fais partie des civils. Moi, je suis armé. Tu seras plus en sécurité près de moi.

Ah, d'accord, il avait une arme.

Peu importait, donc, si j'avais un doctorat de médecine vétérinaire, si je courais plus vite que lui, si je grimpais mieux que lui, si j'avais déjà passé des dizaines de nuits dans ces montagnes sans arme et sans mec... Je pris mon sac pour le dérouler non loin de lui. Je fis ce que Kit m'avait demandé.

— Je suis désolé, l'entendis-je murmurer juste avant de m'endormir. Je suis vraiment désolé.

« Tes scrupules t'honorent, mon cher Kit. »

# 51

Kit n'en croyait pas ses yeux. Les enfants volaient. En toute liberté, le visage rayonnant, tels deux anges.

Ils exécutèrent une belle boucle, avec une parfaite synchronisation, et Kit, soudain, redouta de les voir chuter. Ils évoluaient à une bonne centaine de mètres d'altitude, celle à laquelle volaient certains petits avions de tourisme.

Il chercha Frannie autour de lui, mais elle avait mystérieusement disparu.

Alors il se mit à hurler, en espérant que les enfants réussiraient à capter ses appels :

— Hé, Mike, Tom ! Descendez, les enfants ! Revenez ici avant de tomber. C'est papa. Papa veut que vous reveniez vous poser.

Mais ils étaient si haut, si loin qu'ils ne l'entendaient pas.

Et brusquement, ils partirent en vrille et se mirent à tomber comme des pierres.

Ils n'avaient pas d'ailes. Ni l'un, ni l'autre. C'était la chute libre.

Kit voulut sauver ses deux enfants, mais il ne pouvait en récupérer qu'un. Il fallait qu'il choisisse, ce qui était impossible. Choisir l'un de ses deux fils...

Il vit Tom et Petit Mike s'écraser au sol. Il n'avait pu sauver ni l'un, ni l'autre. Et de nulle part surgirent des ambulances, des voitures de la police du Rhode Island, la carcasse d'un petit avion.

Un spectacle de cauchemar. Kit pénétra dans la carlingue de l'appareil qui fumait encore. Tous les passagers étaient morts. Une main géante semblait avoir broyé leurs sièges.

Lorsqu'il découvrit enfin ses deux petits garçons et son épouse au milieu de l'épave, il les effleura de la main sans réussir à croire qu'ils avaient trouvé la mort.

Aussitôt, il se réveilla. Il était encore tôt. Un liséré saumon s'attardait dans l'azur du ciel. Kit se trouvait dans le Colorado, en pleine montagne.

Frannie O'Neill, penchée au-dessus de lui, était en train de lui chuchoter à l'oreille :

— Elle est là-haut, je la vois.

# 52

Une secousse brutale tira Max de son sommeil.

Elle avait dû s'endormir, et c'était déjà le matin. L'air glacé de la nuit l'avait frigorifiée ; elle avait les joues mouillées et frissonnait de froid.

Elle se sentait si insignifiante, si seule, si abandonnée... Matthew lui manquait. Elle regrettait même l'École où elle avait pourtant vécu des moments atroces.

« Non, se dit-elle, je ne peux pas raisonner comme ça. Si je me mets à jouer les perdantes, ce sera fichu. Il faut que je me batte. »

Lorsqu'elle leva les mains pour s'essuyer les joues, elle se sentit prisonnière d'une sorte de toile d'araignée. Quelle horreur ! Impossible de se défaire de ces fils qui lui irritaient le visage et lui collaient à la peau.

Que se passait-il ? Elle ouvrit grands les yeux. Mon Dieu !

Des silhouettes se penchaient sur elle. Combien étaient-elles ?

Elles masquaient le soleil. Lorsque Max comprit enfin ce qui lui arrivait, elle inspira profondément et poussa un gigantesque hurlement.

Ses cris effarouchèrent les ombres, qui reculèrent. C'était la femme docteur et l'homme. Ils avaient profité de son sommeil pour s'approcher d'elle. Bande de salopards !

Max hurla de nouveau. Jamais elle n'avait encore poussé de cris aussi perçants. Elle avait tellement peur que l'intérieur de son crâne n'était plus qu'une boule de feu toute blanche. Prise de panique, elle tenta vainement d'échapper aux mailles du filet. Ses mains, ses pieds, ses ailes étaient déjà empêtrés.

Que faire ? Il fallait absolument qu'elle trouve un moyen de s'enfuir !

Ces monstres avaient jeté sur elle une sorte de filet destiné à la capture des animaux.

Max se tortilla sur le sol jusqu'à ce qu'elle puisse se redresser en s'appuyant contre le tronc tremblant d'un jeune aspen. Les feuilles bruissèrent lorsqu'elle tenta de se mettre debout. Max sanglotait, criait, agitait furieusement ses ailes. Elle se faisait mal en essayant désespérément d'atteindre ses agresseurs, mais ses efforts ne servaient à rien. Ils étaient trop habiles — trop humains.

La femme docteur était en train de lui parler, mais Max refusait de l'écouter.

Non, pas question qu'on l'endorme ! Elle n'allait pas baisser les bras maintenant ! Elle se battrait jusqu'au bout !

La main de l'homme s'approcha d'elle. Elle l'écarta d'un coup violent, en se souvenant des gestes que faisait oncle Thomas pour l'attraper et l'obliger à faire ce qu'il voulait.

L'homme fit une nouvelle tentative, en feintant de la main gauche. Il était aussi fourbe qu'habile...

Il voulait s'emparer d'elle, remporter la lutte. Alors elle lui mordit la main, suffisamment fort pour lui faire mal et l'entendre proférer un juron.

Elle avait des jambes puissantes, mais ses coups de pied manquèrent leur but.

— Du calme, répétait l'homme. Ne t'énerve pas. Dis donc, Frannie, elle a une sacrée force !

Et sa main, de nouveau, s'approcha de son visage et de ses ailes.

Max n'arrivait pas à détacher de son esprit les traits horribles d'oncle Thomas...

Elle se couvrit la tête, se pelotonna pour ne plus former qu'une petite boule, mais ce fut peine perdue. Elle se noyait dans ce filet cauchemardesque qui n'en finissait plus.

« J'ai commis une terrible erreur. Je n'aurais pas dû les observer. Je n'aurais pas dû me reposer ! »

La femme docteur lui parlait, ou du moins essayait-elle. Ce n'étaient que des salades, bien sûr, comme d'habitude. Toujours cette voix douce, ces chuchotements, ces mensonges qui n'avaient l'air de rien. Oncle Thomas et les autres malades faisaient exactement la même chose.

— Tout va bien, ma chérie. Il faut que tu nous fasses confiance. S'il te plaît. Je t'assure qu'on ne te fera aucun mal.

« Vous mentez. Vous êtes déjà en train de me faire mal. Vous êtes déjà en train de me faire mal ! »

Max se remit à hurler, encore plus fort qu'avant. Mais aucun mot ne sortit de sa bouche. Ce n'étaient que des cris...

Et comme si la montagne elle-même se moquait d'elle, l'écho de ses appels roula jusqu'à l'horizon.

Ce n'était pas juste !

La femme se rapprocha. Dans sa main, Max distingua quelque chose. Ce n'était pas un pistolet, mais ce n'était pas mieux.

C'était même pire.

Une seringue !

Non, Max ne se laisserait pas piquer.

« Non ! Non ! Éloignez-vous de moi ! Je vais vous mordre ! Je vais vous tuer ! »

Elle lança à la femme docteur un regard noir de haine et de détermination, puis se tourna vers l'homme qui essayait de se faufiler sournoisement par-derrière. Elle ne pouvait pas les surveiller tous les deux en même temps. Qui était le plus dangereux des deux ?

Elle ne savait plus où donner de la tête.

Le docteur se mit à crier :

— Plaque-la à terre, Kit. Maintenant !

Max aurait bien appelé à l'aide, mais elle savait que personne ne viendrait à son secours. Seul Matthew, peut-être, aurait pu l'aider. Mais où était passé son pauvre petit frère ?

Elle avala une grande goulée d'air, ouvrit la bouche pour pousser un hurlement, mais ses cris restèrent coincés dans sa gorge.

## *53*

Nous avions lancé deux filets ultralégers sur la fille, des filets servant normalement à capturer les grands rapaces que l'on veut marquer.

Le maillage était spécialement étudié pour n'infliger aucun dommage aux ailes et aux plumes. Il empêtrait simplement les animaux, sans les immobiliser. Et la fille se débattait autant qu'elle le pouvait.

J'avais l'impression d'être sur le point de faire mon troisième — ou était-ce déjà le quatrième — infarctus de la semaine.

J'étais assez près d'elle pour la toucher. Un petit geste et, hop, ce fut chose faite. Je n'avais donc pas rêvé. Cette fille existait. Elle était en chair et en os, et mes doigts venaient d'effleurer son aile miraculeuse. Sous les ailes, elle avait des bras. Et tout cela semblait fonctionner à merveille.

En dépit des apparences, elle allait forcément finir par se fatiguer. Elle dépensait une énergie folle pour tenter de se sortir du filet, mais cet ouragan de plumes blanc et argent, pour magnifique qu'il fût, m'inquiétait. Elle risquait de se blesser.

— Tout va bien se passer, insistai-je. On ne te fera pas mal. Je suis médecin. N'aie pas peur.

Elle n'avait pas dû comprendre, ou ne me croyait pas, car elle ouvrit démesurément la bouche pour émettre un épouvantable hurlement, un mélange de cri animal et de plainte humaine qui me fit penser aux appels angoissés des phoques ou des baleines quand leurs petits sont en danger.

Était-elle dotée d'un larynx humain, d'une syrinx d'oiseau, ou des deux ? Il n'y a pas de cordes vocales dans le larynx, juste un sac à la base de la trachée, qui se contracte pour expulser l'air.

J'en avais mal aux oreilles, mais le spectacle auquel j'étais en train d'assister me fascinait.

Cette fille était bien humaine en tous points, mais les proportions sortaient de l'ordinaire. De grands yeux ronds, au regard si intense qu'il laissait deviner une intelligence hors du commun. Une longue chevelure blond clair qui lui couvrait largement les épaules. Et des plumes parfois blondes, elles aussi, ce qui ne me surprenait pas totalement, quand on sait que, comme les cheveux, elles sont faites de kératine.

Ses mystérieux appendices m'émerveillaient. Musclés et articulés comme des bras humains, ils se terminaient par des avant-bras plus courts et des doigts prolongés dont les dernières phalanges étaient couvertes de plumes.

Cette fille sortait tout droit d'un rêve. Comment expliquer une chose pareille ? Était-ce moi qui rêvais, ou bien elle ?

Dans la lumière du petit matin, ses magnifiques ailes

d'albâtre prenaient des reflets d'azur et d'argent. Une étrange sensation m'envahit alors. Je crois que, d'une certaine manière, je devais l'envier. Elle était si belle, et possédait un don tellement extraordinaire...

Elle pouvait faire ce dont rêve presque chacun et chacune d'entre nous — cette gamine pouvait voler. Comment une telle chose avait-elle pu se produire ? Était-ce le résultat d'un miracle ? Avais-je en face de moi un ange ? Non. Les anges peuvent disparaître. Un simple filet ne suffirait pas à les capturer.

Je repris mes esprits. L'heure n'était pas aux divagations.

La fille était en train de paniquer. Elle risquait d'abîmer ses ailes, ou de faire une syncope. J'avais déjà vu des animaux mourir de peur. Littéralement. On a l'impression que leur cœur explose.

Lorsque Kit avait essayé de la toucher, elle s'était recroquevillée comme si sa main la menaçait. Mais quand, à mon tour, j'avais tenté ma chance, elle m'avait paru moins craintive. Fallait-il y voir un signe ? Avait-elle subi des mauvais traitements de la part d'un homme ?

— Tiens le filet, dis-je à Kit. Tiens-le bien.

Je courus jusqu'au campement. Il fallait que je calme cette fille, mais comment la piquer ?

À mon retour, quelques instants plus tard, rien n'avait changé. Le visage de la petite, toujours aussi terrorisée, s'était empourpré davantage encore. Les veines saillaient dangereusement. Je fis signe à Kit : il allait devoir la maintenir au sol.

Il parla de « plaquage en règle ». J'avais vu suffisamment de matchs de championnat le dimanche après-midi pour savoir à quoi il faisait allusion. Je me remis alors à parler à la fille. En fait, il s'agissait surtout de babillages destinés à l'apaiser, de petits mots réconfortants comme ceux que l'on égrène lorsqu'on essaie de s'approcher d'un cheval affolé, à l'œil révulsé, pour attraper les rênes. Il y avait déjà l'homme qui murmurait à l'oreille des chevaux. Moi, j'étais la femme qui chuchotait à l'oreille des filles-oiseaux.

Kit s'approcha d'elle par-derrière. Parfait. Maintenant, il fallait que je fasse en sorte qu'elle ne me quitte pas des yeux.

J'attendis l'ultime seconde pour sortir ma seringue.

La fille, épouvantée, se remit à hurler en s'agitant de plus belle. À cet instant, avec une aisance digne des meilleurs joueurs de rugby professionnel, Kit plongea, s'empara d'elle, la souleva puis roula au sol en la protégeant de ses bras.

Nous la tenions !
Que faire ensuite ?

## 54

J'avais le sentiment de me trouver à l'intérieur d'un rêve terrifiant et captivant à la fois, un rêve auquel je ne parvenais pas vraiment à croire. La fillette se défendait avec la vigueur d'un adulte. Elle avait de la force et du courage à revendre, et sa détermination était impressionnante.

Heureusement, Kit était particulièrement vigoureux et, chose rare chez les hommes, il connaissait sa force. Il parvint donc à maîtriser la fille sans lui faire de mal. Une question m'effleura l'esprit : combien pouvait peser notre prisonnière ? Nous la savions résistante, mais il fallait qu'elle soit assez légère pour voler. Avait-elle des os creux ?

Dès qu'il l'eut immobilisée, j'intervins avec ma seringue. Le produit agit aussitôt, et les cris perçants dont la montagne répercutait l'écho faiblirent très vite.

La fille perdit conscience

C'est en voyant Kit, la main droite coincée sous l'aisselle gauche, que je compris qu'elle l'avait mordu. Rien de grave, cela dit. On voyait bien les marques des dents du haut et du bas, mais la peau n'avait pas été entamée.

— Tu n'es pas beau à voir, dis-je.

— Ça va aller, Frannie. Occupe-toi d'elle.

Après avoir dégagé le filet, je pris le pouls de la fille ailée. Soixante-quatre pulsations à la minute, rien que de très normal. Elle dormait paisiblement. Pour combien de temps encore ?

En écartant de son visage ses longues mèches de cheveux mouillés, je découvris des yeux largement cernés, des lèvres profondément gercées. Quelque chose me disait que cette petite avait été maltraitée. J'en avais l'estomac retourné.

— Quand se réveillera-t-elle ? s'enquit mon cow-boy.

— Difficile à dire avec exactitude, mais si je compare son métabolisme avec celui, mettons, d'un gros chien, elle en a pour deux ou trois heures. On verra bien.

Nous la contemplions en silence. J'aurais aimé savoir ce que Kit avait en tête en cet instant, ce qu'il savait et que j'ignorais. Il paraissait perdu dans ses pensées. Je posai la main sur son épaule et lui dis :

— Viens, on va la descendre dans la vallée.

Un fantasme sorti tout droit d'un cours de catéchisme me traversa l'esprit : et si ce petit ange était bien un envoyé de Dieu ? quel message portait-il ? et à qui était-il destiné ?

## 55

Harding Thomas, bouillant de rage, donna un violent coup de pied dans le tas de cendres. Un nuage gris s'éleva dans les airs.

Il aurait payé cher pour savoir depuis combien de temps ce feu était éteint et qui l'avait allumé.

Sur place, il venait de découvrir une grande plume blanche. Max était passée par là. Tout récemment.

Il se tourna vers Matthew, son appât. Qui n'avait pas donné, pour l'instant, les résultats escomptés.

— Elle commence à perdre ses précieuses plumes, ricana-t-il.

— Ça m'étonnerait, rétorqua le petit. (Mais son regard trahissait la peur qui le minait.) Elle est au moins cent fois plus intelligente que vous.

— Peut-être, mais nous la retrouverons bientôt. Elle n'est pas loin d'ici.

Après avoir glissé la plume blanche sous le bandeau de son chapeau, Thomas dégaina son téléphone portable. Il répugnait à donner ce coup de fil, mais il n'avait plus le choix. Il composa le numéro. À l'autre bout, quelqu'un décrocha.

Le son était aussi limpide que l'air des Rocheuses. Thomas soupesa chacun de ses mots.

— Elle est toujours dans les parages. On ne la voit pas, mais on brûle. Le problème, c'est qu'elle a peut-être réussi à trouver de l'aide. Des gens qui seraient tombés sur elle, ou qu'elle aurait contactés. Non, je n'en suis pas sûr, et je ne sais absolument pas qui. Des campeurs, peut-être, ou bien des randonneurs. On le saura assez vite. Et ils vont le regretter, ces imbéciles.

## 56

Les effets de la Kétamine s'étaient dissipés et ma patiente se cognait littéralement la tête contre les murs. Mon chalet était suffisamment isolé pour que les coups sourds et violents qui secouaient les murs n'alertent personne, mais moi, je les entendais parfaitement. Tout comme Kit. Ce remue-ménage ne nous inquiétait guère. Nous redoutions surtout que notre insolite pensionnaire ne se blesse.

Je m'étais postée dans la pièce contiguë et je lui parlais à travers la porte en faisant tout mon possible pour la rassurer.

Naturellement, je ne savais pas trop quoi dire, ni par où commencer. J'ignorais même quel était le meilleur moyen de communiquer, mais j'avais la conviction d'aborder ce qui allait sans doute être la conversation la plus importante de ma vie.

— Je m'appelle Frannie, tentai-je d'une voix aussi chaleureuse que possible. J'aimerais devenir ton amie. Je veux t'aider. Je suis désolée pour tout à l'heure, dans la montagne.

Les martèlements s'interrompirent une seconde, puis reprirent de plus belle.

— Je suis vraiment navrée, poursuivis-je. Tu sais, ici, même si ça n'en a pas l'air, tu es en sécurité. Pour pouvoir t'aider, il fallait qu'on t'attrape. Moi, ça ne me plaît pas de te garder enfermée.

Rien ne semblait pouvoir mettre un terme aux coups et aux piaillements de colère. J'avais l'impression que cette fille ne comprenait pas un traître mot de ce que je disais.

Et pourtant, je n'étais pas prête à renoncer.

Très calmement, avec la plus grande douceur, je lui expliquai que j'étais vétérinaire, c'est-à-dire un médecin qui soigne les animaux et qui, surtout, les aime beaucoup. Ce qui était la pure vérité, aussi flatteuse fût-elle, et je trouvais que cela faisait un bon point de départ...

— J'aimerais bien te connaître un peu, lui dis-je. Je me fais du souci pour toi depuis que je t'ai aperçue près de la route, l'autre nuit. Je suis sûre que tu as faim. Je me trompe ? Je me demande s'il y a des gens qui t'aiment et qui se demandent où tu es en ce moment.

Mes paroles semblèrent la calmer provisoirement. Je ne pus m'empêcher de pousser un soupir de soulagement. Avait-elle enfin compris ce que j'essayais de lui dire ?

Mais presque aussitôt, le grand chambardement recommença. Les parois se mirent à résonner sous une pluie de coups de pied si violents qu'on eût dit que la baraque allait s'écrouler. Et ma petite mais redoutable patiente, plus déchaînée que jamais, poussa un hurlement à briser toutes les vitres dans un rayon de cent mètres.

Je baissai le ton et, sans même savoir si elle m'entendait encore, je repris :

— Tu as faim ? Tu sais, mon copain fait très bien la cuisine. Il est en train de préparer le repas de midi. Des spaghettis sauce tomate. Tu aimes les spaghettis ?

Je retins ma respiration.

Et je perçus alors, très nettement, des sanglots. Les cris hystériques avaient laissé place à des larmes de dépit et d'épuisement. J'en avais la gorge nouée.

Elle me donnait, par instants, l'impression de comprendre ce que je lui disais, mais comment en avoir la certitude ? Je tenais tellement à lui venir en aide. Et, aussi bizarre que cela puisse paraître, je voulais également obtenir son affection.

Je savais déjà ce que j'allais faire ensuite. J'inspirai profondément, vidai mes poumons.

— Je vais ouvrir la porte. Je promets de ne pas te faire de mal. Je te le jure. Ne me fais pas de mal, d'accord ?

J'entrouvris à peine la porte et jetai un coup d'œil par l'entrebâillement. Elle s'était recroquevillée sur le lit, contre le mur, semblait inimaginablement tendue, comme prête à se jeter sur moi. Mon Dieu ! Elle me paraissait plus grosse que certains pumas.

« N'aie pas peur d'elle, ou arrange-toi au moins pour qu'elle ne le remarque pas. »

Les jambes en marmelade, la bouche effroyablement sèche, je pénétrai précautionneusement dans la pièce.

Et une fois à l'intérieur, je fis l'impensable : je refermai la porte derrière moi.

Ce n'est pas pour rien qu'on me surnomme parfois Frannie la nunuche.

Je m'accroupis afin de ne pas dominer la petite — une habitude que j'ai prise avec les animaux pour qu'ils se sentent moins menacés. Si elle décidait de m'attaquer, j'étais sans défense, mais quelque chose me disait qu'elle n'allait pas se jeter sur moi.

Je vis d'abord ses joues sillonnées de larmes. On décelait chez cette fille une telle tristesse, une telle lassitude qu'elle faisait pitié. Elle reniflait, s'étranglait, pleurait. Sa souffrance, si humaine, me brisait le cœur. Et je ne savais que faire pour l'aider.

« Ce n'est qu'une fillette abandonnée et terriblement triste. Que lui est-il arrivé ? »

— Ma pauvre chérie, lui dis-je aussi doucement que possible, j'aimerais pouvoir faire quelque chose pour toi, mais je ne sais pas quoi... Je t'assure que je ne vais pas te faire de mal. Kit non plus, d'ailleurs.

Du revers de l'avant-bras, elle s'essuya le visage. Un vrai geste d'enfant, familier et rassurant. Elle me fixait de ses grands yeux d'émeraude bordés de larmes.

Puis sa petite bouche s'ouvrit, comme si elle tentait de me dire quelque chose.

— Je voudrais des spaghettis, s'il vous plaît.

## 57

*Je voudrais des spaghettis, s'il vous plaît.*
Elle parlait !
Il fallait que Kit assiste à ce miracle, et tout de suite. Mon Dieu ! J'aurais voulu avoir la planète entière pour témoin.
Au même instant, Kit lança :
— On peut passer à table !
J'aurais bien voulu voir ma tête.
— Si on allait manger ? proposai-je. C'est Kit. Je crois que les spaghettis sont prêts.
— J'aimerais bien me laver les mains d'abord, répondit ma patiente d'une petite voix.
Il fallait se rendre à l'évidence : la conversation était bel et bien engagée.
— Une minute, fis-je à l'adresse de Kit, qui dut à peine m'entendre, tant ma voix vacillait.
J'ouvris la porte et laissai la petite passer devant moi. Je lui avais demandé de me faire confiance ; il fallait bien que je lui en témoigne, moi aussi, quelques marques. Elle fit quelques pas, puis se retourna.
Elle hésitait. Je lisais une question dans son regard.
— Ah, oui. (Je souris.) C'est à droite.
Elle me sourit à son tour, ce qui eut pour effet de me faire fondre. Elle était si belle, et de surcroît charmante. Ce n'était après tout qu'une enfant. Elle ne devait pas avoir plus de onze ou douze ans.
Je lui donnai une serviette et un gant de toilette. Après m'avoir remerciée, elle referma la porte de la salle de bains. Médusée, je l'entendis ouvrir le robinet du lavabo, puis le refermer. Kit n'allait pas le croire. J'avais moi-même du mal à me persuader que je ne rêvais pas.
Quelques instants plus tard, je vis tourner la poignée de la porte. La fillette tendit le cou et émergea prudemment de la salle de bains. Quel changement ! Son regard vif scru-

tait le mien. Elle s'était lavé le visage, et sa peau toute rose étincelait. Quelle beauté ! Comment un tel miracle avait-il pu se produire ?

— Viens, lui dis-je, on va manger.
— Des spaghettis ? *Al dente*, j'espère ? me fit-elle avec un sourire narquois.
— Très drôle. Tu sais que tu es craquante, toi ?
— Ouais, c'est ce qu'on me dit toujours.
À qui faisait-elle allusion ?
Je désignai le couloir.
— C'est tout droit.

## *58*

En nous voyant arriver, Kit faillit lâcher le pichet de thé glacé qu'il s'apprêtait à déposer sur la table de mon minuscule coin-repas, mais en bon professionnel, spécialiste des situations imprévues, il se ressaisit aussitôt, posa le récipient, s'essuya les mains sur les fesses sans se soucier de l'état de son jean et dit simplement :

— Salut, tout le monde. Ah, je vois que nous avons aplani nos petites différences.
— Peut-être, fit la petite. On verra.
Je crus que Kit, interloqué, allait se décrocher la mâchoire.
— D'accord... Ça fait plaisir à entendre.
Il m'était difficile d'admettre que la créature quasiment sauvage qui, quelques heures plus tôt, avait essayé de l'estropier et lui avait mordu la main était maintenant en train de lui parler. Sa présence d'esprit et son humour m'émer-

veillaient. Où avait-elle appris à parler, à jouer les petites futées ? D'où sortait-elle ?

— Je te présente mon ami Kit, lui dis-je.

— Bonjour, répondit-elle doucement. C'est vous le cuisinier, si j'ai bien compris ?

Kit, sidéré, hocha la tête.

— Oui, c'est moi. Chef de cuisine et responsable de la plonge.

Je tirai une chaise sur laquelle elle s'installa en se tortillant.

— Merci bien.

Et en plus, elle était extrêmement polie...

Je me dirigeai vers la cuisine, comme si c'était la chose la plus naturelle du monde, et là, une fois seule, je fis tout mon possible pour me ressaisir. Je sortis le saladier, les ustensiles, les serviettes, pris une assiette pour notre invitée et plaçai le tout sur la table.

J'avais l'étrange impression d'être séparée de mon corps, comme si mes membres agissaient de leur propre initiative. Mes mains étaient moites et je me sentais flotter. Un léger problème de trou noir, mais à part cela, tout allait bien...

Je remuais maladroitement ma salade, les yeux toujours rivés sur la petite.

— Kit ?

Il me regarda, sans comprendre.

— Oui, Frannie ?

— Les spaghettis. Il y en a qui meurent de faim, ici.

— Oh, pardon.

Il trébucha contre une chaise, la remit en place, fila vers la cuisine et revint un instant plus tard, le plat fumant dans les mains.

La fillette observait chacun de nos gestes. Je m'efforçais d'afficher un air parfaitement détendu, mais mon cœur battait comme la pompe d'un vieux puits de pétrole. Étais-je la seule à l'entendre ? Dans ma tête, les questions se succédaient beaucoup trop vite. Avions-nous réellement réussi à gagner la confiance de cette fille ? Et si elle quittait brusquement la table et tentait de s'échapper ?

Lorsque Kit lui adressa la parole, je fus stupéfaite de le voir aussi maître de lui-même.

— Je peux te servir ?

Elle acquiesça. Il prit son assiette, y déposa une montagne de spaghettis qu'il nappa de sauce tomate, puis vint prendre place à côté de moi. Il me servit, se servit à son tour.

Pendant ce temps, la petite le regardait de ses grands yeux verts si lumineux. Elle attendait visiblement quelque chose, et nous, nous guettions avec impatience le prochain mot qu'elle allait prononcer. Qu'allait-elle nous révéler ?

— Bon appétit, lui dit Kit, avec son redoutable sourire. Vas-y, mange.

— Chic ! s'exclama-t-elle. J'adore la soupe !

Kit fut le seul à ne pas rire. Cette fille était non seulement intelligente, mais aussi très sociable. J'adorais son humour. Où avait-elle été élevée ? Manifestement, elle avait déjà fréquenté des adultes.

Elle noua les mains sur la table, ferma les yeux et murmura :

— Je te remercie, Seigneur, pour cette bonne nourriture, pour ces excellents spaghettis. Amen.

Mes yeux s'inondèrent de larmes.

## *59*

Max se balançait tranquillement dans le vieux rocking-chair du porche, comme aurait pu le faire n'importe quelle gamine par cette belle matinée d'été.

Casque sur les oreilles, elle écoutait un petit morceau

rock de Meredith Brooks intitulé *Bitch*. Elle se sentait déjà beaucoup plus calme, et elle aurait aimé pouvoir faire entièrement confiance au couple qui l'avait recueillie, mais une angoisse sourde l'en empêchait. Difficile de se débarrasser de sa paranoïa du jour au lendemain...

« Alors, Maximum, on a peur de son ombre ? »

Le grand blond qui s'appelait Kit était au téléphone. Max aurait aimé savoir qui était son interlocuteur. Question spaghettis, c'était un champion — elle n'en avait jamais mangé d'aussi bons —, mais cela ne suffisait pas. Pouvait-elle lui confier ses secrets les plus noirs, lui révéler toute la vérité sur l'École ?

Frannie était partie se promener. Une dizaine de minutes, avait-elle dit, à tout casser. Elle avait promis de revenir avec une surprise. Quel genre de surprise ?

Max avait de bonnes raisons de se méfier des surprises...

Avant de faire confiance à Frannie et à Kit, elle devait s'assurer qu'ils étaient vraiment des gens bien. Eux, en tout cas, semblaient avoir confiance en elle, ce qui facilitait les choses. Frannie lui avait dit qu'elle pouvait entrer et sortir de la maison à sa guise. Comme Kit, elle était plutôt du style sympa et pas compliqué.

En pensant à l'École, dont la grande porte, elle, était toujours verrouillée, elle sentit un frisson lui cisailler le dos.

Matthew et elle l'avaient surnommée ironiquement l'École de l'air parce que, justement, on leur interdisait de voler.

Et pas question de mettre les pieds à l'extérieur, sous peine de se faire piquer.

Mais aujourd'hui, elle était là, bien vivante, en train d'écouter de la musique.

Un jour, par négligence, les gardes avaient laissé une porte ouverte. Et sans attendre qu'ils renouvellent cette erreur, Matthew et elle en avaient profité pour prendre la fuite.

Max ramena ses genoux sous son menton. Frannie lui avait donné un pantalon noir extensible qui lui faisait de superbes jambes. Quant à Kit, il lui avait prêté une immense chemise bleue sur laquelle on pouvait lire FBI en grosses lettres.

Un soupçon l'effleura tout à coup : la chemise, qui lui recouvrait les ailes, l'empêchait de voler...

Mais elle était propre, elle sentait bon, et Max n'avait pas envie de s'envoler maintenant. Elle avait envie de rester tranquillement dans son fauteuil à écouter du rock et à grignoter des cookies aux pépites de chocolat jusqu'à ce qu'elle n'en puisse plus. Des cookies à volonté, le paradis...

Le rythme de la musique qu'elle écoutait semblait suivre celui de son cœur. C'était sûrement voulu.

Si la surprise de Frannie était une bonne surprise, songea Max, peut-être lui confierait-elle l'un de ses secrets sur l'École.

Mais un seul, alors.

Peut-être lui parlerait-elle de Matthew.

Et si elle commençait plutôt par Adam ? Ou la pauvre petite Ève ? Par cette nuit épouvantable où on les avait piqués tous les deux ?

Kit et Frannie pourraient peut-être l'aider à retrouver Matthew.

Ses mains se crispèrent machinalement. Max s'aventurait dans une zone extrêmement dangereuse. On le lui avait si souvent répété : si elle parlait, elle allait au-devant de terribles ennuis.

Des gens risquaient de mourir. À commencer par elle, bien sûr, mais aussi tous ceux et celles auxquels elle adresserait la parole.

## 60

Pip m'entraînait à travers bois comme s'il se prenait pour la locomotive d'un train miniature. Les cigales chantaient. La scène avait quelque chose d'irréel, mais je savais parfaitement que je ne rêvais pas.

— Ralentis un peu, imbécile !

Pip ignora royalement mes avertissements. Je trimballais tout un bric-à-brac — des vêtements pour Max, un petit sac noir, un appareil photo — mais il voulait rentrer, et pas question d'attendre.

La laisse finit par me filer entre les doigts et il prit la poudre d'escampette en aboyant comme un furieux.

— Pip ! Espèce de canaille !

Avec le casque sur les oreilles, la fille ne risquait pas de l'entendre. Je laissai tomber mon paquetage et courus aussi vite que je le pus, mais il était déjà trop tard. Pip s'était jeté sur elle. Aïe ! Allait-elle comprendre que Pip n'était qu'un petit chien très joueur dont elle n'avait rien à craindre ?

Mais très vite, j'entendis des rires et des jappements joyeux qui me chatouillèrent agréablement l'oreille. Le pire paraissait avoir été évité.

Kit se précipita à l'extérieur à l'instant même où j'atteignais les premières marches. Une rapide évaluation de la situation effaça les plis de son front soucieux.

— C'est ça, ma surprise ? demanda la fillette tandis que Pip se vautrait sur elle, la truffe conquérante.

— Un peu de tenue, Pip, fis-je. Oui, c'est la surprise.

— À l'École, on a des chiens, me dit-elle. Bandit et Gomer.

— Je te présente Pip. C'est un brave petit bonhomme.

— Bonjour, Pip, fit-elle, rayonnante.

Elle ramassa un morceau de bois. Aussitôt, comme pris de folie, Pip se mit à trottiner à reculons en agitant frénétiquement son petit bout de queue et en jappant autant qu'il le pouvait.

La fille demeura songeuse, puis elle déclara :
— Moi, c'est Max. (C'était la première fois qu'elle nous donnait son nom. Elle lança le bâton.) Va chercher, Pip.

## 61

C'est peu de dire que j'avais hâte d'ausculter Max afin de m'assurer qu'elle n'était pas blessée ou ne souffrait pas de malnutrition. Je ne tenais plus en place. Bien des médecins auraient vendu leur mère pour vivre une pareille expérience. Et certains, d'ailleurs, avaient peut-être tué pour y parvenir...

Face à la porte si familière et d'ordinaire si rassurante de ma chambre d'appoint, je pris l'une des inspirations les plus profondes de ma vie. Kit et moi venions d'avoir une longue discussion pour savoir s'il fallait confier Max à la police locale, voire à l'université du Colorado, à Boulder.

— C'est moi, la police, avait-il protesté, totalement opposé à cette initiative. Et pour l'instant, je ne vois pas trop à qui nous pouvons faire confiance. Il faut que je vérifie encore deux ou trois choses. Laisse-moi encore quelques jours, Frannie.

Sa réaction ne m'avait guère rassurée, d'autant que j'avais moi-même quelques doutes sur la capacité des autorités locales, que ce fût à Nederland ou même à Boulder, à gérer cette situation. Je me posais des questions depuis le début.

Max m'attendait donc derrière cette fameuse porte, prête à subir un examen complet. Pour elle, m'avait-elle dit, ce serait une simple formalité : elle y était habituée.

Pour moi, c'était une autre paire de manches.

Je laissai donc Kit donner ses coups de fil dans tout le pays. Il disposait déjà de deux pleins carnets de renseignements sur ce fameux groupe de chercheurs qui travaillait en toute illégalité et s'était peut-être réfugié dans la région. Il avait rencontré des dizaines de médecins ayant été en contact avec l'un des membres du groupe. Son enquête, il la comparait à un labyrinthe à l'échelle des États-Unis. Son sourire conquérant avait disparu. Il s'avouait déçu de la lenteur à laquelle il progressait et inquiet de la suite des événements. Où avions-nous mis les pieds ?

Je frappai doucement à la porte.

— Entrez, fit Max.

Armée de ma trousse noire, je pénétrai dans la pièce en essayant de dissimuler ma nervosité. Max déposa le *People* qu'elle était en train de lire — elle le dévorait chaque semaine, m'avait-elle dit — et, comme nous avions déjà parlé de cette visite médicale, entreprit de se déshabiller avant même que je le lui demande. Une question me taraudait l'esprit : qui donc avait bien pu l'examiner avant moi, et de manière répétée ?

Lorsque je la vis, le choc fut tel que j'en eus le souffle coupé. J'avais l'impression de faire partie du Comité national de bioéthique. J'avais devant les yeux un véritable miracle de la science, qui allait marquer l'histoire de la médecine.

La jeune fille qui se tenait devant moi était dépourvue de seins, mais le volume de son torse me stupéfiait. Elle devait avoir une cage thoracique deux fois plus grosse que la mienne.

Cela pouvait s'expliquer. Pour être en mesure de voler, elle avait besoin de pectoraux exceptionnels, et dotés de points d'ancrage extrêmement solides. Un bréchet, des clavicules surdimensionnées ? Comment était-ce possible ? Qui l'avait conçue, et dans quel but ? Toutes ces questions me donnaient le vertige.

— On commence par le stéthoscope, lui dis-je en m'approchant d'elle.

Elle acquiesça pour bien me montrer qu'elle n'avait pas

peur. Elle avait de très larges épaules. Comme je m'y attendais, ses muscles pectoraux étaient attachés à un bréchet d'une taille exceptionnelle. C'était absolument extraordinaire. Lorsque je pressai mon stéthoscope contre son dos, elle respira à fond, puis vida lentement ses poumons.

Elle savait parfaitement ce qu'il fallait faire, elle avait l'habitude d'être auscultée. Que pouvait-on bien faire dans cette fameuse école ?

— Le stéthoscope n'est pas trop froid ? m'enquis-je.

— Non. Il me paraît juste à la bonne température.

Elle s'exprimait étonnamment bien pour une fille de son âge. Elle disposait d'un vocabulaire riche, et je l'avais entendue manier l'humour et l'ironie. Cette gamine était manifestement intelligente.

— Tu veux bien respirer à fond encore une fois ?

Elle s'exécuta docilement.

Ce que j'entendais me stupéfiait. Ses poumons fonctionnaient comme des soufflets, comme ceux des mammifères. Relativement petits, ils me donnaient l'impression d'être reliés à des poches d'air antérieures et postérieures. Quelle anatomie ! J'aurais pu rédiger un livre entier sur ses seuls poumons !

En toute logique, me dis-je, ses os doivent être creux.

— Merci, Max. C'est parfait.

— Oh, j'ai compris, me dit-elle en haussant les épaules. Pour vous, je dois être complètement anormale.

— Non, tu as des qualités particulières, c'est tout.

Je la fis se tourner vers moi, puis posai mon stéthoscope sur sa poitrine. Mon Dieu ! Soixante-quatre pulsations à la minute, mais d'une force inimaginable.

Max avait le rythme cardiaque d'un athlète de haut niveau, et un cœur énorme qui devait peser près d'un kilo. Autant que celui d'un cheval de bonne taille.

Ce cœur puissant et volumineux devait être capable de faire circuler une très grande quantité de sang, tandis que l'air, lui, passait de poche en poche. Résultat : un échange oxyde de carbone-oxygène d'une grande efficacité. Cela me semblait parfaitement étudié. Max pouvait ainsi voler durant de longues périodes et à haute altitude, malgré l'air raréfié, ses cellules restaient saturées d'oxygène.

Comme si elle lisait dans mon esprit, Max se mit à battre des ailes.

# 62

— Je parierais que ce n'est pas la première fois que tu fais ça ! dis-je en souriant, impressionnée par sa décontraction, ses bonnes manières et son humour.

— Oh, je l'ai fait tellement souvent...

Ses pieds quittèrent le sol et elle demeura ainsi en suspens, à une trentaine de centimètres du plancher.

Je n'eus plus qu'à me jucher sur un tabouret pour coller de nouveau mon stéthoscope sur la poitrine de Max. Son cœur battait maintenant si vite que je ne parvenais plus à compter les pulsations. J'abandonnai et la regardai. Elle m'émerveillait. Mon cerveau frisait l'embolie.

— Je peux atteindre deux cents pulsations par minute sans faire le moindre effort, observa-t-elle. (Et d'ajouter, avec un petit clin d'œil complice :) Pas mal, non ?

— Pas mal, répétai-je en plaçant mes mains sur ses hanches. Bon, passons à la suite. Je te remercie.

— Ce fut un plaisir.

Elle cessa de battre des ailes, retomba à pieds joints sur le sol. Il fallait que je la mesure, mais j'avais du mal à garder la tête froide.

— Un mètre trente-cinq, me souffla-t-elle.

C'était exactement cela. Elle avait des membres légèrement disproportionnés. Ses jambes, par exemple, semblaient exceptionnellement longues. Ses annulaires et auriculaires étaient partiellement joints, mais on ne le remarquait que de très près. Les orteils, eux, étaient légèrement palmés.

Ces particularités, ainsi que les petites plumes qu'elle possédait derrière les chevilles, devaient lui permettre d'orienter son vol, puisqu'elle était dépourvue de queue.

Elle avait le cou extrêmement souple, et pouvait se vanter d'avoir de meilleurs réflexes que moi — ou n'importe qui d'autre. Sa vue, lointaine aussi bien que périphérique, était plus qu'excellente. Max jouissait d'une incontestable supériorité dans tous les domaines, ou presque. Elle cumulait les points forts de l'homme et ceux de l'oiseau.

Je ne fus pas surprise de constater que ses ailes s'articulaient parfaitement. Les yeux bandés, j'aurais pu les attribuer à un oiseau de grande envergure, susceptible de fondre sur sa proie depuis une certaine altitude. Un faucon, par exemple, ou un oiseau marin.

Je plaçai mon mètre à la pointe d'une aile. Sans attendre, Max déploya ses deux appendices et m'annonça fièrement :

— Trois mètres dix.
— Merci.

J'aurais pu ajouter que je n'avais encore jamais vu une fillette de onze ans avec des ailes aussi grandes. À ma demande, Max s'allongea sur le lit. Un rapide palpage de l'abdomen me permit de constater que les organes internes, quoique disposés normalement, étaient très petits.

À cela, rien d'étonnant. Ce corps, il fallait bien que les ailes puissent le soulever. Et j'étais prête à parier que Max était également dotée d'une ossature à la fois légère, creuse et très résistante, capable de subir en vol des pressions très importantes.

Tout cela avait été superbement pensé.

— Allez-vous me faire un examen pelvien ? me demanda Max.

On lui avait déjà fait des examens pelviens ? J'eus toutes les peines du monde à masquer mon malaise.

— Non, ce n'était pas dans mes intentions.
— Oh, de toute façon, je peux vous le dire, déclarat-elle en remettant son pantalon. Je suis *ovipare*.

Ovipare, bien sûr. Voilà pourquoi elle n'avait pas de poitrine. Si elle était capable d'avoir des enfants, elle n'aurait pas à les allaiter.

Il lui suffirait d'attendre qu'ils sortent de leur coquille.

# 63

J'avais l'impression que ma tête s'était définitivement détachée de mon corps pour partir en orbite. Après avoir rêvé de découvrir cette créature magique, j'avais eu la chance de pouvoir l'examiner et j'avais du mal à digérer tout ce que je venais d'apprendre. Cette fille était extraordinaire.

Elle avait été conçue pour être parfaite.

Mais par qui ?

Il aurait fallu que je fasse des radios et des analyses de sang, que des médecins et des zoologistes puissent m'aider à interpréter les résultats. Dans mon cerveau embrumé, les questions s'accumulaient.

Je rangeai mon stéthoscope dans ma trousse.

— Alors, dis-moi, Max, d'où sors-tu ?

Elle me décocha l'un de ses sourires espiègles.

— C'est une cigogne qui m'a déposée dans un chou. (Là, ses grands yeux verts se resserrèrent :) Comment se fait-il que j'aie des ailes et vous pas ?

— Je n'en sais rien, mais tout le problème est là.

Je vis le visage de Max se renfrogner. Pensait-elle que je lui mentais, ou que je ne lui disais pas tout ? Visiblement, je l'avais déçue en ne répondant pas à sa question. On l'avait maintenue dans l'ignorance, et j'aurais donné cher pour savoir qui pouvait être ce « on ».

— Je vais essayer de savoir, lui dis-je, mais il faut que tu me laisses du temps. Tout ça est très nouveau pour moi, et je me sens un peu dépassée. Aie un peu confiance en moi, Max.

— Moi, je fais confiance à personne, me rétorqua-t-elle sèchement, le regard brillant de colère, d'amertume et de tristesse.

Quelque chose me disait qu'elle avait dû vivre entourée de gens plutôt jeunes. Des chercheurs, des techniciens de laboratoire ?

— Tu trouves que les adultes sont trop arrogants, c'est ça ?

Elle haussa les épaules.

— Peu importe. Je vais jouer avec Pip, d'accord ? C'est autorisé, ou est-ce que je dois rester à l'intérieur ? Vous avez eu ce que vous vouliez.

— Non, Max, tu peux aller jouer.

Elle détala aussitôt, les larmes aux yeux. Était-ce à cause de moi, ou quelque chose que j'avais dit ? Max était capable de pleurer. Je n'en revenais pas. J'imaginais un aigle survolant ces terres que l'homme s'employait à massacrer, un aigle en pleurs. Ou une maman merle pleurant parce qu'elle ne peut pas venir en aide à son petit, blessé.

Kit était toujours sur la terrasse. En me voyant, il mit fin à sa conversation et rengaina son portable.

— Que s'est-il passé ? On aurait dit qu'elle pleurait.

— Oh, elle ne m'a pas dit où elle habitait, répondis-je, mais je l'ai examinée et j'en suis encore estomaquée. Quelles que soient les méthodes utilisées, cette fille est un véritable miracle de la médecine.

— Raconte-moi tout. (Son regard se concentra, se fit inquisiteur.) Je suis de la police, tu sais.

— Je ne sais pas par où commencer. Je crois qu'elle est bel et bien humaine, mais conçue pour voler. Elle a un cerveau humain, elle réagit comme un humain, mais le reste est un amalgame d'organes humains et aviaires. Les organes humains paraissent prédominer. Et apparemment, beaucoup de chercheurs travaillent dans la fameuse « école » dont elle ne cesse de parler.

— Tu en es sûre ?

— Elle a l'habitude de subir des examens et elle connaît énormément de termes médicaux. Comment ou pourquoi, je l'ignore. Elle m'a dit qu'elle était ovipare. Elle pourrait pondre des œufs...

Il y eut un long silence, à peine écorné par l'écho des jeux auxquels se livraient Max et Pip, un peu plus loin.

— Tu es en train de me dire qu'elle est le produit d'un croisement entre l'homme et l'oiseau ? murmura Kit. Tu crois que ce serait possible ?

— Non, à mon avis, c'est impossible. S'il n'y avait pas ce petit détail très convaincant...

Kit conclut à ma place.

— Et nous l'avons devant les yeux. Mon Dieu !

Nous vîmes Max prendre Pip dans ses bras.

Il y eut un bruissement d'ailes, et elle s'envola, survolant la cime des arbres en compagnie du chien, que ce curieux voyage ne semblait pas importuner le moins du monde.

## 64

Tout devait se faire dans la plus grande discrétion et la moindre erreur pouvait désormais avoir des conséquences fatales. Toutes les mesures nécessaires avaient été prises pour circonscrire les dégâts déjà commis.

Les « visiteurs » importants débarquaient peu à peu dans la région de Denver, en tout anonymat. Ils voyageaient séparément. On avait pensé et organisé leur déplacement jusque dans le plus petit détail. Nul, pas même leurs associés ou les membres de leur famille, ne devait être au courant de leur présence ici.

L'enjeu était de taille. Tous le savaient. Ils allaient vivre un instant exceptionnel, véritable privilège, même pour eux, habitués à tous les égards. Et tous savaient ce qu'ils risquaient en cas d'arrestation. Leurs dénégations outragées ne les empêcheraient pas de finir au pilori.

Deux des principaux arrivants avaient choisi la plus simple et sans doute la meilleure des couvertures : celle du couple marié. Le groupe le plus important était constitué de quatre Allemands. Officiellement, quatre passionnés de pêche à la mouche venus explorer les cours d'eau des Rocheuses.

Deux des voyageurs appartenaient à un important groupe japonais. Si quelqu'un leur posait une question, ils étaient venus assister au festival Shakespeare. Ils étaient descendus au Boulder Victoria Historic Inn et jouaient leur rôle de touristes japonais en mitraillant tout ce qui passait à portée de leurs appareils photo. Un autre homme représentant une société française de premier plan avait fait le déplacement à l'occasion, soi-disant, des journées musicales de Chautauqua et du Niwot Ragtime Festival. Les visiteurs avaient accepté de séjourner dans les petites villes des environs de Denver, telles que Lafayette, Nederland, Louisville, Longmont et Blackhawk.

Le couple marié, originaire de Londres, se vit contraint de camper dans le parc national des Rocheuses, à quatre-vingts kilomètres au nord-ouest de Boulder. Un P-DG de Bernardsville, New Jersey, hérita, lui, d'une agréable suite au Gold Lake Mountain Resort.

Chacun des visiteurs s'était vu assigner une ville bien particulière du Colorado. On leur avait demandé de s'habiller et de se comporter comme des vacanciers, de séjourner dans des hôtels ou relais de charme comme le Black Dog Bed & Breakfast, le Boulderado Hotel ou le Briar Rose. Et tous, pourtant plus habitués à donner des ordres qu'à obéir, suivirent à la lettre les instructions qu'on leur avait données.

Pour eux, ce n'était qu'un détail. Après tout, l'humanité allait vivre un bouleversement sans précédent, un véritable séisme auquel ils allaient participer.

## 65

Pas question de laisser des preuves.
Ni le moindre témoin.
Accompagné d'une douzaine de chasseurs, Harding Thomas avait décidé de passer au peigne fin une zone s'étendant entre Rough Rider Road et la route des crêtes. Tous les trois mètres, un homme et un chien auquel on avait fait renifler des vêtements appartenant à la fille ailée progressaient en ligne droite à travers bois. Ces hommes étaient presque tous d'anciens officiers de l'armée, prêts à se persuader que cet exercice s'inscrivait dans l'esprit de la défense nationale et pouvait même contribuer à la survie de l'Amérique.

Une fois le périmètre quadrillé, ils en délimitèrent un autre et la battue reprit.

Ils n'échangèrent pas un mot, pas une plaisanterie, ne prirent même pas le temps d'allumer une cigarette. On n'entendait que leurs lourdes bottes piétinant la broussaille et les halètements frénétiques des chiens surentraînés.

De l'autre côté de la route des crêtes, deux hélicoptères exploraient méthodiquement les majestueux contreforts des Rocheuses. Leurs caméras à infra rouge leur permettaient de balayer de larges portions de la montagne et d'y repérer toute forme de vie à sang chaud. Cerfs, élans, ours, lapins et toutes créatures ailées.

La fille n'avait aucune chance d'échapper à cet impressionnant dispositif. Tôt ou tard, les caméras ou les chiens la retrouveraient.

Et pourtant, elle semblait s'être volatilisée.

La battue se prolongea des heures durant, sans résultats. Le soleil allait bientôt se coucher, mais les recherches se poursuivraient tard dans la nuit si nécessaire. On avait appelé des renforts. Des médecins et des chercheurs de Denver et de Boulder, d'autant plus inquiets qu'ils étaient directement concernés. Des hommes et des femmes qui travaillaient à l'École et auxquels on pouvait faire confiance.

Si on leur posait la moindre question, ils disposaient d'un alibi parfait, puisqu'il s'agissait de la pure vérité : ils recherchaient une fillette qui s'était égarée en forêt.

Max était en train de mettre tous leurs projets en péril.

## 66

J'avais l'impression d'avoir la tête sous l'eau, je respirais avec difficulté. Kit me suggéra de vaquer à mes occupations habituelles pendant quelques heures et de faire une pause. C'était un bon conseil.

Gillian et moi devions nous revoir. Le soir où Frank McDonough s'était noyé, elle m'avait fait promettre de passer lui rendre visite. J'avais encore du mal à me remettre de ce drame. Comment Frank avait-il pu se noyer ?

Il y a une bonne heure de route jusqu'à chez elle, ce qui explique que je ne la voie pas plus souvent. Pendant le trajet, je ne fis que broyer du noir. David était mort, puis Frank. Maintenant, je commençais à m'inquiéter pour Gillian. Mon angoisse ne reposait sur rien de précis, mais j'avais l'obscur sentiment qu'elle courait un danger.

Je m'imaginais déjà arrivant chez elle, accueillie par un cortège de voitures de police et d'ambulances. Non, c'est ridicule, me dis-je. Et pourtant, on avait bien assassiné David. Et Frank était mort, lui aussi.

Il fallait que je pense à autre chose, que je surmonte ma paranoïa. Rendre visite à Gillian était toujours pour moi un des grands moments de la semaine. Après la disparition de David, c'était auprès d'elle que j'avais trouvé le réconfort le plus précieux, celui qu'aucune autre amie, et pas même ma sœur Carole, n'avait pu m'apporter. J'étais capable de lui parler pendant des heures entières, même au téléphone. Je préférais la voir, bien sûr. Gillian avait elle aussi perdu son mari, deux ans plus tôt, mais nous étions aujourd'hui unies par bien plus que ce lien tragique.

J'arrivai chez elle dans un état d'extrême nervosité. Kit m'avait fait jurer de ne pas parler de la fille, ce que je comprenais parfaitement, mais ne rien dire à Gillian allait être pour moi un véritable supplice. À mes yeux, ce serait presque du mensonge.

À vrai dire, j'espérais qu'elle pourrait me fournir quelques renseignements. Gillian est une femme de bon sens, très nature, ce qui ne l'empêche pas d'avoir décroché un diplôme de médecine à UCLA et un doctorat de biologie à Stanford. C'est une encyclopédie vivante, et pas seulement dans le domaine des sciences. Qu'il s'agisse d'économie, d'astronomie, des spécialités gourmandes de Denver ou des Rocheuses, Gillian sait tout.

C'est aussi une mère formidable, et sans doute est-ce ce que j'aime le plus chez elle.

Je l'aperçus. Elle était en parfaite santé. En sortant de la voiture, je vis également Michael, son petit garçon, en train de s'ébattre dans la piscine. Je me sentais déjà mieux.

« Respire à fond. Évacue le mal, fais rentrer le bien. »
Plus facile à dire qu'à faire...

— Tu as pensé au maillot de bain ? me demanda Gillian.

Elle portait un Speedo à rayures bleues et noires et affichait une forme éblouissante pour une femme de cinquante et un ans. Depuis trente ans, elle court ses huit kilomètres par jour. Elle a même fait le marathon de New York à plus de quarante ans.

— Et comment ! répondis-je en enlevant ma chemise et mon short pour dévoiler un maillot une pièce rouge et blanc que j'aime assez.

Sifflements et applaudissements. Gillian adore jouer la claque.

— Dis donc, Frannie, quel corps d'enfer !
Je dodelinai de la tête en jouant les ploucs.

— J'ai pas mal crapahuté et fais d'autres trucs, tu vois. Pis y a le boulot à la clinique. Alors, bon, j'ai dû perdre quelques kilos.

— Non, non, il y a quelque chose d'autre, me dit-elle avec cet immense sourire que j'envie chaque fois. Tu ne te serais pas fait faire une couleur, docteur O'Neill ? Si c'est ça, ça te va vraiment bien. En tout cas, il y a quelque chose de changé.

« Dans le mille, Gil, mais malheureusement, je ne peux pas te dire quoi. »

Un petit blondinet de quatre ans émergea de la piscine, trempé, en faisant des grimaces. Il courut se réfugier dans les bras de sa mère, interrompant notre conversation avec une charmante innocence. Michael n'avait que deux ans lorsque son père était mort d'une crise cardiaque à son bureau, à l'hôpital de Boulder. C'était un beau petit garçon, et il grandissait bien.

— Qu'est-ce qu'il y a, mon hanneton ? Dis bonjour à tata Frannie.

— 'jour, tata Frannie !

Il souriait d'une oreille à l'autre. Je me penchai pour qu'il puisse m'embrasser. C'était vraiment un adorable bout de chou.

— Je suis en train de jouer au phoque, m'annonça-t-il joyeusement. Mon nom de phoque, c'est Petit Nez Noir. Et ça — il pointa l'index en direction d'un bateau gonflable —, c'est l'Islande. Super, hein ?

— Attention, il fait froid en Islande, tu sais...

Nous le regardâmes plonger depuis le bord, sans nous éclabousser. Un plongeon parfait.

— Il est vraiment à croquer, fis-je.

Gillian me dévisagea et il y eut comme un déclic. Je sentais les rouages tourner sous son crâne.

— Tu es amoureuse, déclara-t-elle d'un ton accusateur. Oui, j'en suis sûre.

Je fis une grimace.

— Non, non. Tu rêves, là.

— Si, tu es amoureuse. Ne me dis pas que...

— Qu'est-ce qu'il y a, Michael ? Oui, je vais te chronométrer... — Toi, tu ne bouges pas d'ici, hein ? Tu ne crois tout de même pas que tu vas t'en tirer comme ça ?

Gillian fit le tour de la piscine, se posta au bord du grand bassin et, montre en main, lança :

— À vos marques, prêt, partez !

Petit Nez Noir exécuta un autre plongeon, tout aussi réussi que le premier, parcourut sous l'eau près d'une demi-longueur de piscine et refit enfin surface juste après l'Islande.

Je me sentais flotter légèrement. Si Gillian avait su ! Je mourais d'envie de lui dire : Je connais un autre gosse génial, tu sais ! Une fille incroyable ! Une fille très gentille, drôle, et capable de survoler les arbres sans le moindre effort.

— Bon, Frannie, dis-moi tout, m'intima Gillian lorsqu'elle revint s'asseoir dans son transat. Autant me raconter ce qui se passe, parce que je finirai bien par le savoir, et tu le sais. Dis-moi tout. Avoue.

— Bon, abdiquai-je, je vais m'épargner des souffrances inutiles. Disons que je suis peut-être un petit peu amoureuse.

Je lui parlai de Kit, en m'en tenant toutefois à ce que je pouvais dire. Bien entendu, il ne fut nullement question de la découverte de Max. Ni du fait que Kit appartenait au FBI.

# 67

Soucieux et plus tendu que jamais, Kit avait mal au ventre.

Il souffrait de ce qu'il surnommait « les crampes du FBI », une douleur diffuse qui lui nouait l'estomac, prouvant ainsi qu'il était plus tendre qu'il ne le laissait paraître. Il avait passé toute la journée avec la petite Max en se montrant aussi décontracté que possible. Mais il n'avait pas réussi à lui faire dire d'où elle venait.

Son coup de fil au bureau de Peter Stricker ne lui avait pas appris grand-chose. Les dossiers mentionnaient que le Dr Frank McDonough avait autrefois travaillé avec James Kim en Californie, mais cela, il le savait déjà. Kit avait appelé toutes les personnes auxquelles il pouvait demander un service à Washington et à Quantico, sans réussir à obtenir la moindre information susceptible de faire progresser son enquête.

Il commençait à s'inquiéter. Sa position devenait extrêmement délicate. Il aurait normalement dû parler de Max à Stricker, mais une sorte de sixième sens l'en avait dissuadé.

D'autres auraient pu le taxer de folie ou de pulsions autodestructrices. Il fallait bien avouer que le FBI, contrairement à lui, faisait peu de cas des facteurs émotionnels. Nombre de ses collègues auraient désapprouvé le raisonnement de Kit, ce qu'il comprenait d'ailleurs parfaitement, mais eux n'avaient pas eu l'occasion d'observer la manière dont le Bureau avait traité l'affaire, ils n'avaient pas vu le masque méprisant sur le visage de Peter Stricker, ils n'avaient pas entendu son ton cynique.

À son retour, Frannie lui parut plus détendue. Ils refirent des pâtes pour le dîner, puis allèrent tous trois se promener dans les bois au clair de lune. Max connaissait le nom de presque tous les arbres, fleurs ou buissons qu'ils rencontraient sur leur chemin. Elle donnait l'impression d'aimer parler. Le tout était de la mettre sur les rails.

— Impressionnant, commenta Frannie. Tu en sais plus que moi sur cette forêt.

Max haussa les épaules.

— Je lis beaucoup, et je retiens l'information.

Au-dessus des frondaisons noires, le grand disque d'argent de la lune semblait comme cloué dans la nuit. Ils firent demi-tour en direction du chalet.

— Et à l'École, tu suivais des cours ? voulut savoir Kit.
— À votre avis ? fit Max avant de les devancer au pas de course.
— J'ai une idée, suggéra-t-il. Si on allait faire un tour en voiture ? Qu'en dis-tu, Max ?
— Génial, s'exclama la petite, aux anges.

Ses yeux verts brillaient comme des émeraudes. Elle bondit. Et demeura suspendue dans les airs.

— Je ne suis encore jamais montée dans une voiture ! Ce sera la première fois de ma vie !

# 68

Nous avons pris place tous les trois à l'avant de la Jeep. Il était minuit passé et, selon Kit, nous ne risquions pas grand-chose. Sur la route de Bear Bluff, nous ne croisâmes d'ailleurs pas un seul véhicule. Tout allait bien. Max regardait autour d'elle, émerveillée.

Une bonne heure plus tard, nous arrivions à Denver, où presque tout était déjà fermé. Les lumières qui miroitaient dans la nuit m'étaient familières. Il y avait la tour Daniels & Fisher, inspirée d'un campanile vénitien. Le State Capitol et son dôme doré. La magnifique cathédrale de l'Immaculée Conception. Et dans le lointain, malgré l'obscurité, on voyait se dresser la majestueuse muraille des Rocheuses.

Kit essayait de s'attirer les bonnes grâces de Max. Peut-être allait-il y parvenir. Nous prenions, certes, un petit risque en nous aventurant ici en pleine nuit, mais cela en valait sans doute la peine.

J'observais Max du coin de l'œil. Ébahie, elle ne cessait de hocher la tête.

— Oh, tous ces gratte-ciel, toutes ces lumières ! Je ne savais pas qu'il y avait autant de buildings aussi hauts dans le monde !

Nous lui montrâmes le palais des sports McNichols, Larimer Square, le Mile-High Stadium. Elle demanda à Kit de s'arrêter pour mieux contempler un bâtiment scolaire aux murs de brique rouge décorés de peintures murales expressives et chatoyantes. Une école, mais une école vivable et paisible.

C'était la première fois que Max mettait les pieds dans une grande ville, mais elle avait déjà beaucoup appris dans les livres. Elle était en train de vivre l'aventure de sa vie, et d'engranger toutes sortes d'informations nouvelles.

Je désignai du doigt une construction très spéciale, un grand rectangle argenté au toit arrondi, que tout le monde surnomme « la caisse enregistreuse », quand soudain Max se couvrit les oreilles. Elle avait l'ouïe extrêmement sensible. Un vrombissement passa au-dessus de nous et, très vite, s'éloigna.

— C'est un hélicoptère, lui expliqua calmement Kit. N'aie pas peur, Max. Tu vois les grandes lettres sur les côtés ?

Max acquiesça et lut :

— 9 News-KUSA.

— KUSA est une chaîne de télévision locale. Les gens qui sont dans l'hélicoptère envoient des images à la station. Eux, ce sont des gentils. Ils nous informent sur tout ce qui se passe dans le monde, et notamment dans la région de Denver. Il y a sûrement eu un accident. Pour qu'ils soient de sortie à une heure pareille, il faut qu'il se soit passé quelque chose.

— C'est bizarre, un hélicoptère, chuchota Max. On dirait vraiment un énorme oiseau. Je comprends que les gentils aient envie de voler dedans. Moi, ce serait pareil. J'aimerais bien faire la course avec eux. *Hé, les gentils, vous avez envie de faire la course ? Sûr que je vous battrais !*

Kit gara la Jeep pour permettre à Max de suivre des

yeux l'hélicoptère qui vira vers l'ouest et finit par disparaître dans la nuit. Il paraissait ravi de lui faire découvrir un monde qu'elle n'avait encore jamais vu de ses propres yeux — était-ce la nostalgie des jours heureux passés avec ses enfants ? La gentillesse et la douceur qui se lisaient dans son regard me touchaient.

— Et les hélicoptères volent grâce à une espèce d'hélice qu'on appelle un rotor, précisa Kit.

— Un rotor, répéta Max. Ça, je le savais de l'École. Ma maîtresse s'appelait Mme Beattie. Je l'aimais beaucoup. (Elle soupira tristement.) Je crois qu'on l'a piquée.

Et brusquement, elle ouvrit la portière.

— Max ! criai-je. Max ! Max !

Trop tard, elle nous avait échappé. Elle s'élança sur le trottoir et, au bout de quelques mètres, dans la pénombre, s'envola. J'entendis battre ses ailes. Nous bondîmes hors de la Jeep et la vîmes prendre de la hauteur. J'avais peur, pour de multiples raisons. Les sautes de vent sont fréquentes à Denver, même en été. Et quelqu'un risquait de la voir.

— Max ! hurlai-je une nouvelle fois.

Peine perdue. Elle était déjà trop loin.

Kit, les mains en porte-voix, joignit ses appels aux miens. Max avait l'ouïe trop fine pour ne pas nous avoir entendus, mais elle faisait comme si de rien n'était.

Nous la regardâmes s'élever le long d'une gigantesque tour de trente ou quarante étages, et je dois admettre que c'était un spectacle fascinant. Je me demandais si elle voyait son reflet sur les vitres opaques et j'essayais de me mettre à sa place.

Lorsqu'elle commença à tourner autour du gratte-ciel, l'hélicoptère de la télévision était déjà loin. Elle jeta un coup d'œil à l'intérieur des bureaux, puis fila vers une autre tour partiellement éclairée de manière à former le slogan : VENEZ RESPIRER DANS LES ROCHEUSES !

Sans doute pouvait-elle contempler toute l'agglomération de Denver, jusqu'au confluant de Cherry Creek et Platte River, et apercevoir le parc d'attractions d'Elitch Gardens.

Il ne nous restait qu'à espérer que personne ne la verrait et que, dans le cas contraire, les témoins se croient victimes d'hallucinations. Après tout, c'était bien ainsi que j'avais réagi la première fois.

Elle exécuta quelques boucles acrobatiques, puis revint vers nous. Elle sortit de son piqué avec une maîtrise étonnante et se posa juste à côté de la Jeep.

— Génial ! s'exclama-t-elle avec un rire sonore. Merci, merci beaucoup. Je rêvais de faire ça depuis que je suis toute petite.

Nous remontâmes dans la voiture.

Max m'enlaça et la douce chaleur de ses plumes me tint compagnie pendant tout le trajet du retour.

## 69

Dans le cocon de son lit bien douillet, Max songeait à l'extraordinaire soirée qu'elle avait passée à Denver. Pour une fois, elle avait le moral. Frannie et Kit étaient tellement gentils avec elle. Ils étaient les parents qu'elle n'avait jamais eus.

Soudain, elle se raidit et pencha la tête de côté. *Ils arrivaient.* Elle les entendait, les sentait jusqu'au bout de ses doigts.

Tous ses sens lui disaient qu'elle ne se trompait pas. *Ils étaient en train de se rapprocher du chalet.* Non, elle n'inventait rien, ce n'était pas de la paranoïa. Elle faillit hurler pour prévenir Frannie et Kit, mais retint son cri.

« Il ne faut pas que les assaillants sachent que tu sais. »

Elle se glissa hors du lit, se dirigea vers la fenêtre la plus proche et colla le nez à la vitre. Elle entendit un craquement dans les fourrés et, à la faveur de la lune, vit l'un des hommes émerger de la forêt.

Elle le reconnaissait. C'était l'un des gardes les plus féroces. Les vigiles de l'École étaient là. Ils l'avaient retrouvée. Et ils étaient également venus pour Frannie et Kit.

Alors, dans un tourbillon de peur et de fureur, elle déploya ses ailes et s'envola hors de la petite chambre, à l'intérieur de la maison.

Elle se dirigea vers les pièces du fond, où dormaient Kit et Frannie. Leurs organes de perception — tout comme ceux des vigiles, d'ailleurs — n'étaient pas aussi développés que les siens.

« C'est interdit, interdit ! Tu n'as pas le droit de voler ! Mais peu importent les consignes des gardes. Ce ne sont pas eux qui commandent, dans le monde réel. Je fais ce que je veux avec ma vie. »

Pip surgit de nulle part et se mit à aboyer frénétiquement. Il savait, lui aussi. Il avait flairé le danger, détecté la présence des hommes dans les bois. Un sacré chien, ce Pip !

Les jappements suraigus arrachèrent Kit à son sommeil. Il se précipita hors de la chambre, arme au poing, aperçut Max volant dans sa direction, au milieu du couloir.

— Max !

— Ils arrivent, Kit ! Ils sont là, tout près. Ils sont nombreux, ils sont venus nous chercher !

— Qui ça, Max ?

— Pas maintenant, on n'a pas le temps ! Il faut qu'on se sauve tout de suite, ou ils vont nous tuer tous !

Frannie s'était levée à son tour, l'air totalement déboussolée.

— Je vous en prie ! implora Max. Il faut que vous me croyiez.

Et en prononçant ces mots, elle comprit tout ce que ces gens représentaient pour elle.

Kit hocha la tête.

— On file, Frannie. On fonce jusqu'à la Jeep par la porte de derrière. Je prends le volant. On court sans se retourner, d'accord ?

Il attrapa la main de Max et ils prirent la fuite. Frannie

les avait déjà devancés pour ouvrir la porte, et le petit groupe, chien compris, se retrouva dehors, dans l'obscurité la plus totale.

Par bonheur, la Jeep démarra au quart de tour. Les pneus hurlèrent sur les gravillons, des balles criblèrent la carrosserie, la vitre arrière explosa. La voiture bondit tel un fauve sur le chemin de terre défoncé et traversa l'orage de plomb. On aurait dit que Kit avait fait ça toute sa vie.

Ils réussirent à prendre la fuite.

Dès cet instant, Max ne cessa de se répéter que Frannie et Kit lui avaient fait confiance. Et pour elle, cela changeait tout.

## *70*

*Il n'y a rien de plus grisant que de se faire tirer dessus sans se faire toucher.*

Je ne sais plus qui a écrit ça, mais c'est rudement vrai.

Le vent de folie de la veille semblait nous avoir métamorphosés. Nous ne nous reconnaissions plus. Nous n'étions pas beaux à voir et le moral était au plus bas. Quelqu'un avait tenté de nous tuer, devant la maison, et j'avais du mal à m'en persuader. L'impensable s'était produit. On avait tiré sur la Jeep de Kit. On avait essayé de tuer Max, Kit et moi. Jamais je n'avais encore éprouvé de genre de terreur.

Nous nous étions réfugiés dans un Motel Six sinistre et crasseux le long de l'Interstate 70. Nous devions être sur la commune d'Idaho Springs, où les motels de ce genre ne manquent pas. La porte était verrouillée, la chaîne était mise. De là à dire que nous étions en sécurité... Par précaution, nous avions tiré le méchant rideau vert pomme et éteint la lumière, mais la télévision marchait, et cela suffisait pour que je puisse voir Max et Kit.

Max, les couvertures remontées jusqu'au menton, semblait curieusement détachée. Kit, lui, avait traîné un fauteuil jusqu'au lit et s'y était installé.

Je savais qu'il aimait beaucoup la fillette, mais que tous deux étaient face à un dilemme : Kit était persuadé que nous mourrions si Max ne nous révélait pas d'où elle venait, et Max, elle, se disait qu'en nous parlant, elle signait son arrêt de mort.

C'était la première fois que je l'entendais s'exprimer sur un ton aussi glacial. Sans doute s'était-il remis dans la peau de l'agent du FBI. Professionnalisme, précision et concentration.

— J'ai besoin de vraies réponses, Max. Maintenant, il faut que tu commences à faire confiance à quelqu'un. Je te parle, Max.

— Je le sais bien, que vous me parlez, lui rétorqua-t-elle, mais je n'aime pas votre ton.

Elle perdit sa contenance, bondit hors du lit et courut s'enfermer dans la salle de bains.

— Fichez-moi la paix ! Vous parlez comme les autres. « Faites-moi confiance », c'est tout ce que vous savez dire. Pourquoi je devrais vous faire confiance ? Je ne suis pas comme vous, Kit. Vous ne l'avez pas remarqué ?

— Kit, je t'en prie, ce n'est qu'une gamine, intervins-je d'une voix éraillée par le stress, la peur et l'atmosphère de folie qui régnait dans cette chambre depuis une heure.

Il secoua la tête.

— Non, ce n'est pas qu'une gamine. Malheureusement, elle est bien plus que cela. Apparemment, des gens meurent à cause d'elle. On a failli y laisser notre peau, Frannie. Il faut qu'on trouve cette École. Moi, en tout cas, j'y tiens.

— Tu n'as pas à dire ça ! fis-je, furieuse. Moi aussi, je veux savoir où se trouve cette soi-disant École. Au cas où tu ne l'aurais pas remarqué, je suis dans cette affaire jusqu'au cou.

Chaque fois que je voyais Max, j'avais envie de la prendre dans mes bras pour la réconforter, mais Kit avait raison. Elle n'était pas une gamine comme les autres. À vrai dire, nous ne savions pas ce qu'elle était réellement, tout comme nous ignorions la signification de sa présence parmi nous. Elle seule connaissait la vérité, et elle refusait de parler.

En se retournant, Kit trébucha sur la corbeille pleine d'emballages de McDo. Il la saisit, la projeta contre le mur puis, pour faire bonne mesure, la bourra de coups de pied.

Je ne pus m'empêcher de lever le bras pour me protéger les yeux tandis que les coups résonnaient dans la pièce. Quand j'étais enfant, dans notre ferme du Wisconsin, il m'était déjà arrivé de voir mon père se mettre en colère. Il se mettait à lancer tout ce qui lui tombait sous la main, mais jamais des objets de valeur, et ne nous frappait jamais. Même pas une fessée. Le coup de sang de Kit n'était pas méchant. Je trouvais cela presque comique.

— Un problème ? fis-je lorsque le vacarme cessa.

Si je m'étais imaginé que cela allait suffire à lui arracher un sourire ou le faire changer d'humeur, j'en étais pour mes frais.

— Je ne voulais pas lui faire peur, me dit-il, la voix presque tremblante. Tu sais, Frannie, je l'aime beaucoup. C'est une fille formidable. Le problème, c'est qu'on risque tous de mourir.

— Je sais, et elle le sait également. Elle s'en sortira.

Max avait les nerfs à fleur de peau. Fallait-il en déduire qu'elle avait été maltraitée ? Que lui avait-on fait ?

Kit frappa doucement à la porte de la salle de bains.

— Max, je suis désolé de m'être mis en colère. Tu sais, je m'inquiète pour ta sécurité et sans ton aide, je ne sais pas quoi faire.

C'était sa façon à lui de dire : Des gens essaient de nous tuer.

Derrière la porte, Max ne bronchait pas.

Kit me chuchota :

— S'il te plaît, arrange-toi pour qu'elle sorte de là. Essaie au moins, tu veux bien ? Aide-moi, Frannie, sois sympa.

## 71

Lentement, je fis quelques pas jusqu'à la salle de bains sans avoir la moindre idée de ce que j'allais pouvoir dire. Je savais simplement qu'il n'était pas question de mentir à Max. Je restai un instant devant la porte, tentant de rassembler mes esprits, et quand j'ouvris la bouche, les mots vinrent d'eux-mêmes. C'était mon cœur qui parlait.

— Max, je te promets que personne ne te fera faire quelque chose que tu n'as pas envie de faire. Je le sais, et tu le sais. On décidera de la suite ensemble. Tu ne trouves pas que c'est la solution la plus juste ? Tu as une autre idée ?

Il y eut un long, très long silence. Max était capable de faire preuve d'un entêtement sans bornes. Elle entrait dans l'adolescence.

La poignée tourna lentement.

La petite fille sortit de la salle de bains, murmura sans même nous lancer un regard :

— Désolée, j'ai eu peur, c'est tout, et regagna son lit.

Compte tenu de tout ce qu'elle était en train de subir, son comportement m'émerveillait.

Pip sauta sur le lit. Elle se lova autour de lui. Je m'assis à côté d'elle et délicatement, commençai à lui lisser les plumes, comme le font les oiseaux. Ils réalignent les barbes microscopiques de leur plumage pour obtenir une surface parfaitement étanche. Je cherchais un moyen de sortir de l'impasse sans froisser Max.

— Tout va bien, Max, lui dis-je à mi-voix.

— Non, Frannie, ce n'est pas vrai. Tu ne sais pas ce qui se passe.

« Dévoile-nous tes secrets, Max. Nous t'avons bien fait confiance. À toi, maintenant, de t'en remettre à nous. »

Une question me vint à l'esprit.

— Comment sont les gens de ton École ? Dis-moi deux, trois choses. Ce sont des scientifiques ? Des médecins ? Des profs ?

— Oui, on pourrait dire ça. Ils m'ont appris à lire des échantillons. J'ai eu surtout des cours de science, mais quand j'avais du temps, on me laissait lire ce que je voulais. Ils m'ont donné du travail à faire. Ce sont presque tous des savants, des docteurs.

Kit, qui faisait les cent pas dans la chambre, se figea à l'évocation du mot « échantillons ».

— De quels échantillons parles-tu, Max ?

— Ben, ceux qu'on met sous le microscope. Au laboratoire. J'avais le droit d'y travailler. Je devais trouver des allèles qui se ressemblent.

Je devenais de plus en plus nerveuse, et j'en venais à me demander si je n'allais pas sombrer dans la folie. Max faisait allusion à des allèles, autrement dit des variantes de gènes. À quelles épouvantables expériences se livrait-on dans cette École ?

— Les médecins dont tu me parles travaillent sur des chromosomes ? questionnai-je. Pourquoi ? Tu le sais ?

— Bien sûr que je le sais, me répondit-elle avec un haussement d'épaules. C'est pour améliorer les souches.

— Quel genre de souches ? voulut savoir Kit.

Notre entretien tournait à l'interrogatoire. J'avais l'impression d'avoir endossé un uniforme.

Max pâlit.

— Si je parle, je risque d'attirer des ennuis aux gens. On m'a prévenue. Il est absolument interdit de parler.

Elle se cacha le visage et fondit en larmes. Lâchant les tresses que j'étais en train de nouer, je la pris dans mes bras.

— S'il te plaît, fais-nous confiance. Il faut que tu fasses confiance à quelqu'un, tu le sais, ma chérie.

Et je me mis à la bercer. Pauvre petite fille-oiseau, si jolie... Je me serais crue au Zoopital, en train de soigner mes bestioles, mes malades, mes blessés de la forêt. J'aurais tant aimé y être.

D'une voix à peine audible, Max me chuchota alors dans le cou :

— Je veux rentrer chez moi.

IV

*L'École de l'air*

# 72

*Je veux rentrer chez moi.*

Indéniablement, elle avait eu du mal à prononcer ces quelques mots. Des mots en apparence bien innocents, mais je savais qu'il n'en était rien. Quelques minutes plus tard, le Motel Six était déjà loin derrière nous.

Sur l'autoroute, Kit dépassa allègrement les 130 kilomètres à l'heure, au risque d'attirer l'attention de la police. Direction : l'École.

Je m'étais installée à l'arrière avec Max. Elle frissonnait de peur et son cœur battait beaucoup trop vite. Je la serrais contre moi. Pauvre gamine, happée dans une histoire qui nous échappait à tous.

Je lui parlais tout en la caressant afin de l'apaiser. Je lui disais que j'avais passé mon enfance dans une ferme du Wisconsin.

— On n'en a pas, à l'École, me répondit-elle lorsque je lui demandai si elle avait déjà vu une vache de près. Mais j'en ai vu plein à la télé.

Je lui parlai de notre petit troupeau de Holstein, avec leur langue baveuse et leurs yeux liquides. Je me souvenais même des noms et du caractère de nos bêtes et Max, les yeux écarquillés de curiosité, m'écouta décrire Fleurette, Sabotine, la Belle Louise et Roméo, notre taureau tacheté.

Je lui racontai que moi et ma sœur Carole Ann nous nous levions à cinq heures du matin pour aider notre père, qu'en été nous lavions les vaches et que nous branchions des ventilateurs électriques pour qu'elles n'aient pas trop chaud. Mais ce qui la fascinait le plus, c'était la collecte du lait.

Lorsque je lui décrivis les joies de la traite matinale, elle ne put s'empêcher de mugir joyeusement. J'adorais l'entendre rire en découvrant ce monde qu'elle n'avait pas encore eu la chance de connaître. Son bonheur était communicatif, et il nous changeait les idées.

J'inventai une histoire énorme de vaches au chocolat fabriquant du lait chocolaté, et du tac au tac, elle me demanda s'il existait aussi des vaches à la menthe.

Avec un clin d'œil, elle commenta :

— Vous êtes aussi fous l'un que l'autre, mais j'aime bien. Je suis vraiment contente d'être avec vous.

— Nous aussi, on est contents d'être avec toi.

— Pareil, renchérit Kit.

Le jour ne s'était pas encore levé, et la Jeep filait sur l'asphalte. J'étais perdue dans mes pensées, en train d'essayer de me convaincre que c'était un trajet comme les autres, quand brusquement, je sentis Max se raidir. Tant bien que mal, elle se glissa entre les deux sièges de devant et pointa le doigt.

On voyait une petite route disparaître derrière un monticule rocheux.

— Tournez ici, Kit.

— Comment fais-tu pour savoir ? lui demandai-je, par pure curiosité.

Je ne mettais pas en doute les capacités de Max, mais quelque chose me disait qu'elle voyait cette route pour la première fois. Moi, qui étais de la région, je ne l'avais jamais empruntée.

Elle haussa les épaules, plongea son regard dans le mien. Elle était capable de passer du sourire le plus radieux à l'expression la plus grave et la plus intense.

— La ferme où vous aviez vos vaches, vous ne la sentez pas ?

— Elle est loin, répondis-je. Pour la retrouver, il me faudrait une carte.

— Moi, l'École, je la *sens*, déclara Max. Je sais exactement où elle se trouve. J'arrive à voir le chemin dans ma tête.

Je compris ce qu'elle voulait dire, et le choc fut de taille. Une énorme boule vint m'obstruer la gorge. Tout comme les pigeons, les chats domestiques et les animaux migrateurs dotés d'une sorte de système de navigation à inertie ou Dieu sait quoi, Max avait la faculté de pouvoir toujours retrouver son point de départ !

## 73

— Garez-vous, dit-elle d'un ton impérieux avant même que la Jeep ait bifurqué.

Kit s'exécuta.

— Maintenant, écoutez-moi. Vous ne pouvez pas aller plus loin. Si vous vous faites attraper, à mon avis, ils vous tueront. Je ne rigole pas, vous savez.

— Nous non plus, Max, lui dit Kit. C'est une affaire extrêmement grave, et c'est bien pour cela qu'on va t'accompagner, ma petite. Ça, tu vois (il exhiba un pistolet impressionnant), ce n'est pas de la rigolade. Il faut que je vienne avec toi, Max. C'est mon boulot. C'est pour ça que je suis venu dans le Colorado.

À mon tour, j'intervins.

— Moi aussi, je viens. Je ne peux pas vous laisser seuls, toi et Kit. C'est hors de question.

De guerre lasse, elle opina. Elle avait compris que nous ne partirions pas. Nos destins étaient liés pour le meilleur et pour le pire.

Kit s'engagea sur la petite route, une sorte de voie de service sinueuse à laquelle on avait donné le nom de Passage Sous la Montagne et qui grimpait dans les contreforts des Rocheuses. Max semblait sûre de son fait : l'École se trouvait quelque part dans les environs.

— Tournez à droite, intima-t-elle soudain. Ensuite, vous me laisserez.

— C'est totalement exclu, insista Kit. Nous en avons déjà parlé.

— Qu'est-ce que vous pouvez être têtu, Kit.

— Je pourrais te retourner le compliment, Max.

La chaussée était de plus en plus dégradée et bientôt, nous nous retrouvâmes sur un chemin qui semblait ne mener nulle part. Aucune indication, pas la moindre construction. L'étrangeté de ce paysage désolé illustrait parfaitement la situation.

Kit devait négocier chaque lacet avec la plus extrême prudence. Des yeux rougeoyaient dans la nuit. Des cerfs et autres créatures de la forêt nous laissèrent sagement passer avant de traverser le chemin. Nous nous enfoncions dans la montagne. Max se fit enfin plus loquace.

— L'École a plusieurs fois changé d'endroit. Je sais qu'elle était dans l'État du Massachusetts, puis qu'on l'a déplacée en Californie juste avant qu'on y aille. J'avais des cours tous les jours. Au début, ça allait. Ma maîtresse s'appelait Mme Beattie. Elle était médecin, elle aussi, mais elle disait qu'on n'était pas obligés de l'appeler docteur. Elle nous aimait bien, Matthew et moi, et nous, on l'aimait bien aussi. D'après les tests Stanford-Binet, on est des génies, mais on nous a dit qu'il n'y avait pas de quoi être fiers, même si on sait voler. On nous a faits comme ça. Pour eux, on n'était que des spécimens de laboratoire.

La respiration de Max se fit plus lourde. Sa main serrait la mienne avec une telle force que je ne sentais presque plus mes doigts. Max nous avait demandé de partir, mais je savais bien qu'elle espérait secrètement que nous refuserions. Elle avait trop peur pour se lancer seule dans une pareille aventure.

— Laissez-moi sortir ! s'écria-t-elle soudain en s'accrochant à mon bras. Il faut que je sorte, Kit, tout de suite ! Je vous promets de ne pas me sauver. Juré.

Je touchai le bras de Kit. Il rangea la Jeep sur l'accotement.

Nous étions au beau milieu de nulle part. Des sapins montaient à l'assaut du ciel entre les escarpements rocheux, et les cigales s'en donnaient à cœur joie.

Dès que j'ouvris la portière, Max m'escalada et se précipita hors de la voiture.

Vive et bien bâtie, elle faisait preuve d'une force surprenante pour son âge. Ses gestes, même les plus anodins, offraient un spectacle souvent étonnant.

Elle grimpa sur le toit de la Jeep. Nous entendîmes ses pas au-dessus de nos têtes, puis un furieux battement d'ailes. Une même question jaillit de nos bouches.

— Elle fait quoi, là ?

Elle décolla.

— Mon Dieu, murmura Kit. Regarde-la. Regarde-moi ça. J'espère qu'on va réussir à la suivre.

Il enfonça l'accélérateur. La Jeep réintégra le chemin de terre et fonça vers les hauteurs. Il ne fallait pas quitter Max des yeux. Je sortis la tête de la voiture, aussitôt imitée par Pip. Les ailes blanc et argent de Max voletaient devant nous et, avec tout le vent qui me fouettait le visage, j'avais presque l'impression de voler, moi aussi. J'étais comme sortie de mon corps, et je me regardais...

La Jeep s'enfonça dans un long tunnel de conifères. Max vira sur la gauche, au-dessus d'un chemin de terre à peine carrossable.

Elle était en train de nous conduire chez elle, et nous venions de lui confier nos vies.

## 74

L'École était toute proche. Elle la sentait sur sa langue — un goût amer et déplaisant. Elle la sentait dans son sang, comme si celui-ci charriait un poison mortel.

Max se posa soudainement. La Jeep s'arrêta à quelques mètres dans un hurlement de pneus. Frannie et Kit se ruèrent au-dehors.

— Qu'y a-t-il, ma chérie ? lui cria Frannie, sans la moindre agressivité.

Elle était manifestement inquiète.

Max avait l'impression qu'on lui avait noué une corde autour de la taille et qu'on la tirait inexorablement. Une tension extrême lui raidissait la nuque et les épaules, jusqu'à la poitrine. Elle rentrait chez elle. Elle retournait volontairement à l'École. Les secrets allaient peut-être enfin être brisés, et avec un peu de chance, on la libérerait.

Mais ce n'était pas sûr.

Elle décida de rester un peu au sol ; elle prenait sans doute moins de risques à pied. Frannie et Kit n'allaient pas tarder à la rattraper.

Elle ne se retourna pas, elle n'eut pas besoin de le faire. Elle entendit leurs poumons épuisés se gonfler et se vider, elle entendait le sang pulser dans leurs cœurs, elle sentait la peur s'installer en eux. Bientôt, ils découvriraient la vérité, de leurs propres yeux. Étaient-ils prêts, les malheureux, à vivre une pareille expérience ?

Max s'arrêta brusquement.

Elle venait d'apercevoir la frontière physique séparant sa vie d'avant et sa toute nouvelle liberté — la clôture aux barbelés. Cette image la secoua et aussitôt, un flot de souvenirs terrifiants la submergea. Elle revit oncle Thomas, tous ces malades de vigiles, et eut un haut-le-cœur. Elle faillit vomir sur place.

L'École était là, toute proche. L'École l'observait, l'École l'attendait, l'École riait de la voir revenir.

La grille d'enceinte, haute de plus de trois mètres, était surmontée de fils en accordéon, tranchants comme des rasoirs. Derrière cette clôture se trouvait tout ce que Max connaissait, aimait et haïssait de tout son cœur. Mais Max avait vu des hommes garer des camions à l'École. Peut-être étaient-ils tous partis...

Sur une pancarte blanche, on pouvait lire : ENTRÉE STRICTEMENT INTERDITE. SITE GOUVERNEMENTAL. DANGER DE MORT.

Max se tourna vers Frannie et Kit.

— Nous y voilà.

# 75

Max avait les yeux écarquillés de peur.

— Ils ne plaisantent pas, nous dit-elle. Ils ont déjà abattu des intrus. Vous pouvez encore faire demi-tour. Je crois que vous devriez.

— On te laisse pas seule, réitéra Kit.

Pip tournait toujours en rond en jappant joyeusement quand soudain, deux dobermans surgirent au loin, tous crocs dehors.

Je ne pus réprimer un frisson. Ce n'était pas qu'à cause des chiens, loin de là, mais voir sur ce grillage menaçant, en pleine cambrousse, les mots « site gouvernemental » associés à « danger de mort » me donnait la nausée. Kit et moi avions bien l'intention de nous introduire dans le périmètre. À nos risques et périls.

— C'est l'École ? demandai-je, mais Max ne m'entendit pas.

Les chiens retenaient toute son attention.

— Bandit, Gomer ! leur cria-t-elle sèchement. Maintenant, ça suffit. Allez, au pied !

À notre grande stupéfaction, le concert de grognements et d'aboiements se calma, pour laisser place à des reniflements soupçonneux, bientôt relayés par des jappements de plaisir. Les chiens avaient reconnu Max.

— Ne vous inquiétez pas, nous dit-elle. On est copains. (Elle ajouta, avec un sourire espiègle :) Ils font beaucoup de bruit, mais ils ne sont pas si méchants que ça.

— Y a-t-il un moyen de franchir ce grillage ?

Kit s'apprêtait à répondre à ma question lorsque Max nous interrompit en me tirant par le bras.

— Frannie ! Bandit et Gomer sont bizarres ! Quelque chose ne va pas ! Il faut que vous veniez voir !

Je me rapprochai de la clôture, mais n'eus pas besoin d'examiner les deux chiens de près pour comprendre. Leur pelage noir était terne, ils avaient les côtes saillantes et la peau tendue.

— Ils ont l'air d'avoir drôlement faim, commentai-je.

C'était un euphémisme. Ces bêtes souffraient de malnutrition. Quelqu'un était en train de les laisser crever de faim.

Kit était parti longer l'enceinte. Il revint en m'annonçant :

— Impossible de trouver un passage. Je vais peut-être essayer de l'autre côté.

— Je crois que je pourrais vous faire passer de l'autre côté en volant, suggéra Max.

Sa proposition me parut si incongrue que je faillis éclater de rire.

— Je peux le faire, j'en suis sûre, insista-t-elle. Je suis plus forte que je n'en ai l'air.

Elle était sérieuse.

— Impossible, décréta Kit.

Il avait raison. Par quel miracle une gamine d'une quarantaine de kilos aurait-elle pu soulever un adulte pesant le double ?

— Si, je peux, s'obstina Max. Vous ne savez même pas

de quoi vous parlez. Moi, je sais ce que je suis capable de faire.

Je réfléchis à ce que venait de dire Max. Je n'avais pas tenu compte du facteur stress. Le stress produit de l'adrénaline. Et connaissions-nous vraiment l'étendue de sa force ?

— Je vais essayer d'abord avec vous, me dit-elle.

— Je ne pense pas que ce soit une très bonne idée, Max.

Elle haussa les épaules.

— D'accord. Dans ce cas, j'y vais toute seule.

J'agrippai le grillage, réussis à me hisser à une hauteur d'environ un mètre, puis attendis. Max me saisit par la taille avec ses jambes puissantes. Quelle curieuse impression !

On eût dit que ses ailes m'appartenaient. Elles se mirent à battre violemment et, en l'espace d'une seconde, nous nous retrouvâmes dans les airs.

Un vent froid me gifla et durant un court instant, je parvins à tout oublier. Seule demeurait cette insolite sensation. On était en train de me porter dans les airs, et en poussant un peu mon imagination, j'aurais pu croire que j'avais moi-même des ailes.

Nous prîmes de la hauteur, fîmes du surplace pendant une ou deux secondes, puis vint le vol proprement dit.

Oh, ce ne fut pas très long, mais pour la première fois de ma vie, je volais !

# 76

Max me déposa à l'intérieur du périmètre. Ma première réaction, en voyant de l'intérieur ces sinistres rangées de fil de fer en accordéon, fut de m'accrocher de toutes mes forces au grillage et d'attendre que mon cœur se calme. Puis je me retournai, mais Max avait déjà disparu.

Elle était repartie chercher Kit, qui n'était pas un client facile. Ses jambes lui enserraient tout juste la taille, et je l'entendais respirer par à-coups. *Wouf, wouf, wouf.* Je voyais mal comment elle allait réussir à le soulever, mais elle m'avait bien transportée moi, contre toute attente, alors...

Quelle masse était-elle capable de déplacer, ne fût-ce que durant quelques secondes ? Ses ailes brassaient l'air, mais Kit ne bougeait absolument pas.

— Max, arrête, lui lançai-je. Il est trop lourd pour toi. Tu vas te faire mal.

— Non, il n'est pas trop lourd. Je suis superforte. Vous n'avez aucune idée de la force que je peux avoir, Frannie. Je suis étudiée pour.

Les deux chiens se rapprochaient de moi, et je commençais à me sentir mal à l'aise. La femelle trottinait nerveusement en demi-cercles. Le mâle, planté à un mètre de moi, me fixait de ses petits yeux larmoyants.

Un grognement de mise en garde lui remonta la gorge. Ses babines retroussées dévoilèrent une superbe dentition.

— Oh, ça va, fous-moi la paix, lui dis-je.

Les chiens qui grondent et qui montrent les crocs, j'ai l'habitude.

Max et Kit en étaient toujours au même stade. Elle finit par se détacher, le laissant accroché au grillage comme s'il avait l'intention de l'escalader. Kit se laissa retomber au sol.

— Tu as fait ce que tu as pu, ma chérie, criai-je.

Je la voyais dépitée. Elle avait horreur d'échouer. Était-ce également parce qu'elle avait été « étudiée pour » ?

Elle survola la clôture pour venir me rejoindre, et commença par s'occuper des molosses avec des « Bon chien » et « Pas bouger ! » vigoureux et affectueux à la fois. Ces cerbères l'avaient-ils aidée à s'enfuir ?

Puis elle s'éloigna en direction du nord. Elle marchait de plus en plus vite, et j'étais presque obligée de courir pour ne pas être distancée. La forêt se resserrait autour du chemin, fermant l'horizon.

À la muraille de sapins succédèrent un bois de bouleau, puis un bosquet d'aspens qui tremblotaient comme un rideau de perles. Ma cœur battait si fort que je n'entendais plus le bruit de mes pas. Et tout à coup, au détour d'un virage, le chemin déboucha sur une immense clairière que le soleil commençait à caresser.

Face à nous, un gigantesque relais de chasse début de siècle, à moins que ce ne fût un hôtel pour amateurs de repos. Une épaisse végétation dévorait la toiture et retombait sur la façade de granit percée d'innombrables fenêtres. Des piliers blancs flanquaient l'entrée principale.

Je regardai Max. Ses pupilles s'étaient réduites à deux minuscules points et ses iris, disques gris et translucides, semblaient figés. Je me souvins alors qu'on observe souvent une contraction de la pupille chez les oiseaux soumis à une contrainte brutale.

— Qu'est-ce que c'est ? lui demandai-je.

— C'est le Centre d'études et d'expérimentation des mutations provoquées. L'École de la recherche génétique. C'est là que j'habite.

## *77*

Un silence de mort régnait sur l'étrange bâtisse où Max avait subi Dieu sait quelles expériences.

Je n'apercevais ni vigiles, ni voitures, ni camions. Rien qui puisse nous menacer.

— C'est beaucoup trop calme, chuchota Max. Il

devrait y avoir des gardes quelque part, on aurait déjà dû les voir depuis la forêt.

— Qu'est-ce que cela signifie, Max ?

— Je ne sais pas. C'est la première fois.

Nous longeâmes discrètement la lisière des arbres avant de traverser le parking jusqu'au bâtiment, côté est, et de suivre le mur de pierre. Il y avait une porte de chêne à mi-distance. Aux fenêtres, pas une ombre, pas le moindre mouvement. Les lieux semblaient déserts.

Je commençais à reprendre confiance en moi. Après une profonde inspiration, je saisis la poignée. La lourde porte s'ouvrit. Nous entrâmes. Elle se referma derrière nous.

Une odeur pestilentielle caractéristique me prit aussitôt à la gorge.

— Il y a quelque chose de mort, fit Max.

Elle avait raison. Quelque chose était mort. Quelque chose était en train de se décomposer dans l'immeuble. La puanteur nous obligeait à nous boucher le nez et à mettre la main devant la bouche. Nous nous éloignâmes de la porte.

— La ventilation doit être en panne, commenta laconiquement Max, visiblement peu traumatisée.

Impossible de repérer les caméras de surveillance et pourtant, j'étais certaine qu'il y en avait.

La petite pièce dans laquelle nous nous trouvions devait servir de chambre de décontamination. Près de la porte, dans une grande poubelle, un tas de chiffons jaune vif. Suspendues à une patère, des combinaisons. Il n'y avait plus de doute possible. Ici, en toute clandestinité, des médecins, des chercheurs se livraient à des expériences.

Sur des étagères métalliques, d'autres chiffons, propres ceux-ci, et des chaussures à semelles de caoutchouc. Un peu plus loin, des casiers vides.

Max me montra une autre porte et m'invita à la suivre. Cet endroit évoquait pour moi un camp d'extermination nazi. Ici, on travaillait sur des cobayes humains. Ici, on tuait.

La porte donnait sur un grand couloir éclairé par un long néon. Sur le linoléum beige et bleu, les ballerines de

Max glissaient sans bruit mais mes chaussures couinaient. Après avoir croisé d'autres corridors, nous débouchâmes dans une autre salle, assez vaste.

— Max, où sommes-nous ?
— Oh, ici, il n'y a que des bureaux. Ils font du business. Rien de passionnant.
— Quel genre de business ?

Elle haussa les épaules.

— Des trucs sans intérêt, du business, quoi.

Tout ce qui avait dû faire, autrefois, le charme de cette pièce avait disparu depuis longtemps. On avait arraché lambris, moulures et cheminée pour accueillir bureaux et cloisons mobiles. Du mobilier en acier gris, des ordinateurs. Sur un classeur à roulettes, une cafetière au verre craquelé et au fond caramélisé attira mon attention.

Sur l'un des bureaux, un gobelet qui, à en juger par l'état de son contenu, devait se trouver là depuis plusieurs jours. On y lisait *Le café d'O.B.* Qui était O.B. ?

Je jetai un regard à Max, mais elle était déjà repartie. Max avait retrouvé son foyer, et tout ce qu'elle voyait lui semblait normal. L'endroit était si calme que je n'entendais que le bruit de ma propre respiration. Dès que j'allais tourner le dos, quelqu'un jaillirait sans doute d'un placard pour me sauter dessus...

Mais il ne se passa rien. Max poussa une autre porte. On entendit un léger déclic. Mon cœur battait à tout rompre et moi, je commençais à être fatiguée. Mon cerveau s'embrumait.

— C'est ici que je travaille, annonça Max. Mais d'habitude, c'est plein de docteurs.

## *78*

Nous pénétrâmes dans une salle d'une vingtaine de mètres sur dix. Un vrai laboratoire, équipé de matériel récent. Il y en avait pour une fortune. Qui finançait de pareilles installations ?

Je dénombrai douze postes de travail extrêmement sophistiqués. Tables jonchées de lamelles, étagères surchargées de microscopes, balances de précision, hydromètres, spectrographes au laser, bacs de culture cellulaire, centrifugeuses rapides — manifestement, on n'avait pas lésiné sur les moyens.

— Viens voir mon poste, Frannie, me dit Max avec un frisson d'orgueil dans la voix. On m'a appris à me rendre utile, et je faisais du bon travail.

Elle me tutoyait désormais, ce qui était bon signe.

— J'en suis sûre, ma chérie.

Elle se hissa fièrement sur un tabouret haut et alluma un néon. Sur le bureau, un message proclamait VIVE CLOCHETTE !

Max me montra la pipette de verre avec laquelle elle avait prélevé des gouttelettes de cocktail d'ADN sur un plateau alvéolé pour les déposer dans un bouillon de culture.

— On trie les chromosomes en les faisant cuire là-dedans, m'expliqua-t-elle en désignant une sorte de four chromé flambant neuf.

Puis elle descendit de son tabouret et, sans me laisser le temps de poser une question, décréta :

— On y va, il y a encore beaucoup de choses à voir.

— Je te suis.

— Je sais. J'ai l'oreille très fine, tu sais.

— J'ai eu l'occasion de le remarquer. Qui est Clochette ?

Max se tourna vers moi, l'air contrariée.

— Euh, personne. Elle est morte.

Quelque chose me disait que Clochette devait être son

surnom, à l'École, et qu'il ne lui plaisait pas. Tout le monde, au labo, devait l'appeler ainsi.

Nous traversâmes une autre salle, plus petite, remplie de caissons cryogéniques aux parois d'acier brillantes. Et dans un local adjacent, je vis une demi-douzaine d'appareils destinés aux analyses de sang. Décidément, ce laboratoire ne se refusait rien, et j'aurais donné cher pour connaître l'identité du bailleur de fonds.

— Des souris, fit Max, l'index pointé vers une porte vitrée. Là, c'est la pièce des Mickey. Je te préviens, Frannie. Pince-toi le nez, parce que c'est spécial.

L'odeur de décomposition se faisait de plus en plus oppressante. Je retins ma respiration, mais cela ne m'aida guère. J'étais à deux doigts de vomir.

Par la vitre, j'aperçus des rayonnages métalliques soutenant chacun une douzaine d'étagères, elles-mêmes chargées de cages en plastique. Il y avait là des centaines et des centaines de cages garnies de sciure, et occupées par des milliers de souris blanches.

C'était une véritable scène d'horreur. Max, le visage en feu, parlait toute seule sans faire attention à moi. Des phrases sibyllines dont je ne compris que quelques bribes, comme « petites bêtes » et « mourir ».

En entrant dans la pièce, je constatai aussitôt que ces souris n'étaient pas des cobayes ordinaires. Elles présentaient des protubérances à des endroits inattendus, possédaient parfois des membres supplémentaires, étaient couvertes de marques étranges.

Génétiquement, les souris sont très proches de l'homme. Quatre-vingt-cinq pour cent de leurs gènes sont identiques aux nôtres, ce qui en fait de parfaits sujets de laboratoire. On peut leur inoculer un grand nombre de maladies humaines, comme le cancer, les affections cardio-vasculaires ou la myopathie, et étudier leurs réactions pour essayer de mettre au point des remèdes et vaccins.

J'adore les animaux ; or, en tant que médecin, j'ai tiré profit de la recherche sur ceux-ci. Je suis donc capable de défendre les deux points de vue avec une égale ardeur, mais il y a une chose que je ne supporte pas, c'est la cruauté.

Quelles que soient nos raisons, nous sommes responsables des animaux.

Je tirai les cages une à une, les secouai.

— Il n'y a pas de nourriture dans ces cages. Toutes les souris sont mortes.

— On a dû les piquer... soupira Max, les larmes aux yeux.

Curieux spectacle que cette petite fille, si belle, pleurant sur le sort d'une colonie de souris blanches.

## 79

Max se faisait honte. Elle avait horreur de pleurer, de se montrer faible, surtout devant Frannie, mais elle était en train de craquer. Les idées qui se bousculaient dans sa tête lui faisaient peur, mais surtout, elle bouillait de colère. Comment pouvait-on faire des choses pareilles ?

Tous ses sens étaient en éveil. Il avait fallu qu'elle prenne la fuite pour mesurer ses vraies capacités.

Son nez avait détecté et identifié différentes odeurs : café brûlé, produits chimiques divers, métal surchauffé et, non loin, chair en décomposition.

Tout cela était mal, très mal. Comment Harding Thomas et sa bande de crétins avaient-ils pu faire ça ? Parce qu'elle s'était enfuie ? Était-elle responsable de toutes ces morts ? Oh, non, gémit-elle intérieurement, faites que ce ne soit pas à cause de moi.

La grande aiguille de la pendule qui surplombait les caissons cryogéniques s'était arrêtée. Le temps était-il mort, lui aussi ?

Sans s'arrêter, elle pénétra dans le service connu sous le nom de Contrôle général et aussitôt, une pluie d'images s'abattit sur elle. Oncle Thomas posant sur sa tête une immense main protectrice, et aimant lui rappeler qu'il était « chercheur dans l'âme », qu'il tenait tant à sa petite Clochette, qu'elle était si brillante. Une vraie merveille, cette petite Clochette.

« Menteur ! Assassin ! Pervers ! Même une amibe vaut mieux que toi ! »

Elle n'avait qu'une envie : se rouler en boule et pleurer à chaudes larmes. Où étaient-ils tous passés ? Où se cachaient-ils, oncle Thomas et les autres ? Étaient-ils en train de l'observer ? Ils aimaient bien regarder, laisser faire, puis intervenir quand on ne s'y attendait plus.

Sa vie ici ressemblait à celle d'une école militaire, du moins d'après ce qu'elle en avait lu. Elle n'avait pas un moment à elle. Tout était organisé, surveillé. Elle étudiait, travaillait, passait des tests, faisait de l'exercice, regardait la télé. L'amour, les encouragements, la satisfaction, non, ce n'était pas pour elle. Elle n'était qu'un cobaye, mais un cobaye suffisamment intelligent pour se rendre utile. Et pour savoir au fond de lui-même qu'il n'était pas un cobaye.

Un peu plus loin, le couloir se dédoubla. Sans même réfléchir, Max prit celui de droite. Elle connaissait les lieux par cœur. Elle aurait pu trouver son chemin les yeux bandés.

Elle parvint enfin à la lourde porte d'acier de la Nurserie.

Elle perçut un bruit, s'arrêta de respirer. Des pas. On courait dans sa direction, et il y avait plus d'une personne.

Elle se tourna vers Frannie, les yeux noyés de larmes, prête au pire, et se mit à rire nerveusement. Ce n'étaient que Kit et Pip. Soulagée, elle reprit son souffle.

— On a longé la clôture et on a fini par trouver un passage, expliqua Kit d'une voix haletante.

Max, heureuse de retrouver sa petite famille réunie, ne savait que penser. Elle avait d'autres priorités.

— Kit, Frannie, venez voir. C'est important. C'est pour cela que je suis revenue.

Sur quoi elle ouvrit la porte de la Nurserie, et poussa un hurlement.

## *80*

Je fis un bond en arrière.

Il y avait effectivement de quoi hurler, mais curieusement, j'eus également envie de remercier le ciel.

Les cages de la Nurserie renfermaient quatre enfants roulés dans des couvertures souillées. Quatre bambins bien vivants et dotés d'ailes.

Max se précipita sur eux.

— Peter, Ic, Wendy, Oz ! Oh, mes pauvres lapins !

Elle ouvrit la première cage. Peter et Wendy, pelotonnés au fond de leur prison, clignèrent des yeux, éblouis par la lumière.

— Approchez-vous, leur susurra Max. Max est là.

Ils lui répondirent par des bruits à peine audibles, des petits couinements pleins d'amour rappelant le chant des oiseaux.

Lorsque Max ouvrit la cage suivante, un petit garçon rampa jusqu'à l'extérieur, tenta de se lever.

— Ic ! Icare ! J'ai fait venir de l'aide !

— Il est où, Matthew ? demanda le petit.

— Je ne sais pas. On parlera de ça plus tard. Ça va ?

— Supercool, répondit Ic avec un grand sourire.

Ça s'escaladait, ça s'accrochait à Max, ça bredouillait des petits mots d'affection, ça poussait des petits cris aigus. Puis, brusquement, tout le monde se mit à pleurer.

On aurait dit qu'ils ne faisaient qu'un.

En aidant Max à libérer les enfants, je me sentis comme submergée par un torrent d'émotions. Ces gosses étaient si beaux... J'avais l'impression d'avoir mis au jour un trésor inestimable dans l'endroit le plus incongru. Chacun de ces enfants était un véritable miracle.

Je parvins néanmoins à me maîtriser suffisamment longtemps pour procéder à une rapide évaluation des petits. Apparemment, ils souffraient de malnutrition et de déshydratation, mais ç'aurait pu être pire. Nous étions arrivés à temps. On les avait abandonnés dans leurs cages, comme les souris.

Il y avait ce petit garçon, qui devait avoir dans les sept ans. Un corps assez ramassé, plus trapu en haut qu'en bas. Des ailes dont les plumes, couleur marron, rejoignaient la chevelure châtaine et luisante.

Il avait la peau moite, et son visage blanc comme un linge semblait à bout de larmes, mais ses grands yeux ronds brillaient. Cet enfant-là n'avait pas peur.

— Je m'appelle Ozymandias, me dit-il en avançant crânement le menton. Vous êtes qui, vous ? Une scientifique ? Une de ces docteurs à la con ?

— Je m'appelle Frannie, lui répondis-je calmement, et lui, c'est mon ami Kit. Nous sommes venus avec Max.

— On est copains, Oz, expliqua Max. Je sais que ça peut paraître difficile à croire, mais c'est vrai.

— Bonjour, Oz ou Ozymandias.

Kit tendit la main au gamin qui, au terme d'une courte hésitation, la serra enfin.

Max poussa la petite fille, un angelot aux joues bien roses qui devait avoir dans les quatre ans. Cheveux noirs coupés au bol, yeux en amande, elle portait une nuisette sans manches semblable à celle de Max la première nuit où je l'avais vue. Elle déploya ses ailes vers moi. Des ailes toutes blanches, avec une pointe bleue. Magnifiques.

J'entendis le frou-frou de ses plumes, tel un jupon de taffetas tourbillonnant autour des jambes d'une danseuse.

— Mama ? fit-elle d'une voix qui me serra le cœur.

— Elle appelle toutes les femmes adultes « mama », expliqua Max. Elle n'a jamais eu de maman, comme nous.

Je sentis monter les larmes. Comment expliquer un jour ce que j'éprouvais en cet instant ?

Max fit les présentations dans les formes.

— Wendy, Frannie.

— Tu devrais voir mon frère jumeau ! couina Wendy.

Peter, tout aussi réussi, était la copie conforme de sa sœur.

Un garçon un peu plus grand, qui devait avoir à peu près le même âge que Max, se tenait en retrait. Une fine chevelure blond cendré lui dévorait le visage et ruisselait sur ses épaules. C'était un enfant mince, de stature plutôt frêle. Ce détail me frappa. À l'évidence, les petits avaient des origines différentes.

Lorsque je voulus lui caresser le bras, il se mit à siffler. Je lui faisais peur, mais quoi de plus naturel ? Comment ces pauvres créatures pouvaient-elles faire confiance à une adulte ?

Lui s'appelait Icare. Max dut le rassurer longuement avant que je puisse l'approcher.

— Tu n'as rien à craindre, lui dis-je. Je ne te ferai pas de mal.

— C'est ce qu'ils disent tous ! cracha-t-il. Bande de menteurs !

Icare écarta la mèche blonde qui lui barrait le visage, et je vis alors que les iris de ses yeux étaient opaques et bleu-gris. Je me tournai vers Max, qui confirma mes craintes.

— Icare est aveugle.

— Ouais, ricana l'enfant, je suis comme qui dirait une erreur. On est tous dans ce cas-là, d'ailleurs.

## 81

Kit avait laissé Frannie et Max s'occuper des petits. Il avait encore trop de choses à découvrir. Il pénétra dans un bureau cossu. Un presse-papier rappelait, en gros caractères Helvética : *Ne préjuger de rien, s'interroger sur tout.*

— C'est bien ce que je fais, marmonna Kit.

Il s'inquiétait de plus en plus pour les enfants comme pour Frannie, un peu comme s'il venait d'hériter d'une nouvelle famille. À lui de veiller sur tout ce petit monde. C'était une responsabilité qu'il ne prenait pas à la légère, et qui, il devait bien l'avouer, le terrifiait.

Il jeta un rapide coup d'œil autour de lui. Ni photos, ni notes. Les objets personnels avaient tous disparu.

Ce bureau était à l'évidence celui d'un cadre important. Relativement vaste, il jouissait d'une vue imprenable sur le laboratoire. Une épaisse moquette gris argent amortissait les pas. Au-dessus du bureau de chêne blond patiné, un panneau de liège où on avait punaisé d'innombrables croquis à l'encre et au crayon représentant des organes et diverses parties du corps humain « améliorés ». C'était du beau travail. Kit sentit un frisson lui parcourir la colonne vertébrale. L'auteur de ces dessins rêvait de se hisser à la place de Dieu...

Kit ouvrit une enveloppe kraft, découvrit à l'intérieur des dessins d'yeux en coupe latérale et transversale.

L'exécution, d'excellente qualité, n'aurait pas déplu à un Léonard de Vinci.

Une série de croquis d'une grande complexité représentait une jambe dans diverses positions dont certaines paraissaient impossibles. On voyait également le dessin au trait d'un bras, main tendue et doigts écartés, sur lequel avait été superposé un transparent avec un bras différent.

Le bras rajouté comportait des muscles plus longs et des doigts plus profilés. C'était, en quelque sorte, un modèle amélioré, et Kit devait bien avouer que cela avait quelque chose de fascinant.

Ces croquis évoquaient les esquisses d'un styliste de renom préparant sa prochaine collection. Une collection d'accessoires humains.

Plongé dans la contemplation des dessins, Kit faillit ne pas voir le trousseau de clés accroché au tableau. Il l'avait devant les yeux depuis le début. Lorsqu'il s'en saisit, le liège se décolla presque du mur. Chaque clé avait été étiquetée avec soin.

La première ouvrait le tiroir du bureau. Kit tira trop fort. Le contenu se renversa sur la moquette.

Il s'accroupit, farfouilla dans le bric-à-brac. Trombones, menue monnaie, timbres, stylos, rien que de très banal. Plus un couteau suisse qu'il s'empressa d'empocher. On ne savait jamais...

La deuxième clé était celle d'une haute armoire métallique grise qui renfermait des flacons scellés.

Kit en prit un, portant la mention AGE1, l'observa à la lumière.

Une douzaine d'embryons pas plus gros que des billes flottaient dans un liquide foncé.

Au bord du malaise, Kit se retourna, vida lentement ses poumons. Dès qu'il eut repris ses esprits, il examina sa trouvaille. Des petits bébés morts au fond d'une armoire... Dans quel repaire de monstres avait-il mis les pieds ? Surmontant son écœurement, il examina les petites têtes, les petits doigts, les petits pieds baignant dans le fluide.

Les autres flacons contenaient, eux aussi, des embryons. Et l'armoire était pleine.

Avec la troisième clé, Kit déverrouilla un meuble-classeur. Le tiroir du haut renfermait des documents rangés par ordre alphabétique, circulaires internes, brouillons. Celui du milieu était, lui, rempli de revues médicales remontant aux années 80. Kit y trouva également des coupures de presse extraites du *Times* anglais et de l'hebdomadaire allemand *Der Spiegel*. Quant au tiroir du bas, il recelait des carnets remplis de données et de formules scientifiques. Bien qu'incapable de les déchiffrer, Kit en emporta plusieurs.

Des gouttes de sueur perlaient déjà dans son dos. Cet

endroit était beaucoup trop calme. Pourquoi les occupants de ce laboratoire l'avaient-ils totalement abandonné en laissant derrière eux les enfants-oiseaux ?

Les embryons paraissaient anciens, et certains des croquis étaient déjà mouchetés. Les manuscrits étaient tous abondamment annotés et raturés, comme si leur auteur avait fait plusieurs tentatives avant, finalement, de renoncer.

Concernaient-ils Max et les quatre autres malheureux enfants découverts dans leurs cages et promis à la mort, faute de nourriture ?

Kit entendit un bruit et se retourna. C'était Frannie.

— Regarde-moi ça, lui dit-il, pressé de lui faire partager ses découvertes. Dis-moi ce que tu en penses.

## *82*

— Quelle arrogance ! m'écriai-je en contemplant les croquis, médusée. Je n'en reviens pas.

Kit était en train de déverser sur la moquette le contenu d'un carton.

— C'est bourré de photos et de dessins d'ailes, me dit-il. Des ailes de toutes sortes. Nous sommes dans un bureau d'étude où on concevait des ailes...

— Ils redessinaient le corps humain. J'ignore qui a fait ces schémas, mais il se prend vraiment pour Dieu !

— C'est le groupe de Boston et Cambridge, les anciens du MIT. Ils ont établi leurs propres règles. Anthony Peyser est persuadé d'être au-dessus de ses collègues et au-dessus des lois par la même occasion. Tiens, jette un coup d'œil là-dessus.

Il me montra une demi-douzaine de notes de service, toutes signées A.P. : Anthony Peyser.

Qui pouvait être ce Dr Peyser ? J'avais déjà rencontré presque tous les toubibs et chercheurs de la région. David, lui, les connaissait tous. Où se cachait-il ?

Kit s'installa devant un ordinateur, pianota quelques instructions sur le clavier et fit apparaître le contenu du disque dur.

— J'ouvre quelques fichiers au hasard. On ne m'a pas demandé un seul mot de passe. Tout est grand ouvert. Les clés des placards étaient en évidence. Je me demande bien pourquoi...

— Ce n'est pas moi qui vais pouvoir t'aider.

Mon regard se posa sur les carnets qu'il avait déversés sur la moquette. Ce qui me frappait, dans ces schémas tracés à la pointe fine, c'était non seulement leur précision toute médicale, mais aussi leur beauté purement artistique. Le Dr Anthony Peyser avait-il occupé ce bureau ? C'était plus que vraisemblable.

Sur un autre croquis, on voyait un enfant en bas âge dont le cœur, véritablement énorme, dépassait de la cage thoracique. Ce schéma illustrait les problèmes auxquels étaient confrontés les médecins travaillant sur les tissus humains. Comment stopper de manière définitive la croissance cellulaire une fois que le processus a commencé ?

Que cette question eût été ou non résolue, entre doter des souris blanches d'organes supplémentaires et réussir à donner des ailes à un enfant, il y avait un gouffre. Et dans le cas de Max, cela ne se limitait pas aux ailes. Tout son système cardiopulmonaire était de type aviaire, ce qui m'incitait à en conclure qu'elle avait été créée de toutes pièces.

Mille pensées me passaient par la tête et je me demandais toujours si je n'allais pas devenir folle. Le monde marchait sur la tête. Quelqu'un avait remis en question l'univers tel que nous le connaissions.

*Ne préjuger de rien, s'interroger sur tout.* Ce précepte avait manifestement inspiré les mystérieux apprentis sorciers.

D'effarantes hypothèses me venaient désormais à l'esprit. Une petite fille munie d'ailes pouvait être un accident biologique isolé, mais les quatre enfants que nous avions découverts prouvaient bien que quelqu'un avait délibérément tenté de créer un être nouveau. Qu'il y était parvenu. Qu'ici, dans cette soi-disant École, il s'était attribué le rôle de Dieu.

Qu'avait-il réellement créé ?

# 83

Kit pianotait furieusement sur son clavier. Comme la plupart de ses collègues de la jeune génération du FBI, il aimait les ordinateurs et savait parfaitement s'en servir. Il se connecta sur Internet. Le navigateur lui demanda de préciser son champ de recherche. Il tapa *général*.

Tous les sites dernièrement visités par l'utilisateur précédent s'affichèrent. Kit inspecta rapidement la liste. Il avait déjà procédé de la même manière avant son départ de Boston.

Il alla à www.ncbi.nbm.n.h.gov. Il s'agissait de Genebank, un institut gouvernemental chargé d'enregistrer toutes les séquences génétiques connues.

Un précédent utilisateur avait déjà cliqué sur plusieurs mots-clés, qui apparaissaient en rouge. Kit alla à *taxinomie*, puis, dans le champ de recherche, tapa *oiseaux*.

On avait déjà regardé apodiformes (martinets), lariformes (mouettes), colombidés (pigeons) et hirundinidés (hirondelles).

Les choses se compliquaient.

Kit ressortit du site, revint à la page de recherche et se

connecta sur le site du Cold Spring Harbor Laboratory. Il essaya quelques entrées, puis cliqua sur *Publications DSHL — recherche génétique*.

Il consulta le numéro de septembre 1997 et eut la surprise de constater que son prédécesseur s'était intéressé à un article intitulé *Doublement du muscle chez la Bleue du Nord et la Piémontaise*.

Perplexe, il cessa de pianoter et, sans lever les yeux de l'écran, appela Frannie :

— Viens voir une seconde, s'il te plaît.

Il lui montra sa dernière page.

— Quelqu'un a lu ça. Tu y comprends quelque chose, toi ?

Elle lut l'intégralité de l'article, puis revint en arrière pour relire certains passages.

— Je crois que j'y suis. Ou du moins, j'ai une hypothèse qui te paraîtra peut-être tirée par les cheveux.

Kit hocha simplement la tête.

— Cet article parle d'un gène de vache modifié. Les muscles de la poitrine de ces vaches ont été doublés. Alors, voilà ma théorie : ils se sont inspirés de ces travaux pour donner à Max des pectoraux suffisamment puissants pour soutenir ses ailes et soulever son propre poids. On aimerait savoir comment ils s'y sont pris, et voici une partie de l'explication.

# 84

Nous passâmes encore quelques instants à examiner le contenu de la mémoire de l'ordinateur puis, n'ayant rien trouvé d'intéressant, nous décidâmes de poursuivre l'exploration de l'École. L'orgueil et l'absence d'éthique des chercheurs qui travaillaient ici me sidéraient. J'aurais tout donné pour tomber sur l'un d'eux et l'étrangler de mes propres mains.

Je vis une porte verrouillée, et une plaque métallique annonçant « Accès interdit au personnel non autorisé ». Kit fit sauter la porte à coups de pied et ricana : « Autorisation acceptée. »

Instantanément, des sirènes d'alarme se déclenchèrent dans la pièce et dans les couloirs. Nous entrâmes, accueillis par une puanteur sans nom, une odeur d'excréments humains. Seuls des signaux plats fluorescents sur les écrans d'invisibles moniteurs perçaient l'obscurité.

Je trouvai l'interrupteur et allumai les plafonniers.

Ce fut le choc. J'avais déjà eu l'occasion, au cours de ma carrière, de voir des animaux victimes de mauvais traitements, de négligence, voire d'actes de cruauté, mais le spectacle que nous découvrions dépassait en horreur tout ce qu'on pouvait imaginer.

Cela ressemblait à un service pédiatrique de soins intensifs. L'équipement de maintien de vie était flambant neuf. Je dénombrai une douzaine de petits lits.

Non, ce n'était pas possible ! J'avais du mal à retenir mes larmes. Je me tournai vers Kit. Il était pâle comme un linge.

Les petits « patients » étaient tous morts ou à l'agonie. Partout, je ne voyais que des arrêts des systèmes pulmonaire, cardiaque ou rénal. Les signaux d'alarme électroniques me vrillaient les tympans. Poches de perfusion vides, ventilateurs en panne, appareils de dialyse silencieux, plus rien ne fonctionnait, et les malheureux enfants gisaient dans une mare de vomi et d'excréments.

Je me mis à hurler, sans pouvoir m'arrêter, au point que Kit vint me prendre dans ses bras pour tenter de me calmer. Il fallait que je respire à fond, lentement.

— Il faut qu'on fasse quelque chose, miaulai-je. On ne peut pas les laisser crever comme ça.

— Je sais, je sais, me répondit-il. Nous ferons ce que nous pourrons, Frannie.

Les petits animaux, personnages de dessins animés, qui faisaient la ronde sur les murs jaune paille accentuaient l'horreur de la situation. Près d'un réfrigérateur, des dessins au crayon avaient été punaisés sur un panneau de tissu, et on voyait des feuilles décorées de sourires jaunes sur fond blanc collées un peu partout. J'en avais la nausée. Je me penchai au-dessus du lit le plus proche. Un bébé de quelques mois, tout nu, se tortilla et agita en l'air ses petites mains. C'était une fille. Elle n'avait pas de visage.

La sonde insérée dans son petit ventre ne la nourrissait plus ; la poche était vide. Je posai doucement ma main sur son crâne et aussitôt, le signal vert du moniteur de rythme cardiaque s'affola.

Elle était consciente de ma présence.

— Bonjour, ma petite, lui chuchotai-je.

Il ne me fallut que quelques secondes pour ouvrir le frigo et les armoires, mais ils ne contenaient que des pansements, des sondes et des seringues. Pas de nourriture en vue.

L'enfant de sexe masculin qui occupait le lit suivant était déjà mort et en état de décomposition. Sa tête avait la taille d'un ballon de volley, et sa musculature était celle d'un garçonnet de quatre ou cinq ans.

— Pauvre bout de chou.

Je débranchai le moniteur, arrachai le cathéter fiché dans la tête du petit, puis lui recouvris le visage d'une couverture.

Dans le troisième lit, un autre cadavre. Celui d'un enfant d'environ un an à la morphologie tout à fait normale. Sa peau, en revanche, s'était largement déchirée par endroits. Elle ne s'était pas développée au même rythme que le reste de son corps.

Les paupières retournées, il me fixait de ses yeux aveugles protubérants. Je n'osais imaginer le calvaire qu'avait dû subir ce pauvre gosse, qui avait sans doute succombé à une septicémie.

Des frères siamois d'un an liés par la taille gisaient dans le quatrième lit. L'un était déjà mort. L'autre, compte tenu du nombre d'organes qu'ils avaient en commun, n'allait pas vivre bien longtemps.

Quand je caressai sa joue presque froide, il ouvrit les yeux.

— Bonjour, petit bonhomme.

Je ne pouvais rien faire pour lui. J'étais en sanglots. Je poursuivis mon chemin, de lit en lit.

Un peu plus loin, une sonde de dialyse arrachée pendait près d'un enfant aux traits simiesques, pauvre chose sous-alimentée et déshydratée, dans un état comateux.

Il n'y avait autour de moi que des enfants difformes, voire monstrueux. Des enfants qui, si mes soupçons étaient fondés, étaient issus de zygotes humains tout à fait ordinaires. Ils auraient pu être parfaitement normaux, mais on avait fait d'eux des mutants. Ces lieux avaient été le théâtre d'innombrables expériences sur la race humaine.

Kit passait de lit en lit, débranchant tout ce qu'il trouvait. Nous ne pouvions guère en faire plus.

Max fit brusquement irruption dans la salle. J'avais peur pour elle, j'aurais voulu qu'elle ne voie rien, mais il était trop tard. La tristesse se lisait dans ses yeux. Elle savait déjà. Elle murmura simplement :

— On les a piqués. Ils font ça avec les ratés, avec ceux qui ont des défauts. Ils le font tout le temps. Maintenant, vous le savez.

De haine, je serrais les poings.

— Il faut qu'on mettre les voiles, avertit Kit. Ils vont forcément revenir au moins une fois. Ils ne peuvent pas laisser toutes ces preuves derrière eux.

— Ni tous ces témoins, complétai-je en le regardant.

## 85

Nous avancions éparpillés au milieu des gigantesques sapins comme pour une étrange partie de cache-cache. Kit, moi, Max et les autres cobayes étions le gibier. Nous avions été les témoins de crimes horribles, et les chasseurs allaient bientôt nous traquer.

Une douce lumière d'or nimbait la montagne. Geais et mésanges s'envolaient à notre passage et la brise chargée d'odeurs de résine faisait frissonner les arbres. C'était vraiment une matinée de rêve, mais nous n'en profitions pas. Nous avions l'impression de descendre en enfer, la peur au ventre. Nous connaissions l'affreuse vérité. Enfin, nous en connaissions une partie...

Les enfants, eux, suivaient Max qui s'acquittait de sa tâche avec beaucoup de sérieux.

— Pourquoi sifflent-ils ? demandai-je à Kit.

— Pas la moindre idée.

Et là, Max se mit à hurler.

— Ils arrivent ! Les gens de la sécurité ! Les chasseurs ! Il faut me croire ! Courez ! Sauvez-vous ! Allez, plus vite, tout le monde !

Je pris sous le bras l'enfant le plus proche, en l'occurrence Wendy, et suivis un petit sentier qui s'enfonçait dans les bois.

Kit, lui, se chargea d'Icare, le petit aveugle, suffisamment terrorisé pour l'accompagner. Il avait dégainé son arme. Le pistolet noir et menaçant avait maintenant quelque chose de rassurant.

— Hé, Wendy, regarde ! lança Peter à sa sœur. Là-haut !

Il était comme cloué au sol, les yeux rivés sur Max. Max s'était envolée.

Ce spectacle, auquel j'avais déjà assisté plusieurs fois maintenant, me faisait toujours autant d'effet. Devant un tel miracle, on ne pouvait que rester bouche bée. Je comprenais parfaitement la réaction de Peter, mais malheureusement, l'heure n'était pas à la contemplation.

— Peter ! Viens ici tout de suite ! On se dépêche !

Sans lâcher Wendy, je le pris sous l'autre bras. Tous deux s'acrochèrent à moi. Question poids, c'était limite, mais je pouvais tenir.

Je venais de trouver refuge au milieu des taillis lorsque des coups de feu claquèrent. À quelques mètres de moi, une balle s'enfonça dans un gros tronc d'arbre. Je m'emparai à nouveau des deux enfants et repartis en courant, ou plutôt en trébuchant, aussi vite que je le pouvais.

Quelques secondes plus tard, en me retournant, je vis Max se laisser tomber d'un arbre sur l'un de nos agresseurs, de tout son poids. L'homme portait une tenue de camouflage, comme celle de nombreux chasseurs ou apprentis miliciens de la région. J'entendis un craquement d'os. Il faut dire que même quarante petits kilos, d'une hauteur de quatre ou cinq mètres, c'est l'équivalent d'un coffre-fort. Je vis l'homme se tordre au sol, mais aucun sentiment de pitié ne vint m'effleurer.

Le long silence qui suivit me parut presque aussi effrayant que l'écho des détonations. Où se trouvaient nos poursuivants ? Combien étaient-ils ?

Brusquement, Kit se mit en position de tir, un genou à terre. Son arme aboya, une seule fois. Un autre garde s'écroula comme une masse en se tenant l'épaule.

Je sentais que j'allais vomir. Nous étions tous témoins et pour eux, nous devions tous mourir.

Soudain, le sol se souleva sous mes pieds. Les sapins, les buissons, la forêt tout entière tressautèrent. Le souffle de l'explosion faillit nous plaquer au sol.

Autour de nous, l'air parut se déchirer. Une vague de chaleur fit crépiter les arbres. Une forte odeur de fumée m'irrita les narines.

Dans un furieux martèlement de sabots, deux cerfs passèrent devant nous. De sombres nuées d'oiseaux se dispersèrent dans le ciel. La forêt grouillait d'animaux affolés.

— L'École ! cria Max. Ça vient de l'École !

— C'était une bombe, me lança Kit. Ils suppriment

les preuves. Ils vont tout raser. On se tire d'ici, et vite ! On ne peut plus rien faire.

Il fallut regrouper les enfants et les faire avancer. Glissades, chutes, égratignures, ce ne fut pas une promenade de santé. Nous descendîmes jusqu'au fond du vallon avant de nous attaquer à une autre colline. Nous n'en pouvions plus, mais il n'était pas question de faiblir.

Nous étions cinq enfants et deux adultes. Sept témoins.

# 86

Vint un moment où, épuisés, nous dûmes nous arrêter pour prendre un peu de repos à l'abri d'un amas de rochers qui semblait là depuis les origines. À bout de souffle, nous n'avions même plus la force de parler. Notre répit allait être de courte durée. Nous avions éliminé deux gardes. Bien maigre victoire...

Cinq minutes s'écoulèrent. Dix. Personne ne nous avait rattrapés.

Avec une agilité déconcertante, Kit se hissa dans un arbre pour scruter les environs. Décidément, ses ressources ne cessaient de me surprendre.

— Je n'ai vu personne, commenta-t-il à son retour, mais cela ne signifie rien. Ils savent qu'avec les petits, on va mettre un temps fou.

À mon côté, Max me martela le bras.

— Il faudrait que je leur apprenne à voler, Frannie. Ils y arriveront sans problème. Il faut que je le fasse. Ça leur permettrait d'échapper plus facilement aux vigiles, comme moi.

La nuit allait bientôt tomber, et je m'inquiétais pour ces pauvres petites choses. Comment poursuivre notre chemin dans l'obscurité ? La forêt, que j'avais toujours considérée comme un refuge, me paraissait désormais bien menaçante.

— Il va bientôt faire nuit, lui dis-je.

Je ne voulais pas l'affoler, mais j'espérais qu'elle comprendrait.

— Ça ira, me répondit-elle. Il y a la lune. Il faut que tu me fasses confiance. Je me fie à mon instinct. Et puis, tu sais, nous, on voit mieux dans le noir que vous.

Elle m'impressionnait. Nous l'avions capturée au filet à peine quelques jours plus tôt, et elle assumait déjà parfaitement ses nouvelles responsabilités. Son jugement me semblait extrêmement fiable.

Elle estimait qu'il était temps de pousser les oisillons hors du nid, et sans doute avait-elle raison.

Nous allions assister à leur premier vol !

## *87*

La petite troupe s'était rassemblée sur le toit d'un surplomb rocheux. Dans le ciel brillait une lune vaguement inquiétante, dont l'éclat me rappelait un peu le chandelier du début du *Fantôme de l'opéra*. C'était une belle nuit. Nous l'aurions appréciée davantage en d'autres circonstances...

— Voilà comment on fait, expliquait Max d'une voix très affirmée. Tout commence par la tête. On se projette mentalement en l'air, et ensuite, on laisse les ailes faire ce qu'il y a à faire. Cette nuit, ça va être génial. On va voler sous la lune, comme dans *E.T.* Vous vous souvenez de la scène du film ?

— Super ! s'exclama Icare. Je suis E.T. ! C'est moi le héros ! C'est moi qui l'ai dit en premier !

Les autres lui lancèrent un regard noir, mais personne ne contesta ses prétentions. Ces enfants faisaient preuve d'une générosité, d'une solidarité qui me surprenaient. Il y avait chez eux un véritable esprit d'équipe. Ou bien ne faisaient-ils qu'obéir à leur instinct de regroupement en cas de danger ?

Le bloc de schiste strié, légèrement penché, devait faire cinq mètres de haut. Juste assez pour permettre à un sujet expérimenté de prendre son envol, juste assez pour garantir une méchante chute en cas de pépin. Je retenais mon souffle, mais Max m'avait déjà prouvé qu'on pouvait lui faire confiance.

— Regardez-moi ! intima-t-elle aux autres enfants. Faites exactement comme moi.

Elle commença par battre des ailes sur place puis, profitant d'un bon coup de vent, elle se lança dans le vide. Tout simplement.

Les enfants frémirent d'émerveillement.

— Wow ! T'es forte, Max ! C'est génial !

Max demeura un instant suspendue en l'air avec une aisance surprenante puis, après avoir jeté un coup d'œil derrière elle pour s'assurer que tout le monde l'observait, elle prit de l'altitude.

En la voyant filer ainsi vers la cime des arbres, je sentis mes jambes flageoler et ma peau se couvrir de chair de poule. Pour rien au monde je n'aurais manqué un tel spectacle.

Obéissant à son bon sens, à son instinct, Max volait en toute simplicité. Pas d'acrobaties, pas de fioritures. Elle se contenta de décrire une seule et unique boucle, très gracieuse, et rejoignit ses camarades.

— Ça, je peux le faire aussi, fanfaronna Peter, menton en l'air et torse en avant. *No problemo.* Fastoche.

— Moi aussi, renchérit Wendy. J'ai toujours rêvé de voler.

— Moi, ajouta Icare, je vole dans mes rêves, toute la journée et toute la nuit.

Ils étaient tellement mignons, tellement gentils les uns avec les autres qu'on se demandait comment quelqu'un pouvait seulement imaginer leur faire du mal.

— Moi en premier, annonça Oz en dépassant les jumeaux, ses cadets.

— Ah, non, moi ! protesta Peter.

— Viens ici, Peter, commanda Max. Je vais rester à côté de vous tout le temps, alors pas de bêtises, bande de petits voyous ! Allez, venez tous ici !

— Oh, elle est complètement folle, gémit Peter, et il ferma les yeux.

— À trois, on saute ensemble, d'accord ? Pas d'objections ? Si vous en avez, vous les gardez pour vous.

Je me tenais juste derrière les enfants et j'avais envie de crier, moi aussi : « À mon tour ! » J'avais terriblement envie de voler. Cela me paraissait si évident...

C'était une nuit de pleine lune, et on voyait parfaitement. Au signal, les cinq enfants sautèrent du rocher. Tous en même temps.

— Regarde-moi ça, souffla Kit, ébahi. (Puis il me pinça les doigts.)

C'était Peter ! Après quelques mouvements maladroits, ce qui pouvait se comprendre, il tomba comme une feuille en appelant à l'aide.

Max l'accompagna dans sa chute, le saisit par le ventre. Peter battait des ailes avec l'énergie du désespoir.

— Appuie-toi sur l'air, lui recommanda-t-elle. Il faut que tu chasses l'air vers le bas. Détends-toi, Peter. Ne te crispe pas. Tu as été fait pour ça !

Et Peter, rassuré, réussit enfin à se soulever. Il parut flotter durant quelques secondes, puis, petit à petit, s'éleva dans les airs. Les autres se débrouillaient fort bien. Avec une nuit violette en toile de fond, cet étrange ballet aérien offrait un spectacle grandiose.

J'entendis Kit murmurer, émerveillé :

— Tu te rends compte, Frannie, que personne n'a jamais assisté à une chose pareille ? Pas même ces foutus chercheurs ?

— Tais-toi et regarde !

Il n'y eut pas le moindre accroc. Les enfants volaient comme s'ils évoluaient ensemble depuis des années. Max leur prodiguait des conseils simples : comment virer sur l'aile, comment augmenter la traînée pour perdre de la vitesse. Et ils s'étaient remis à siffloter, comme dans les bois, un peu plus tôt.

Je compris enfin pourquoi. C'était grâce à ces sifflements qu'Icare parvenait à s'orienter.

Ils traversèrent sans encombre un ravin d'une profondeur impressionnante, puis se groupèrent en cercle et exécutèrent un huit. Moi, je les contemplais, bouche bée.

— Je suis ici, Ic, signala Max.

Icare siffla, puis répondit.

— Je te sens. Je sens quand tu te déplaces dans l'air !

Sa voix résonna dans la nuit. Il faisait un peu trop sombre pour que je puisse distinguer son visage, mais j'aurais parié qu'il souriait jusqu'aux deux oreilles.

## 88

Les mains en porte-voix, je criai :

— Max, il faut rentrer maintenant ! D'accord ?

À mon grand soulagement, je vis ses ailes papillonner. Elle donna à sa petite escadrille l'ordre de faire demi-tour et les bambins revinrent se poser l'un après l'autre dans un concert de miaulements joyeux.

À dire la vérité, je m'en voulais de leur parler sur un ton aussi ferme, alors qu'ils avaient déjà tant souffert de la discipline qui leur avait été imposée, mais je n'avais guère le choix. Nous n'étions pas en sécurité dans ces bois, loin de là. Des hommes armés allaient bientôt venir. Peut-être étaient-ils déjà dans les environs.

Je pris chacun des chérubins dans mes bras. Pip sautait de joie. Malheureusement, nous n'avions pas le temps de savourer l'événement.

En fin d'été, dans la montagne, le froid s'installe vite, et Kit refusait de faire du feu. Il avait raison : nous ne pouvions courir le risque de signaler notre présence.

Nous finîmes donc par trouver, en guise d'abri, un espace entre deux gros rochers et décidâmes d'y passer la nuit.

Après avoir dégagé cailloux et brindilles, nous empilâmes des feuilles et du petit bois pour nous tenir un peu plus chaud. Les enfants se pelotonnèrent dans le cocon de leurs ailes.

— Demain, ce sera plus confortable, leur dis-je. On ira peut-être chez moi.

Là, je m'avançais un peu.

— Promis ? fit Oz.

J'aurais aimé lui promettre des crêpes au sirop d'érable et des litres de lait, j'aurais aimé lui promettre un vrai lit, sans barreaux, et une vie heureuse jusqu'à la fin de ses jours, mais je ne savais même pas ce que nous réservaient les vingt prochaines minutes.

— Essayez de dormir, et faites de beaux rêves.

Je posai la main sur le front d'Oz, et vis son petit sourire narquois. Je l'avais bien mérité, puisque j'avais esquivé la promesse qu'il me réclamait. Il se réfugia auprès des autres. Ils étaient tous couverts de bleus et d'égratignures, et je n'avais pas le moindre pansement à leur proposer. Pas même une vieille couverture.

Lorsque Max se mit à faire la prière du soir, je dus me mordre les lèvres pour les empêcher de trembler. Les petits se joignirent à elle en remerciant non seulement Dieu, mais aussi des noms que je ne connaissais pas, à part celui de Mme Beattie. J'ignorais s'il s'agissait de personnes ou d'animaux, s'ils étaient morts ou vivants. Je savais si peu de chose sur ces enfants...

— Et Dieu bénisse, poursuivit Max, Frannie et Kit, nos amis, qui ont été si bons pour nous. Qu'il bénisse également Pip, notre ami à quatre pattes.

Qui avait appris à ces enfants à prier dans un univers si cauchemardesque ? Était-ce l'influence de Mme Beattie ? Priaient-ils par instinct ? Dieu était-il en train d'écouter leurs prières ? Ces enfants pas comme les autres avaient besoin de Lui, ils étaient sous Sa protection.

Dès que ses amis se furent endormis, Max vint nous rejoindre. Pour la quinzième fois, Kit l'interrogea au sujet de l'École. Qui, voulait-il savoir, travaillait là-bas ? Max s'obstinait à les désigner par « ils » ou « eux ». L'École la terrorisait toujours. Durant des années, on l'avait conditionnée pour l'empêcher de parler.

Kit continua à l'asticoter et finalement, elle lâcha :
— Ils vont nous piquer. Ils ne rigolent pas.
— Comment le sais-tu, Max ?

J'espérais encore qu'elle me raconterait une histoire inventée, dans le genre de celles qu'on raconte aux enfants pour leur faire peur, une version Frankenstein de « Attends que ton père rentre à la maison, et tu vas voir ».

Elle me regarda droit dans les yeux, et me dit, avec un ton grave qui ne pouvait être que celui de la vérité :
— Ils disent « piquer », mais en fait, ils mettent les souris dans des bocaux spéciaux et c'est comme ça qu'ils les tuent. (Elle devint livide.) Et des bocaux, ils en ont pour nous aussi.

Ma gorge se noua. Je savais à quoi elle faisait allusion. Il s'agissait de containers remplis de monoxyde de carbone, servant à euthanasier les souris de laboratoire une fois qu'elles ont rempli leur rôle.
— Mais ils ne vont tout de même pas piquer des enfants comme vous, lui dis-je.
— Oh, si, ils le feraient. Les mauvais, ils les piquent toujours. (Son regard se durcit, et d'une voix à peine audible, comme si elle parlait toute seule, elle ajouta :) Ils ont piqué Ève. Et puis Adam... et mon frère Matthew aussi, je crois.

## 89

Blottie contre l'un des rochers, j'essayais de digérer le choc. Je jurais intérieurement. Quelle journée insensée ! Mon cœur battait à tout rompre depuis des heures. J'étais au bout du rouleau. Il fallait absolument que je dorme.

Impossible, pourtant, de fermer les yeux. Mes paupières ne m'obéissaient même plus. J'étais en train de craquer.

Les révélations de Max m'avaient révoltée.

« Les mauvais, ils les piquent toujours. »

Une procédure apparemment courante.

On avait « piqué » Adam. Et Ève.

Pourquoi avait-on tué ces enfants aux noms emblématiques ? Pourquoi les avait-on rejetés ?

Kit vint s'asseoir à côté de moi, épuisé, le visage marqué par l'inquiétude autant que par la fatigue, et me souffla d'une voix rauque :

— Écoute, j'ai des confidences à te faire. Il y a des choses que je ne peux plus garder pour moi.

Il me prenait au dépourvu. Je commençais à me sentir vraiment mal. Je le regardai droit dans les yeux.

— Quel genre de confidences ?

— Arrête de me fixer comme ça.

— Je ne suis pas en train de te fixer. Enfin, si. Je vais faire un effort. Vas-y, parle. Qu'as-tu à m'annoncer ?

Il était là, face à moi, assis en tailleur. Il réfléchit un instant, soupesa ses mots puis, enfin, se décida à parler.

— Il y a une semaine, un généticien a été abattu chez lui, dans sa chambre, à San Francisco. Sa petite amie a subi le même sort. La tuerie a été mise en scène pour qu'on croie à un cambriolage ayant mal tourné. Le généticien en question appartenait à un groupe de chercheurs auquel on doit la découverte d'un gène dit « activateur ».

Ces gènes activateurs, je le savais, ont pour fonction de transmettre le matériau génétique d'un organisme à l'autre.

On peut les assimiler à des codes permettant d'ouvrir des combinaisons d'ADN, mais des codes bien spécifiques. Chaque type d'altération génétique requiert un gène activateur bien précis.

— Qui t'a révélé ça ? Et pourquoi ne pas me l'avoir dit il y a deux jours, Kit ? Qu'est-ce que tu me caches encore ?

— Désolé, mais je ne pouvais pas aller plus vite.

— OK, soupirai-je, fais-le comme tu le sens.

— Quand j'en aurai fini, j'espère que tu comprendras.

— Oui, j'espère.

— Ce généticien, donc, du nom de James Kim, avait confié à l'un de ses amis du MIT qu'il travaillait pour un laboratoire clandestin au côté d'un groupe de biologiste triés sur le volet. Ils se livraient à des expériences interdites, mais extrêmement rémunératrices. L'équipe était basée quelque part dans la région de Boulder. Cet aveu lui a coûté la vie, ainsi que celle de son collègue et ami du MIT.

— Attends, Kit, tu es en train de me dire que tu savais qu'on se livrait à des expériences sur des êtres humains ? Tu le savais avant même qu'on découvre l'École ? Je t'en prie, dis-moi toute la vérité.

— Non, me répondit-il, je n'avais aucune certitude. Je suis venu ici pour mettre au jour ce labo clandestin, à supposer qu'il existe. J'ignorais si je trouverais quoi que ce soit et si oui, je n'avais aucune idée de ce que je ferais. Je ne sais toujours pas, d'ailleurs, ce qu'il faut que je fasse. Et je ne m'attendais pas du tout à découvrir ces horreurs à l'École, je ne m'attendais pas du tout à tomber sur Max. Qui aurait pu imaginer une chose pareille ? Qui aurait pu seulement en rêver ?

Je me suis redressé contre l'inconfortable mur de pierre et soudain, ma fatigue s'est partiellement dissipée.

— Kit, tu veux bien me dire ce qui se passe réellement ? Je crois que je vais devenir folle. Je sais que ma vie est en danger, je sais que ces gosses sont, eux aussi, en danger. Dis-moi la vérité. Tu me dois bien ça, non ?

— J'essaie, Frannie, mais ce n'est pas aussi simple. Il y a des points extrêmement problématiques dans cette histoire.

— Pourquoi ? Parce que tu as commencé par me raconter des bobards ?

Il hocha lentement la tête avec de gros soupirs.

— Oui, en partie pour ça. Et parce qu'il n'est pas dans mes habitudes de mentir. Et aussi parce que j'avais des raisons particulières de mentir.

Un nœud venait de réapparaître au milieu de ma gorge. Je repensais sans cesse à tous ces crimes terrifiants, à tous ces meurtres abominables, aux scènes cauchemardesques auxquelles nous avions assisté dans l'École. Où Kit voulait-il en venir ? Que savait-il d'autre ?

— Kit. Dis-moi...

Encore un soupir interminable.

— Bon, voilà. J'ai de bonnes raisons de croire que David était mêlé à l'affaire. C'est pour cela qu'on l'a tué. Ton mari a été assassiné par les gens avec lesquels il travaillait.

— Oh, mon Dieu...

Je sentis mes bras se nouer autour de ma poitrine, je m'entendis me dire : « Il faut que tu tiennes, il faut que tu tiennes. » J'avais la tête qui tournait. Des images vieilles de dix-huit mois m'arrivaient par saccades, comme si c'était hier. La mort de David. Je le regardais, incrédule, sous cette lune blafarde. Le choc était tel que je refusais d'y croire. Comment David aurait-il pu être impliqué dans une affaire aussi grave ? Comment aurait-il pu me mentir aussi longtemps, avec une telle force de conviction ?

— Et quoi d'autre, encore ?

À son regard, je devinais que ce n'était pas tout.

— Deux choses. Premièrement, je ne suis pas ici officiellement. Pour tout dire, le FBI m'a retiré l'affaire. Deuxièmement, en réalité, je ne m'appelle pas Kit Harrison.

## 90

Je me sentais trahie, humiliée au-delà du concevable. J'aurais aimé m'enfuir et ne plus voir personne, mais j'étais trop épuisée. Le choc, peut-être. Et sans doute la peur que m'inspirait... Kit Harrison.

— Laisse-moi seule, s'il te plaît, parvins-je à articuler péniblement.

— En réalité, je m'appelle...

— Je ne veux pas le savoir, le coupai-je d'un geste de la main. Ça n'a aucune importance.

Là, il commença à s'énerver.

— Je suis bien de Boston, et j'ai aussi travaillé à Washington. Pendant douze ans, j'ai été agent principal au FBI. On a failli me virer parce que je ne voulais pas laisser tomber cette saloperie d'enquête. Je ne suis pas censé être ici. Ma hiérarchie s'imagine que je suis en vacances à Nantucket. Si je suis venu ici, Frannie, c'est pour faire ce que je considère être mon devoir.

Je plongeai mon regard dans ses grands yeux au bleu si trompeur.

— Nantucket, c'est là que devaient se rendre ta femme et tes enfants quand l'avion s'est écrasé ?

Il opina, et son visage s'empourpra subitement. Je vis ses yeux rougir.

— Frannie, excuse-moi. Je suis vraiment désolé pour ton mari, David. Mentir, tu sais, ce n'est pas mon genre. D'ailleurs, je ne mens jamais. Mais là, je n'avais pas le choix. Cette affaire m'obsède et ça, je veux bien l'admettre. Je suis dessus depuis deux ou trois ans, et je ne pense qu'à ça.

— Pour David, tu es sûr ?

— Oui, je suis sûr. J'ai discuté avec un autre toubib du MIT, une femme. Elle était au courant de l'existence de cette équipe clandestine. C'est elle qui m'a donné le nom de ton mari, et elle m'a juré qu'on l'avait assassiné. Le nom de David a été très vite associé à celui du Dr Kim, de San Francisco. Je suis navré, mais c'est comme ça.

Je levai les yeux vers le ciel, un ciel d'encre qui n'incitait pas à l'optimisme. J'avais comme une brèche dans le ventre. Il fallait que je change de sujet.

— À ton avis où sont passés les types qui nous poursuivaient tout à l'heure ?

— L'explosion de l'École les a peut-être occupés un moment. Ils savent très bien qu'avec les cinq mômes qu'on trimballe, ils peuvent nous cueillir avant qu'on redescende dans la vallée.

— L'un de nous deux devrait peut-être devancer le groupe.

Il secoua la tête, l'air plus déterminé que jamais.

— Frannie, dis-moi ce que tu penses des labos qu'on a vus à l'École. Qu'est-ce qui s'y trame, à ton avis ? Qu'est-ce qui t'a le plus frappée ? Je crois que c'est important.

J'avais du mal à raisonner clairement, à me concentrer.

— Honnêtement, j'ai d'abord été très choquée, puis je me suis sentie déprimée, comme si on avait violé mon âme. Ce qui crève les yeux, c'est qu'ils ont utilisé des cobayes humains. Et à mon avis, il n'y a pas que ça.

— Tu penses à quoi ?

À l'École, une idée m'était venue à l'esprit. Une idée si horrible que j'avais aussitôt tenté de l'évacuer, sans y parvenir.

— Quelles que soient les manipulations et les combinaisons génétiques auxquelles se sont livrés ces soi-disant chercheurs et médecins, les enfants ont forcément des origines humaines. On ne les a pas produits en laboratoire avec un petit peu de ceci et un petit peu de cela. Leurs cheveux, leurs yeux, leur couleur de peau, une partie de leurs capacités intellectuelles leur viennent de leurs parents. Max, Oz, Peter, Wendy, Icare ont tous une mère et un père humains. J'en suis persuadée.

Son regard ne me lâchait plus.

— Continue, Frannie. Je veux savoir tout ce que tu pourrais soupçonner. Le puzzle que j'essaie de reconstituer est gigantesque.

— Un bébé-éprouvette, repris-je, ça n'existe pas à proprement parler. On n'a jamais créé d'enfant ailleurs que dans un utérus. Même les embryons de souris modifiés doivent être implantés dans le ventre de souris vivantes pour se développer. Max et les autres enfants ont tous une mère humaine.

Mes paupières retombèrent. Je ne pouvais plus garder les yeux ouverts une minute de plus. Et le cauchemar revenait me hanter, par vagues successives. Qui étaient ces mères qui avaient participé aux expériences ? Comment avait-on obtenu ces embryons génétiquement modifiés ? Qui étaient les mères porteuses ?

— Quel est ton vrai nom ? murmurai-je enfin.
— Je m'appelle Tom, me répondit-il. Tom Brennan. Je suis désolé, Frannie. Et je suis navré pour David.

Je hochai la tête en retenant mes larmes. L'image de David me traversa furtivement l'esprit.

— Oui, moi aussi.

## *91*

Il était neuf heures et demie du soir. Kit, alias Tom, faisait le tour du refuge, l'air préoccupé. Enfin, pour l'instant, en tant qu'agent, il ne s'en sortait pas trop mal. Il avait réussi à protéger tout le monde, mais pour combien de temps encore ?

Au centre de ses soucis, Frannie. Il s'en voulait de l'avoir abusée aussi longtemps.

Paf. Quelque chose lui heurta le crâne. Il sursauta, leva la tête, s'attendant au pire.

C'était Max qui se balançait sur une grosse branche, et venait de lui lancer une pomme de pin.

— Très drôle, lui dit-il. Quoi de neuf, là-haut ?

— Il faut que je te montre quelque chose, lui répondit-elle gaiement en désignant, au loin, un massif auréolé d'une brume rousse. Ça brûle toujours.

Kit voulut vérifier par lui-même. Un pied contre le tronc, il saisit une branche basse, se hissa dans la ramure et, avec une étonnante facilité, il poursuivit son ascension jusqu'à la fourche que chevauchait Max.

La fille l'accueillit avec une grimace.

— Eh oui, pour venir ici, il faut le vouloir !

— Je ne peux pas voler, Max. Je n'ai pas le droit de révéler que je suis Superman. Pas encore.

— D'accord, je n'en parlerai à personne.

Elle se poussa pour faire de la place à Kit.

— Je vais faire le guet, lui dit-il. Tu devrais redescendre dormir un peu. Repose-toi.

— Je ne peux pas dormir. De toute façon, j'ai l'habitude de rester debout longtemps. Avant, j'avais toujours peur qu'on me pique. Je fais encore des cauchemars, tout le temps, alors je ne dors pas beaucoup.

— On est à l'abri pour un petit moment, la rassura Kit.

Moue sceptique de Max.

— C'est ça, oui...

— Bon, disons que je suis peut-être légèrement optimiste. (Il tapota le crâne de Max.) Dis-moi un peu ce qui se passe là-dedans.

— Oh, beaucoup trop de choses, surtout en ce moment. Je l'aimais pas, cette École pourrie, mais au moins, c'était chez moi.

Il acquiesça. D'une certaine manière, il comprenait.

— Tu sais, le monde regorge d'endroits bien plus agréables. Je t'assure. Sois patiente.

Max soupira longuement.

— J'aime vraiment beaucoup Frannie. Toi aussi. Enfin, ça dépend des moments. Là, maintenant, oui. (Et soudain, elle ajouta :) Tu vas t'accoupler avec Frannie ?

Kit éclata de rire, en espérant que Max ne se vexerait pas.

— Oui ou non ? insista-t-elle. Tu peux tout me dire, Kit. Je te jure que je ne parlerai pas.

— Frannie ne m'adresse même plus la parole, lui avoua-t-il.

— Pourquoi ?

— Parce que je n'ai pas voulu lui révéler certains secrets.

— Ah, je vois. Comme pour les secrets que je ne devais dire à personne, c'est ça ? Ceux que je t'ai dits quand même parce que tu insistais ?

— Euh, oui, c'est un peu ça. Bien vu...

Max hocha la tête d'un air satisfait, se lécha l'index et inscrivit un « 1 » invisible sur son front.

— On t'a déjà dit que tu étais drôlement futée ? ajouta Kit.

Rayonnante, Max corrigea :

— Wendy et Peter sont encore plus futés que moi. Moi, au Stanford-Binet, j'ai fait que cent quarante-neuf. Eux, ils sont tout en haut. Adam et Ève étaient encore plus forts, mais ça les a pas sauvés pour autant. Je me demande toujours pourquoi. Tu sais, toi ?

— Il y a énormément de choses que j'ignore, Max. C'est pour ça que je pose autant de questions idiotes. Pourquoi les a-t-on piqués, à ton avis ?

Max n'en avait aucune idée.

— Mais je me souviens du soir où ça s'est passé. Il a dû y avoir une erreur, un défaut. On les a écartés parce qu'ils avaient un problème.

— On a tous des problèmes, ma chérie, dit Kit. Personne n'est parfait. C'est justement ce qui fait notre charme.

— Je sais. Ce chapitre-là, je l'ai bien compris. Tes défauts à toi, par exemple, je les aime beaucoup.

Lorsqu'elle vint se blottir contre lui, il eut la douce sensation de serrer contre lui un être extrêmement proche. On aurait presque pu penser à un père et sa fille. Ensemble, ils contemplèrent l'horizon rougeoyant. Si beau et si menaçant à la fois. Et à cet instant, bien malgré lui, Kit revit les visages de Tommy et de Mike, ses enfants disparus.

— Je suis sérieuse, reprit-elle. Tu as des yeux gentils. Je sais que tu ne ferais jamais de mal à quelqu'un à moins d'y être obligé. Tu es comme ça.

Il lui chatouilla la joue du bout du nez.

— Merci. Cela dit, il faut vraiment que l'un de nous deux dorme un peu. À toi l'honneur.

— Je suis bien réveillée, protesta-t-elle. En plus, je vois et j'entends mieux que toi. Il vaudrait donc mieux que ce soit moi qui reste.

Kit sourit.

— Tu as sûrement raison. (Tout doucement, il ferma les yeux, savourant chaque seconde, et ajouta dans un chuchotement :) Au fait, mon vrai nom, c'est Tom.

— Et moi, c'est Maximum. Tu comprendras pourquoi.

## 92

Dans mon rêve, il y avait David, et je courais comme une folle pour échapper aux ombres qui me poursuivaient. Je ruisselais de peur. Je n'allais pas m'en sortir. Et puis, brusquement, je sentis Pip qui me tirait sans ménagement par la manche.

— Pip, ça suffit. Tu es déjà dehors, tu n'as pas besoin de moi pour aller faire pipi. Allez, sois gentil, débrouille-toi.

Mais ni mes paroles, ni mes gestes ne l'arrêtèrent. Devant son insistance, je finis par ouvrir les yeux.

Je m'attendais presque à trouver David devant moi.

Comme dans mon rêve, il faisait nuit et l'air était brûlant, irrespirable. Je n'avais plus la moindre notion de l'heure. La lune avait disparu et je ne distinguais plus rien, pas même le ciel, pas même les arbres qui se dressaient au-dessus de moi lorsque je m'étais endormie.

J'avais l'impression d'avoir brusquement perdu la vue. Autour de moi, la brume formait un lourd rideau opaque.

— Ohé ? Il y a quelqu'un ?

Soudain, je compris. Je venais de passer d'un cauchemar à un autre. Il y avait de la fumée partout. Je ne voyais plus rien, je suffoquais. La forêt était en feu.

Pip aboyait. Il voulait que je le suive. J'eus toutes les peines du monde à me relever. Trébuchant au milieu des branches mortes et des cailloux, je hurlai :

— Kit ! Où es-tu ? Il y a le feu !

Il me répondit enfin.

— Par ici. Le vent a dû tourner.

Il avait suffi de quelques instants...

Impossible d'apercevoir Kit et les enfants — on n'y voyait pas à plus d'un mètre. La fumée me piquait les yeux. J'en pleurais. Je me sentais comme prise au piège.

Soudain, un bruit. Juste devant, un élan me fixait de ses grands yeux vitreux. Perdu, comme moi. Affolé, comme moi. Il disparut dans un tonnerre de sabots.

Je percevais à présent la rumeur de l'incendie, une sorte de chant presque mélodieux. L'air se clarifiait, et je voyais un peu mieux, même si le ciel était en train de s'embraser. J'aperçus, au nord, sur un flanc de montagne, des centaines d'arbres calcinés.

Non loin de moi, un sapin s'embrasa subitement dans un énorme souffle. L'une de ses branches s'écrasa au sol, des escarbilles s'envolèrent en crépitant comme des pétards.

Le vent avait effectivement changé de direction. L'incendie s'était vraisemblablement propagé par le sol au cours des dernières heures, gagnant en importance au fil de sa progression. Maintenant, il avait atteint des proportions gigantesques. Plus de preuves compromettantes. L'École avait sombré dans le brasier depuis longtemps déjà.

Je lançai de nouveaux appels.

Cette fois-ci, je perçus des toussotements. Les enfants n'étaient pas loin.

— Max ? Icare ? Oz ?

Kit fut le premier à émerger du brouillard en titubant, un enfant sur chaque épaule.

— J'ai les jumeaux.

Pip, le pelage couvert de suie et de cendres, grondait en découvrant ses petits crocs.

Il y eut un coup de feu, un éclair. Impossible d'en deviner l'origine.

Une branche s'abattit à terre dans une pluie d'étincelles.

— Tirons-nous d'ici ! cria Kit.

On ne se le fit pas dire deux fois.

# 93

J'avais pris Wendy dans mes bras. L'incendie faisait rage, mais nous avions réussi à prendre un peu d'avance. Le vent changeait souvent de direction et actuellement, il nous était favorable.

J'essayais de situer notre position lorsque j'entendis Max hurler :

— Attention ! Il y a encore des vigiles !

Devant nous, en contrebas, deux hommes fouillaient les taillis.

Je n'en crus pas mes yeux. Ces hommes, je les connaissais. Ils travaillaient à l'hôpital de Boulder. C'étaient des collègues de David.

Le plus grand, chevelure et belle barbe poivre et sel, portait un blouson des L.A. Dodgers, une casquette de base-ball et de fines lunettes. L'autre, chemise écossaise aux manches retroussées et pantalon de toile informe, ressemblait plutôt à un Culbuto.

Le grand n'était autre que le Dr Michael Vaughan, du service de neurologie. Le gros, Bobby quelque chose, était infirmier chef au service gynécologie-obstétrique. Je l'avais déjà croisé dans une soirée, s'amusant à montrer des photos des nouveau-nés qu'il avait aidé à mettre au monde. *Ses* bébés, disait-il.

Ces hommes étaient des amis de David. Nous les fréquentions autrefois.

Les larmes me montaient aux yeux, et ce n'était pas à cause de la fumée. Je me sentais affreusement trahie. Mais peut-être faisaient-ils simplement partie d'un groupe de volontaires lancés à la recherche de survivants de l'incendie ? Le Dr Vaughan et l'infirmier Bobby, deux braves citoyens cherchant à venir en aide à leurs prochains. Il nous suffisait de siffler pour retrouver la civilisation. À nous les antibiotiques, les draps propres et les bons petits plats chauds.

Pourtant, une sourde intuition m'empêchait de crier : « Hé, on est là ! »

Kit et les enfants ne bronchèrent pas davantage.

Puis, brusquement, le bras de Kit se tendit. Au loin, sur la gauche, une Jeep noire. La nôtre.

Malheureusement, Vaughan et l'infirmier l'avaient repérée, eux aussi. Ils s'apprêtaient à ouvrir les portières.

Le visage sombre, les traits tirés, Kit introduisit méthodiquement un chargeur dans son arme, puis se plaça en position de tir.

Les deux hommes s'éloignèrent du véhicule. Ils cherchaient quelque chose. Ou quelqu'un. Ils scrutèrent la forêt sans nous voir. Je poussai un soupir de soulagement.

Du coin de l'œil, je vis soudain quelque chose briller. Je ne pus m'empêcher de sursauter.

Kit avait les clés de la Jeep.

— Tu avais verrouillé les portières ? m'étonnai-je.

Il y avait longtemps que je ne l'avais vu sourire comme ça lorsqu'il me répondit :
— Normal, je suis de la ville, moi.

# 94

Il ne nous restait plus qu'à espérer que la Jeep ne soit pas recherchée. Et surtout, qu'ils ignorent l'identité de Kit et la raison de sa présence dans le Colorado. Après quoi, nous pourrions nous interroger sur la relative indifférence que le FBI avait toujours manifestée face à cette affaire et les motivations des responsables qui avaient déchargé Kit de l'enquête. Oui, côté questions, nous étions servis.

Nous nous entassâmes dans la Jeep et Kit démarra en trombe. La petite route en lacets semblait encore plus dangereuse qu'à l'aller. Kit conduisait vite, trop vite peut-être, mais pas assez au goût des gosses, ravis de brinquebaler dans tous les sens à chaque virage.

Au moment où nous sortions d'une épingle à cheveux impressionnante, au bord du précipice, j'aperçus un petit groupe au bord de la route. Des randonneurs ? Ils avaient l'air bien innocents.

Puis je les reconnus, et mon cœur cessa de battre. Eux aussi faisaient partie du centre hospitalier de Boulder, et certains d'entre eux étaient équipés d'écouteurs et de micros minuscules.

Trois hommes et une femme, tous médecins dans le même établissement. Des écouteurs et des micros pour une simple balade en montagne. Difficile à croire. Je n'étais pas une maniaque de la théorie du complot mais là, il fallait bien avouer qu'il y avait de quoi s'interroger.

— Couchez-vous, les gosses ! Couchez-vous !

Le groupe nous regarda passer d'un œil méfiant, sans réagir.

— Ils sont de l'hôpital, signalai-je à Kit. Cette histoire est un vrai cauchemar. J'aimerais pouvoir me consoler en me disant que je suis parano, mais là...

Il accéléra, à la grande joie des enfants qui, totalement inconscients du danger, semblaient s'amuser comme des fous. Nous réussîmes néanmoins à rejoindre la vallée sains et saufs et, apparemment, sans avoir été démasqués.

Oz, Icare et les jumeaux, qui n'avaient encore jamais mis les pieds hors de l'École, découvraient un monde totalement nouveau. Ils vivaient une aventure extraordinaire, et leur surexcitation faisait plaisir à voir.

— Bienvenue à Bear Bluff, Colorado, annonçai-je en me retournant, avec un faux air de décontraction. En fait, c'est pas mal, comme endroit.

— C'est encore plus sinistre que l'École, croassa Max, avant d'ajouter en riant : Non, Frannie et Kit, je plaisante. C'est vrai que c'est sympa. Enfin, si on aime la viande rouge. Vous allez adorer, les enfants. Peut-être pas, cela dit...

— Oh là là, ce que j'ai peur ! frémit Wendy, la mine espiègle, en écarquillant ses yeux noisette pour simuler un accès de terreur.

— Moi aussi, renchérit Peter.

— Gare à l'ours ! fit Max.

Ce devait être, pour eux, une sorte de phrase magique.

— Gare à l'ours ! reprirent les autres en chœur. Gare à l'ours ! Gare à l'ours !

Malheureusement, en qualifiant Bear Bluff de « coin sinistre », Max ne croyait pas si bien dire...

Nous vîmes arriver deux Jeeps de l'armée. Les militaires étaient-ils, eux aussi, du complot ? Qui donc tirait les ficelles ?

— Planquez-vous au fond, dis-je aux enfants.

Ils se plaquèrent contre le plancher du véhicule ; j'en fis autant.

Les deux Jeep kaki nous croisèrent dans un feulement d'acier.

— Kit, ne me dis pas que ça peut encore empirer, soupirai-je tandis que nous nous engagions sur le dernier tronçon de route.

Il fallait absolument que je m'arrête au Zoopital pour prendre de quoi soigner les bleus et les écorchures récoltés au cours de notre fuite dans la montagne.

— Si tu reconnais d'autres personnes, que ce soient des gens de l'hôpital, de vieux amis, des connaissances, signale-le-moi tout de suite, me recommanda Kit.

Dans le dernier virage avant la maison, il ralentit inexplicablement, puis enfonça brutalement l'accélérateur. La Jeep passa en trombe devant la clinique. Devant chez moi...

— Arrête-toi, Kit ! Arrête cette voiture tout de suite !

— Non, Frannie, c'est trop dangereux ! Il ne faut pas qu'on reste ici !

Il accéléra encore, réussissant à maintenir la voiture sur la route malgré les embardées.

Je savais qu'il avait raison, mais ce que je venais de voir m'avait liquéfiée.

Ils avaient mis le feu à ma maison, à ma clinique. Il ne restait plus rien. Le Zoopital avait disparu dans les flammes. Mes pauvres petites bêtes...

# V

*Souffle le vent*

## 95

Nous venions de passer devant le Zoopital à plus de cent à l'heure. Il y avait comme un grand vide en moi et je ne me sentais vraiment pas bien. Je n'en voulais pas à Kit de ne pas s'être arrêté. Il avait fait ce qu'il fallait, mais cela ne me consolait pas.

Max se rapprocha de mon siège.

— Oh, Frannie, je suis désolée. C'est de ma faute, tout ça.

— On s'excuse, Frannie, reprirent les enfants.

À l'arrière, Pip, dans un état d'extrême agitation, jappait et gémissait.

Qui avait pu faire une chose pareille ? Si j'avais pu tenir les coupables, je me serais sentie capable de les tuer et j'aurais eu l'impression d'être dans mon droit. Jamais, à ce jour, je n'avais encore éprouvé pareil dégoût, pareille rage.

Deux kilomètres plus loin, je réussis à articuler :

— Il y a un endroit où on pourrait aller. On y sera provisoirement en sécurité, le temps de réfléchir à la suite.

J'indiquai à Kit comment se rendre chez ma sœur Carole. Elle habitait à Radcliff, à trente-cinq kilomètres au sud-ouest de Bear Bluff.

Elle était venue s'installer dans le Colorado après avoir vécu à Milwaukee avec son mari, Charlie. Ils étaient séparés. Elle avait une petite exploitation, qu'elle occupait avec ses deux filles, Meredith et Brigid, un chien, un jars et une oie prénommés Graham et Cracker, ainsi qu'un lapin domestique répondant au surnom de Papatte. Quand les gens nous voient ensemble, inutile de leur préciser que nous sommes sœurs : la ressemblance est criante.

J'aurais aimé venir la voir plus tôt, ne fût-ce que pour lui parler, mais elle était partie pour deux semaines faire du camping avec ses filles dans le parc national de Gunnison. Je ne savais même pas si elle était rentrée. Et d'une certaine manière, il valait peut-être mieux qu'elle ne soit pas là.

Mais je l'aperçus dans son potager, dissimulée derrière ses tournesols qui piquaient du nez. Autour d'elle, les bourdons répétaient paisiblement leur ballet.

— Kit, tu veux bien t'arrêter ici ? Je vais faire le reste du chemin à pied. Il faut que je prépare Carole à ce qui l'attend.

— Pourquoi, elle n'aime pas les enfants ? lança cette chipie de Max.

— Si. Et elle adore les animaux.

Je descendis de la Jeep et me dirigeai vers le jardin, sans trop savoir si je n'étais pas en train de faire une énorme bêtise. Je n'étais plus sûre de rien. Depuis quelques heures, je me rendais compte que le coin fourmillait de gens dont j'avais intérêt à me méfier, et je commençais à mesurer les difficultés auxquelles Kit avait dû faire face depuis le début de son enquête.

Carole a cinq ans de plus que moi. C'est une femme formidable. Charlie, son radiologue de mari, avait fait une belle connerie en les perdant, elle et ses gosses. Elle l'avait prévenu : « Si tu picoles, tu perds Carole. »

Elle jeta un regard en direction de la Jeep.

— Tu t'es acheté une famille en kit ?

Chaussée de bottes en caoutchouc pleines de boue et vêtue d'un short et d'une vieille chemise en jean, elle s'était tartiné le front et les joues de crème solaire, et un chapeau de paille mollasson lui protégeait le crâne. Derrière, une longue corde à linge accueillait une intéressante exposition de draps de plage et de maillots de bain.

— Mais oui, Frances, poursuivit-elle, c'était une bonne idée, cette visite-surprise. Je suis quand même curieuse de voir tout ce petit monde. Dis-moi, je rêve, ou c'est un homme, là, au volant ?

J'acquiesçai.

— Il s'appelle Kit, justement. Ou plutôt, Tom.

Les sourcils de Carole s'élevèrent de plusieurs centimètres.

— Hum, je vois. Kit, Tom, peu importe. Et les autres ?

« Aïe ! Qu'est-ce que je vais lui répondre ? »

— Tu sais, Carole, c'est une histoire très bizarre. Je suis ta sœur. Tu as confiance en moi, non ?

— Oui, jusqu'à un certain point. Ne me dis pas que tu t'es mariée avec un père de famille nombreuse, Frannie ? Non, tu n'as quand même pas fait une chose pareille ? Oh, et puis, après tout, pourquoi pas...

Elle chassa de son visage quelques mèches de cheveux. Je posai d'abord la main sur son bras, mais ce n'était pas assez. Je la pris à bras-le-corps.

— Ça va, ma chérie ? s'enquit-elle, le nez contre ma joue. Tu es toute tremblante.

— Quelqu'un nous pourchasse, lui dis-je en respirant difficilement. Je ne plaisante pas, ce n'est pas une blague. Pour ce qui est des gosses dans la voiture... Euh, Carole, comment te dire ça ? Ce sont... euh... Enfin, voilà, ils ont des ailes et ils sont capables de voler.

## 96

Les dîners chez ma sœur sont plutôt du genre improvisé et décontracté, d'autant plus que Papatte, Graham ou Cracker jouent souvent les invités de dernière minute. Au mur de la salle à manger, on peut lire une maxime qui traduit assez bien l'état d'esprit de la famille : *Le jour où le ciel tombera, on aura une bonne chance d'attraper des alouettes.*

Ce jour venait d'arriver.

Il fallait reconnaître, cela dit, que Carole faisait preuve d'un sang-froid étonnant. J'admirais également le calme de Kit, et des petites Meredith et Brigid. Je connais peu de gamines aussi adorables. Carole me demanda :

— C'était donc ça, le service que je devais te rendre pour avoir soigné notre ami Frank ?

Nous éclatâmes de rire, vite imitées par Kit qui n'avait aucune idée, le pauvre, de ce qui nous mettait dans un pareil état. Frank était en fait un vieux cygne bien mal en point que Carole m'avait confié juste avant de partir camper avec ses enfants.

Au cours du dîner, entièrement fait maison, je mis Carole au courant de tout ce qu'il me semblait raisonnable de lui révéler, en lui promettant de quitter les lieux dès que possible. Il fut également décidé qu'elle retournerait camper une semaine de plus avec ses filles dans le parc national de Gunnison, pour plus de sûreté.

Le repas terminé, Kit et moi dûmes nous absenter. C'était une idée de Kit. Nous voulions voir Heinrich Kroner, l'ancien patron de David au centre hospitalier. Il figurait en bonne place sur la liste des suspects que Kit avait établie. Kroner s'était en effet spécialisé en embryologie sous la direction du Dr Anthony Peyser, à Boston.

Henrich avait quitté le MIT pour s'installer dans le Colorado. Il n'avait fait l'objet d'aucune poursuite judiciaire à Boston, et vivait désormais à Boulder avec sa dernière compagne en date, Jilly. Jilly qui, si mes souvenirs étaient exacts, travaillait comme infirmière au service des fécondations in vitro de l'hôpital. Et en songeant à tous ces bébés qu'on avait assassinés à l'École, à tous ces pauvres malheureux éliminés comme des déchets, je me fis la réflexion que ce ne pouvait pas être une coïncidence.

Jugeant la Jeep trop repérable, nous empruntâmes le 4 x 4 Chevrolet de Carole. Il n'était même pas neuf heures et demie du soir lorsque nous arrivâmes chez Kroner. Si le couple était là, nous ne réveillerions personne. Brusquement, il me revint à l'esprit que j'avais aperçu Henrich chez les McDonough le soir où Frank avait trouvé la mort dans sa piscine. Encore une coïncidence ? Difficile à croire.

L'imposant et luxueux chalet de montagne était abondamment éclairé. Henrich Kroner avait laissé son cabriolet Mercedes noir laqué devant le garage.

Nous suivîmes le chemin dallé. Seule la contre-porte était fermée. Coups de sonnette.

Pas de réponse. À travers le tamis de la moustiquaire, je distinguais le séjour. Mobilier et parquet à larges lattes, tout en pin, plaids et tapis de couleurs vives, gravures animalières, mais pas de Henrich ni de Jilly. Un silence inquiétant régnait.

— Docteur Kroner ? lançai-je. C'est Frannie O'Neill ! Henrich Kroner, Jilly, vous êtes là ? Il y a quelqu'un ?

Silence total. On n'entendait que les criquets.

— On va passer par-derrière, suggéra Kit.

N'ayant aucune envie de rester seule, je lui emboîtai le pas. Soudain, il s'arrêta net. Je faillis le percuter.

— Frannie, reste où tu es. Surtout ne bouge pas. C'est pas beau à voir.

Mais d'où j'étais, je voyais très bien. Henrich et Jilly gisaient sur des chaises longues jaune vif détrempées de sang. La mare sombre qui s'était formée sous chaque corps se ramifiait en ruisselets autour des dalles de pierre.

Jilly avait reçu une balle au creux de la gorge. L'œil droit de Henrich avait explosé.

Mon cœur se crispa et ma bouche parut se dessécher instantanément. J'aurais voulu détourner la tête, mais il fallait que j'enregistre afin de pouvoir fournir une description fiable le cas échéant. Si je devais jouer les témoins, autant le faire correctement.

Kit m'effleura le bras.

— Ça va aller, Frannie ?

Non, pas trop. J'avais souvent vu mourir des animaux, mais cette expérience ne m'avait pas préparée au spectacle d'un double assassinat particulièrement horrible, et dont je connaissais les victimes.

— Je tiens le coup, mentis-je. En tout cas, je suis toujours debout.

— Ils ont reçu chacun deux balles, murmura Kit. À quelques centimètres d'intervalle.

— C'est tout récent, Kit. Les corps ne sont ni rigides, ni décolorés. On a failli croiser les tueurs. Ou ce sont eux qui nous ont loupés.

Henrich Kroner et Jilly n'étaient pas vraiment des proches, mais je les connaissais. Si je n'appréciais pas particulièrement Henrich, j'avais déjà accompagné David lors de fêtes données chez lui.

Je m'étais déjà allongée dans ces transats jaunes. Le Dr Anthony Peyser était-il déjà venu ici ? Pouvait-il être l'instigateur de ces meurtres ?

Les pires suppositions me venaient sans cesse à l'esprit. Je ne pouvais m'empêcher de me rappeler que j'avais vu Kroner chez les McDonough, le soir où Frank était mort. Qu'il était passé me voir à Bear Bluff juste après la mort de David. Ce ne pouvait être un hasard... Je saisis le bras de Kit.

— Il faut qu'on retourne chez Carole. Elle et les enfants, il faut tous les évacuer.

Ils étaient en train de supprimer tous les témoins.

## 97

Kit s'efforçait désespérément de ne pas laisser paraître la peur qui commençait à l'oppresser. À Boulder, sur Baseline Road, il s'arrêta devant un supermarché 7-Eleven. Les dernières vingt-quatre heures lui avaient donné l'occasion d'éprouver tout ce qu'il avait appris depuis qu'il travaillait pour le FBI, et même deux ou trois choses qu'il ignorait encore. Pendant son stage d'entraînement, à Quantico, ne lui disait-on pas : *Ce qui compte, c'est de toujours se relever, quoi qu'il arrive ?*

Il ouvrit la portière d'un grand coup.

— J'en ai pour une minute. Je vais essayer de joindre Peter Stricker, au Bureau. Il faut que j'arrive à le convaincre, ce qui ne sera pas une mince affaire.

— D'accord, lui répondit Frannie, mais fais vite. Je m'inquiète pour Carole et les enfants.

Kit se dirigea rapidement vers la cabine téléphonique, devant le supermarché tout illuminé. Il se sentait bien seul. Que pouvait faire un agent isolé face à une telle entreprise criminelle ? Pourquoi lui avait-on retiré l'affaire ? Cela n'avait pas de sens. Les pires suppositions lui venaient à l'esprit.

Il aurait tout donné pour ne pas avoir à appeler Peter Stricker, même dans un moment pareil. Il savait ce qui le guettait : les insultes, le mépris, les refus. C'était ainsi depuis plus d'un an.

Il était déjà plus de dix-neuf heures à Washington, mais Kit commença par le bureau. Il possédait le numéro personnel de Stricker — après tout, ils avaient été amis — mais ne voulait l'utiliser qu'en dernier recours.

Ce fut la secrétaire qui décrocha, juste après la première sonnerie. Elle devait faire des heures supplémentaires.

— Cindy, lui dit-il, c'est Tom Brennan. Il faut que je parle à Peter. Il y a urgence.

— M. Stricker est sur la route. Je lui communiquerai votre message dès qu'il appellera.

Kit explosa.

— Mais merde, Cindy, des gens sont en train de crever ! Appelez immédiatement la messagerie de Peter. Je ne raccroche pas. Ce coup-ci, je m'incruste. Dites-lui qu'il y a eu d'autres morts, et que c'est de sa faute !

Curieusement, Cindy mit très peu de temps à joindre son patron. Kit suspectait celui-ci d'avoir assisté à l'échange... depuis son bureau.

Lorsqu'il entendit le chuchotement familier de Stricker (« Oui, Tom, c'est pour quoi ? »), il regretta de ne pas avoir la possibilité de se glisser dans le réseau de fibres optiques pour l'étrangler de ses propres mains.

— Il y a eu un autre meurtre. Deux, plus exactement.

Non, en fait, Peter, il y a eu beaucoup plus de meurtres que ça. Je vais tout te raconter, mais il faut que tu me laisses finir. Je ne veux pas t'entendre dire un seul mot, d'accord ?

— Tu es où, Tom ?

— Pas un mot !

— Oui, j'ai compris. C'est d'accord. Vas-y, continue.

— Alors voilà, je ne suis pas à Nantucket. Je n'y ai pas mis les pieds. Je suis dans le Colorado, là où je dois être, là où le Bureau aurait dû normalement m'envoyer, là où *tu* aurais dû m'envoyer, Peter, si tu avais tenu compte de mes mises en garde.

— Tu me parles de meurtres. Tu...

— Tais-toi. Oui, je sors à l'instant de chez Henrich Kroner, le toubib. Il est mort, et sa copine aussi. C'est de notre faute. Enfin, disons plutôt que c'est de *ta* faute. Kroner a travaillé pour Anthony Peyser.

— Ça va, j'ai compris. Où es-tu, Tom ? Donne-moi l'adresse de ce Dr Kroner.

— Henrich Kroner, c'est déjà de l'histoire ancienne. Il est mort. Je te l'ai dit, Peter. Ils ont tué des gosses, ils ont détruit des embryons, ils font des expériences sur des cobayes humains. Je l'ai vu de mes propres yeux. J'ai vu le putain de laboratoire où ils travaillaient. J'y suis allé.

Peter Stricker haussa enfin le ton.

— Mais merde, Tom, tu m'appelles d'où ?

— Je t'appelle d'une cabine publique en enfer, et au cas où ça t'intéresserait, je te signale qu'ici, il y a aussi des 7-Eleven. Il me faut cinquante agents. Trouve-moi tous les mecs de Denver, dis-leur de rappliquer à Bear Bluff, Colorado. C'est une clinique vétérinaire qui s'appelait le Zoopital. Ils ne peuvent pas la louper. On y a mis le feu et il ne reste quasiment plus rien. C'est moi qui les contacterai, et pas l'inverse. Il faut me laisser faire !

— Bon, d'accord, soupira Stricker. On t'envoie du monde.

Kit raccrocha, respira à fond. Quel soulagement !

La cavalerie allait enfin arriver.

## 98

La conversation semblait animée. Quand ce fut terminé, Kit revint à la voiture au petit trot, l'air plutôt en forme. Il avait repris des couleurs. Son patron, m'expliqua-t-il, avait fini par l'écouter.

— Je ne sais s'il a cru tout ce que je lui ai raconté, mais en tout cas, il en a cru une partie. Il nous envoie des agents.

Il me vint brièvement à l'idée que par quelque mécanisme inexpliqué, ma vie avait dérapé. J'avais l'impression de jouer dans un épisode de *X-Files*. Il fallait que je me méfie de tout le monde.

Au retour, Kit conduisit pied au plancher. Carole nous attendait sur le pas de la porte. Elle avait vu les phares de loin.

— Ici, tout va bien, m'annonça-t-elle aussitôt, ayant sans doute lu l'inquiétude sur mon visage. Les enfants ont été très sages. Personne ne s'est envolé, il n'y a pas eu de problème.

— Oui, mais maintenant, il y en a. Meredith et Brigid, prenez vos affaires, il va falloir décamper. Un autre toubib est mort. Henrich Kroner. Il faut que vous partiez.

Moins qu'un quart d'heure plus tard, Carole et les filles étaient prêtes. Elles avaient battu tous leurs records. Je m'en voulais de les mêler à cette affaire, mais je n'avais guère le choix. Ceux qui nous pourchassaient ne tarderaient pas à apprendre l'existence de ma sœur, si ce n'était déjà fait, et à trouver son adresse.

Nous nous embrassâmes de toutes nos forces en essayant de ne pas pleurer, puis Carole et les filles s'éloignèrent dans la nuit.

Je priais pour qu'il ne leur arrive rien, mais je savais bien, au fond de moi-même, que les ennuis ne faisaient que commencer. Nous étions des témoins beaucoup trop dangereux.

## 99

Le Dr Anthony Peyser sortit péniblement de la grosse Mercedes anthracite, le visage marqué par l'effort. Bientôt nonagénaire, génie ou non, il n'avait pu contrer les ravages de l'âge et d'un rythme de vie trop trépidant.

À pas lents et mesurés, il se dirigea vers le groupe qui l'attendait dans la petite clairière, en pleine forêt, et salua à la cantonade. C'était un vieil homme aux charmantes manières.

— On ne l'a toujours pas rattrapée, annonça d'emblée Harding Thomas.

— C'est ce que j'ai cru comprendre, gloussa le médecin. Je vous mentirais si je vous disais que cela me surprend, et je dois avouer qu'en d'autres circonstances, ces résultats m'auraient ravi. Elle a les capacités de l'oiseau, l'instinct de survie de l'oiseau, l'intelligence et la logique de l'homme. Elle vous est supérieure, et elle est en train d'en faire la démonstration. Oui, cette fille est un phénomène.

— On finira par l'avoir, déclara Thomas.

Peyser ourla ses fines lèvres d'un air pensif.

— Je n'en doute pas. Elle a trouvé de l'aide, mais les humains seront sa chute. Elle a fini par commettre une erreur.

Harding Thomas acquiesça. Le toubib avait raison, comme toujours.

— Ramenez-la vivante si possible. Elle vaut une petite fortune. Si vous n'y parvenez pas, ramenez-la morte. C'est également valable pour toute personne l'ayant vue. L'avenir justifiera nos actes, car les jours que nous allons vivre vont bouleverser l'histoire de l'humanité.

## *100*

Après une courte mais bonne nuit de sommeil chez Carole, nous nous levâmes avant l'aube. Kit devait aller au Zoopital. Nous avions décidé de rester tous ensemble.

Les agents du FBI devaient nous rejoindre à la clinique. Kit y était déjà passé vers minuit, mais il n'y avait encore personne.

À quatre heures du matin, il faisait encore nuit noire et les petites routes n'étaient pas rassurantes. Dans les coins perdus comme Radcliff ou Bear Bluff, on ne connaissait pas l'éclairage public.

Trois quarts d'heure plus tard, nous arrivions sur les lieux. Kit jugea plus prudent d'effectuer un premier passage de reconnaissance.

— Je ne vois personne. Si ça se trouve, ce con de Stricker n'a pas cru à mon histoire.

Nous fîmes demi-tour. Tout était sombre, désert. Le FBI n'était toujours pas arrivé.

— Gare-toi, Kit. Il faut que je voie ma baraque.

Je ne pouvais pas tirer un trait en deux secondes sur la maison où j'avais vécu si longtemps. Kit s'engagea dans l'allée. Je m'emparai de sa lampe-torche.

— Je reviens tout de suite.

Je me précipitai hors de la Jeep, courus jusqu'aux marches calcinées. C'était mon domicile, mon lieu de travail. Et mes pauvres petites bêtes, prises au piège, étaient mortes brûlées vives.

Le feu couvait encore, et une odeur âcre et lourde flottait sur les décombres. Ma maison, méconnaissable, n'était plus qu'un taudis.

Mais lorsque, prenant mon courage à deux mains, je me résolus à jeter un coup d'œil à l'intérieur, surprise : les animaux avaient disparu. Ma lampe balaya les cages noircies et tordues. Rien. Avant de passer à l'acte, les incendiaires avaient libéré les pensionnaires. Quel soulagement ! Pour un peu, je les aurais remerciés, ces salauds.

Kit surgit comme par enchantement.

— Frannie, ça va ?

— Je voulais voir la clinique, lui répondis-je, la gorge sèche, la langue charbonneuse.

Le mouchoir que je m'étais collé sur le nez ne servait pas à grand-chose.

Le feu avait tout dévoré. Des meubles, tapis et tentures ne restaient que des débris et lambeaux noircis inutilisables. Le plafond et les murs étaient recouverts de cloques.

Kit, derrière moi, me tint dans ses bras. Il savait toujours ce qu'il fallait faire et quand.

— Tu sais, Kit, ce ne sont peut-être pas les mêmes. Les types qui ont brûlé la clinique ont lâché les animaux. Les salauds de l'École n'auraient pas fait ça.

— Viens, on sort, me suggéra-t-il. On attend dehors. Il n'y a plus rien à faire ici.

— Je sais. Merci de m'avoir laissé voir ma maison et ma clinique, lui répondis-je.

Et il m'arracha aux ruines noircies de la demeure dans laquelle j'avais passé les dernières années de ma vie.

Le seuil de la porte — ou de ce qu'il en restait — à peine franchi, nous nous figeâmes.

Ils nous attendaient. Non pas le FBI, mais les chasseurs, les vigiles de l'École. Ils étaient cinq ou six. Ils avaient incendié ma maison, tué des enfants. Max et les autres enfants étaient entre leurs mains.

## *101*

— Enlevez vos sales pattes ! beugla Kit. Ce ne sont que des gosses ! Ils ne vous ont rien fait, ces mômes !

Ça, ça me plaisait bien. Ils étaient là, armés jusqu'aux dents, avec leurs fusils, leurs pistolets, leurs revolvers, et il se permettait de leur donner des ordres. Sacré numéro, ce Kit.

À ma grande surprise, deux des gardes lâchèrent Ozymandias et Max, et reculèrent de quelques pas. Ils portaient tous la tenue de broussard traditionnelle — brodequins, pantalons de treillis froissés et tachés, gilets de chasse. Impossible d'identifier qui que ce fût. Militaires, agents du FBI, mercenaires ? Ce qui était sûr, c'était que je n'avais jamais vu aucun d'entre eux au centre hospitalier de Boulder.

— Descendez ! nous intima un homme d'une bonne quarantaine d'années, large d'épaules, le visage grêlé et crevassé, les yeux noirs comme des billes d'acier.

Je le reconnus aussitôt. Max m'en avait suffisamment parlé. C'était le fameux oncle Thomas.

— Vous nous avez déjà suffisamment compliqué la vie, tonna-t-il. On se dépêche, ou je vais devoir vous descendre sur place.

— Et vous, vous avez foutu la nôtre en l'air ! répliquai-je sans réfléchir. Bande d'enfoirés !

Il tenait Max par les cheveux.

Le visage écarlate, elle se mit à hurler :

— T'es un assassin ! Et un gros con, en plus, oncle Thomas !

L'intéressé sourit, prit un air paternaliste, nous regarda, poussa Max devant lui.

— Merci beaucoup, Clochette. Vous deux, amenez-vous. Et vite, sinon je descends un gosse.

La mort dans l'âme, nous rejoignîmes les autres prisonniers. Que faire d'autre, sous la menace des armes ? Nous attendions le FBI. La surprise était de taille.

Deux 4 x 4 se garèrent dans l'allée, juste derrière notre Jeep, suivis par un fourgon noir.

— Tu les connais ? demandai-je à Max.

— Ça, pour les connaître, je les connais. Ils font partie du personnel de surveillance de l'École. Et leur chef, c'est oncle Thomas.

Elle se retourna vers son geôlier, lui cracha :

— Tu es vraiment une ordure. Tu nous as trahis. Chaque fois que tu ouvres la bouche, c'est pour dire un mensonge.

— On se calme, ma petite, gronda-t-il, les traits crispés, la main prête à frapper.

Hors de moi, je me jetai sur Thomas qui, visiblement, ne s'attendait pas à une telle réaction. Kit en profita pour écraser le nez d'un des gardes d'un coup de coude, avant d'assommer proprement un colosse qui essayait d'intervenir à grands coups de crosse. Mais très vite, un troisième homme lui colla le canon d'un revolver contre la tempe.

Profitant de la confusion, Max se libéra, courut jusqu'à la lisière du bois, derrière la maison, déploya ses ailes et s'envola avec une aisance stupéfiante.

— Ne tirez pas ! m'écriai-je. Ne tirez pas !

— Abattez-la ! ordonna Thomas. Descendez-la dès que vous pouvez !

Deux des gardes la prirent pour cible. Sans succès, heureusement. Au lieu de prendre de l'altitude, Max fila droit vers la forêt et disparut en quelques secondes derrière les sapins.

Quelques hommes se lancèrent à sa poursuite.

— Les autres, dans le camping-car ! mugit Thomas. Et vite, ou on vous flingue sur place !

Pour bien se faire comprendre, il m'assena une violente claque sur l'oreille. Je sentis mon crâne résonner et je crus un instant perdre connaissance.

— Alors tirez-moi dessus ! le provoqua Wendy, le menton en avant. Tirez-moi une balle dans la figure. Tuez-moi.

— Moi aussi, vous pouvez me tirer dessus, renchérit Peter. Pan ! Ça y est, je suis mort ! On s'en fiche, après tout. Vous êtes pas à un gosse près, que je sache ?

Thomas pointa son arme sur Icare.

— Moi, je pensais plutôt commencer par notre ami Ic, sourd, muet et aveugle !

J'intervins.

— Faites ce qu'il dit, et tout de suite. Icare, tu montes le premier. Fais-moi plaisir.

Les enfants me regardèrent, interloqués. J'aurais voulu leur venir en aide, mais que faire ? Thomas nous tenait en joue.

Tout le monde monta dans le véhicule.

— Ils nous ont eus, bougonna Icare. On est fichus.

## *102*

Nous étions là, dans la pénombre, entassés comme du bétail. Kit avait raison : ils détruisaient toutes les preuves et ne voulaient pas laisser de témoins.

Le moteur toussota, démarra. Le fourgon sortit de l'allée en marche arrière, prit à droite. Nous nous éloignions de Bear Bluff. Quelle était notre destination ?

— Ils vont nous piquer, commenta laconiquement Oz, confirmant ainsi mes craintes.

Kit, incapable de se départir de son rôle d'agent du FBI, voulut aussitôt en savoir plus

— Qui ont-ils déjà piqué, à l'École ?

— On n'est pas censés en parler, avertit Wendy, les yeux écarquillés par la peur.

Peter, peu impressionné, déclara que « plein de cobayes avaient été tués ».

— Qui étaient ces cobayes ? questionnai-je.

Cette fois-ci, Oz intervint.

— Demandez plutôt à Max, elle travaillait au labo. Ah oui, le problème, c'est qu'elle est pas là, mais vous en faites pas pour elle. Elle est intelligente, Max. Elle arrivera toujours à s'en sortir.

— Oui, je sais, mais peux-tu me dire qui étaient Adam et Ève ?

— Eux deux, c'était mes meilleurs amis, fit Peter d'une petite voix triste, le visage grave. Ils avaient le même âge que moi. On est nés la même année, en 1994.

— On les a piqués. (Oz fit mine de se trancher la gorge et sortit la langue sur le côté.) Vaut mieux les oublier. Un qui meurt, les autres qui pleurent.

— Un qui meurt, les autres qui pleurent, reprirent les enfants en chœur. Un qui meurt, les autres qui pleurent.

L'École m'apparaissait sous un jour de plus en plus terrifiant. Les enfants les plus jeunes semblaient éprouver beaucoup moins de difficultés que Max à en parler.

Kit posa sa main sur la mienne.

— Pauvres mômes... Tu as une idée de la direction dans laquelle on va ?

Je secouai la tête en soupirant bruyamment.

— On repart dans la montagne. J'ai l'impression qu'on roule vers l'ouest. Ne m'en demande pas plus.

La sinistre ritournelle des enfants me trottait dans la tête. *Un qui meurt, les autres qui pleurent.*

Bientôt, peut-être que tous mourraient, et qu'il ne resterait personne pour pleurer.

## *103*

Au bout d'une demi-heure de montée quasiment ininterrompue, le fourgon s'arrêta brutalement et le chauffeur coupa le moteur. Nous étions arrivés, mais où ?

J'entendis des claquements de portières, des crissements de chaussures et de bottes sur le gravier, des voix d'hommes.

— En tout cas, on n'est pas très loin de chez toi, chuchota Kit.

Je m'inquiétais pour les petits, et mes sentiments presque maternels me surprenaient moi-même. Il fallait que je donne l'impression de maîtriser la situation.

— Ça va, les enfants ?

— On n'est pas à côté de cette sale École, je le sens, affirma Oz avec un mélange de conviction tout enfantine et d'enthousiasme.

— On est dans un endroit mauvais, ajouta Ic. C'est très mauvais, ici. Je me trompe jamais.

Oz grimaça et taquina son petit copain aveugle :

— Où est le hic, Ic ?

La porte arrière du fourgon s'ouvrit brutalement, avec un bruit suraigu à nous déchirer les tympans. Éblouis par le soleil, nous sortîmes en clignant des yeux.

Arme au poing, des hommes au regard inexpressif nous dévisageaient. Nos chances de nous en sortir me paraissaient bien minces.

— Vous n'êtes pas obligés de braquer ces pistolets sur nous, leur dis-je, naïvement.

— On est venus en paix, ajouta Ic pour faire bonne mesure.

L'un des hommes, qui ressemblait à un militaire (mais de quelle arme ?), aboya :

— Descendez du véhicule. Si vous suivez les instructions au lieu de vouloir en donner, vous verrez que tout sera beaucoup plus facile, madame. Allez, tout le monde dehors, et que ça saute !

— Ce ne sont que des gosses, intervint Kit. Vous les terrorisez, avec vos armes. Avez-vous des enfants ? Il y en a, ici, qui ont des enfants ?

— Sortez de ce véhicule, agent Brennan. Nous savons qui vous êtes. Et pour répondre à votre question, oui, il se trouve que j'ai deux enfants. Alors bouclez-la.

Les enfants, le visage figé, ne laissaient pas paraître leur peur. La terreur perpétuelle qu'ils avaient vécue à l'École les avait peut-être habitués à accepter tout ce qui pouvait leur arriver.

— C'est bon, on arrive. Allez, les enfants, sortez de là.

À peine descendue du véhicule, je fus incapable d'ajouter un mot. Le doute n'était plus permis : je venais d'entrer dans la quatrième dimension. J'étais comme pétrifiée sur place.

Je voyais où nous nous trouvions. Je ne comprenais pas pourquoi, et je crois que je ne voulais surtout pas comprendre, mais je savais parfaitement où nous étions.

« Mon Dieu, je connais cet endroit. »

— Oh, Kit... murmurai-je, interloquée.

— Quoi, Frannie ?

Incrédule, muette de surprise, je secouais inutilement la tête. Nous étions chez Gillian, à l'ouest de Sugarloaf Mountain. Chez mon amie. J'apercevais l'immense piscine aux eaux scintillantes dans laquelle j'avais nagé quelques jours plus tôt. Dans le lointain, au nord, je devinais le Four Mile Canyon et vers l'ouest, le Continental Divide, la ligne de partage des Rocheuses.

L'aire de stationnement, juste devant la propriété, était noire de camions, de voitures et de gardes armés. Je reconnus également une demi-douzaine de personnes de l'hôpital de Boulder.

L'une d'elles attira mon attention. C'était un homme. Au moment où il descendait de son Land Rover bleu marine, j'aperçus dans le coin gauche du pare-brise un macaron réservé aux médecins de l'hôpital. Un macaron semblable à celui dont David et moi disposions.

— C'est le Dr Brownhill, signalai-je à Kit, bras tendu, mais l'intéressé ne daigna pas m'accorder un regard, ni même se tourner vers nous.

— Je l'ai déjà rencontré, me dit Kit. Quelle est sa spécialité ? L'infanticide ?

— C'est lui qui dirige la clinique de fécondation in vitro à Boulder, soliloquai-je.

Ces enfants avaient bien des mères humaines, ce qui justifiait la présence ici du Dr Brownhill.

Puis je vis Gillian Puris apparaître sur le seuil de sa porte. Mon amie Gillian, impassible, inaccessible. Pour un peu, j'aurais pu me persuader que je ne la connaissais pas.

À son côté se tenait son fils Michael. Il faisait des signes. Sans doute m'étaient-ils destinés ?
Je me trompais.

## *104*

— C'est Adam ! Il est vivant ! Il va bien ! glapirent d'une même voix Wendy et Peter, en proie à une soudaine surexcitation.
Ils le connaissaient, et je devinai aisément d'où. Michael avait, lui aussi, fréquenté l'École. Michael et Adam ne faisaient qu'un...
L'enfant se tortilla brusquement pour échapper à l'étreinte de Gillian — il était fort — et se précipita vers Wendy et Peter qui piaillaient toujours « Adam, Adam, on est là ! »
Dans un premier temps, sa mère parut s'inquiéter, puis la colère prit le dessus. « Michael, reviens ici tout de suite ! » Mais le garçon ne prêta aucune attention aux appels. Ses petits camarades de l'École lui manquaient.
Michael riait, Michael courait en toute insouciance, Michael respirait l'innocence et la liberté. C'était la première fois que je le voyais se comporter ainsi, comme l'aurait fait n'importe quel enfant de son âge. Une fois réunis, les trois bambins se livrèrent à une joyeuse sarabande dans l'allée en émettant des couinements qui, pour eux, devaient avoir une signification très précise.
Gillian, elle, observait la scène d'un œil froid et sévère. Jamais je ne l'avais vue sous ce jour inquiétant. Qui était donc cette femme que j'avais cru connaître ? Celle qui

n'avait pas ménagé son temps et ses efforts pour m'aider à refaire surface après la mort de David ? Tout cela n'était donc qu'une comédie ? J'en avais mal au ventre.

— C'est Adam ! cria Icare dans mon oreille. Il est vivant ! C'est génial, non ? Alors ça, c'est vraiment trop bien !

Dans son enthousiasme, sans s'en rendre compte, le petit prodige décolla du sol. La réaction des gardes ne se fit pas attendre. L'un lui assena un coup violent en pleine tempe, et le malheureux Ic s'effondra au sol.

C'en était trop pour Kit qui frappa violemment l'homme à la mâchoire. Aussitôt, deux autres cerbères vinrent à la rescousse de leur collègue et se jetèrent sur mon ami en l'insultant. Malgré les armes qui le menaçaient, Kit continua à se débattre en hurlant aussi fort qu'il le pouvait, imité par les enfants.

Moi, j'étais déjà à quatre pattes pour voir dans quel état se trouvait le pauvre Icare. Je m'inquiétais surtout pour son crâne, mais il avait les yeux ouverts. Il était en train de reprendre ses esprits ; ses facultés semblaient intactes.

Sa première réaction fut de narguer le garde et de montrer, par la même occasion, qu'il était un vrai petit dur.

— T'es costaud, toi, mais tu tapes pas très fort.

— Tu sais que tu es redoutable ? fis-je pour tenter de l'apaiser. Mais tu ferais mieux de te calmer un peu.

— Interdiction absolue de voler ! beugla le garde, rouge comme une pivoine, les veines saillantes. Vous connaissez le règlement. Interdiction de voler. On a dû vous le dire au moins mille fois !

Bien décidé à ne pas se laisser faire, Ic le défia d'un regard teigneux.

— Non. Tout ça, c'est fini. Le règlement a changé.

Je le pris contre moi pour le protéger.

Gillian vint à ma rencontre.

— Rien de tout cela n'aurait dû se produire. Je suis désolée, Frannie.

— C'est ça, rétorquai-je en me rendant compte que je devais avoir l'air aussi furieuse qu'elle. J'étais là au mauvais moment. Dommage pour David, dommage pour Frank McDonough. Ils n'ont pas eu de chance, c'est tout.

J'aurais voulu hurler tout ce que je pensais d'elle et de ce monstre qui se faisait appeler oncle Thomas, mais une voix intérieure m'exhortait à rester calme, à ne pas exhiber ma colère. Nous étions cernés d'hommes en armes qui, visiblement, n'attendaient qu'un prétexte pour se déchaîner.

— Bonjour, tante Frannie !

C'était Michael, accroché à mes jambes. Quel beau petit garçon, si mince, avec ses cheveux tout blonds ! Je l'avais toujours adoré et j'en parlais à tout le monde, mais aujourd'hui, il me faisait un peu peur. Il n'était pas le seul. Comment avais-je pu me laisser berner aussi longtemps par Gillian ?

Dans ce cauchemar sans fin, tout n'était qu'apparences.

Michael et Adam ne faisaient qu'un.

Mais qui était réellement Adam ?

Gillian s'était fait passer pour mon amie. Nous avions bavardé, ri et pleuré ensemble. Un beau numéro d'actrice puisqu'en réalité, elle faisait partie de mes pires ennemis. Peut-être lui était-il même arrivé de songer à me supprimer ?

Je me penchai pour embrasser Michael sur la joue.

— Alors, comme ça, Peter, Wendy et toi, vous êtes copains ?

— On est les meilleurs amis du monde ! fanfaronna-t-il avant d'être interrompu par la voix cassante de Gillian.

Une Gillian que je ne connaissais pas.

— Maintenant, ça suffit. File dans ta chambre et attends que je te dise de sortir. Allez, Michael, tout de suite !

Le gamin regarda sa mère (sa mère biologique ou non ?) d'un air attristé et désemparé, et lui dit avec une candeur émouvante :

— Dis, maman, tu vas les piquer ? Fais pas ça, maman. Tu sais, c'est mes copains. Ils seront sages !

Et il fondit en larmes, terrorisé à l'idée de perdre ses amis. Pour la première fois, je vis alors Gillian se radoucir légèrement.

— Je t'ai dit d'aller dans ta chambre, petit bonhomme ! Et on se dépêche ! C'est un ordre !

En suivant le doigt qu'elle pointait vers la maison, j'eus un hoquet de surprise.

— Oh, non ! Gillian...

Sur le seuil, il y avait un autre enfant. Une petite fille qui ressemblait étonnamment à Michael. Ève, forcément. Je songeai aux bambins agonisants que nous avions découverts à l'École. À toutes les expériences qui avaient échoué, à tous ces pauvres mômes mis au rebut...

Et le cauchemar, par vagues, continuait de déferler. Derrière Ève se tenait un homme que je connaissais. Le Dr Carl Puris. Le mari de Gillian, décédé deux ans auparavant.

— Voici Anthony Peyser, m'informa Kit. Le Dr Peyser est venu se refaire une santé dans le Colorado. J'ai fini par le retrouver, cet enfoiré.

# *105*

« Maximum, Maximum. Vas-y, fonce, file comme le vent. Plus vite, même, si tu le peux ! »

Max déploya ses ailes et, luttant contre son appréhension, plongea entre deux immenses sapins, s'enfonçant de plus en plus profondément au cœur de la forêt. Lorsque enfin elle eut le sentiment d'être en sécurité, elle ralentit, se posa et se retourna.

Personne ne la poursuivait.

Elle était désormais seule, ce qui ne la rassurait qu'à moitié. Elle détestait être seule, mais une voix au fond de sa tête lui avait conseillé de se sauver et de voler aussi vite qu'elle le pouvait.

Il fallait qu'elle trouve de l'aide, mais comment ? Vers qui se tourner, maintenant que Frannie et Kit n'étaient plus là pour lui donner leurs judicieux conseils ? Comment tirer profit de ce qu'ils lui avaient dit jusqu'à ce jour ? Quelles leçons avait-elle retenues ? Trop de questions, pas de réponses. Max en avait presque mal à la tête.

Elle ne savait pas trop comment cela fonctionnait à l'École, mais elle avait de la ressource. Ses sens cachés entrèrent en action. Elle devina qu'Adam était un enfant tout à fait à part. Elle avait longtemps cru qu'on l'avait piqué, mais manifestement, ce n'était pas le cas. Adam se trouvait dans cette grande maison nichée dans la montagne, celle où vivait l'amie de Frannie. Cela voulait-il dire que Frannie était dans le coup, elle aussi ? Ou bien Kit ? À qui pouvait-elle faire confiance ? Où obtenir de l'aide ?

« Réfléchis, Max, réfléchis ! »

Mais rien ne lui venait à l'esprit. Son cerveau n'était plus qu'un grand trou, un ballon vide. En désespoir de cause, elle se résolut à prier.

« Notre Père qui êtes aux cieux, aidez-nous, moi et mes amis. On Vous adresse des prières tous les jours, mais il ne nous arrive jamais rien de bon. C'est pas que je me plaigne, mais ce serait bien si Vous commenciez à Vous manifester aujourd'hui. D'accord ? »

Elle avait appris des choses sur Dieu et ce qu'elle en savait lui plaisait bien. Elle était allée à la messe tous les dimanches matin pendant des années, enfin, grâce à la télévision. Maintenant, à Dieu de lui prouver qu'Il existait. Max voulait qu'il exauce ses prières une fois, ne fût-ce qu'une fois, mais aujourd'hui. Elle méritait bien ça, non ? Tous les enfants de l'École le méritaient...

Puis elle se souvint de ce qu'oncle Thomas lui disait souvent à l'École, une phrase qu'il martelait régulièrement, comme tout le reste. Ce gros con était toujours très fier de lui. Il lui répétait tout le temps : « Aide-toi, et le ciel t'aidera. »

## 106

Tels de pitoyables captifs promis à la mort, on nous emmena à l'intérieur de l'immense chalet, bâti sur une ancienne mine. Les galeries désaffectées pullulaient dans cette région, et les gosses adoraient venir y jouer.

Kit et moi fûmes aussitôt séparés des quatre enfants ailés, au grand désespoir de Wendy et de Peter qui se mirent à pleurer à chaudes larmes, mais il en aurait fallu plus pour apitoyer les gardes.

— Ça va aller, mes bouts de chou, leur dis-je.

— Non, ça va pas aller, on le sait, non, geignirent-ils en chœur.

Sans doute avaient-ils raison. Lorsqu'il s'agissait de flairer le danger ou de juger certaines personnes, leur instinct s'avérait malheureusement redoutable.

À ma grande surprise, le chalet avait été édifié sur un double sous-sol de béton et d'acier. Avec Gillian, il fallait désormais s'attendre à tout.

Déterminée à jouer jusqu'au bout mon rôle de témoin, j'enregistrai soigneusement tout ce que je voyais. Au mur, un coffret rouge vif avec l'inscription *Couverture de secours*. Des combinaisons et des masques un peu partout. Une porte d'acier inox sur laquelle on lisait *Désinfection*. Quelque chose me disait que l'équipement des abris du ministère de la Défense, au Nouveau-Mexique, ne devait pas être aussi sophistiqué qu'ici. Les concepteurs de ce complexe souterrain n'avaient manifestement pas regardé à la dépense.

J'aperçus au passage l'intérieur d'un laboratoire. Design dernier cri, murs bronze, éclairage halogène. Deux chercheurs travaillaient sous un dôme spécial destiné à prolonger la vie des cultures cellulaires.

Sans m'y attendre, je reçus un coup violent dans le dos, au niveau des reins. Un garde trouvait que je n'avançais pas assez vite.

On nous conduisit dans un local situé près des « labos

de North Woods », s'il fallait en croire l'un de nos geôliers. Oz, Icare et les jumeaux avaient pris un autre chemin mais personne, bien évidemment, ne voulut nous en dire davantage.

— Vous allez nous piquer ? demandai-je, une pointe de sarcasme dans la voix, au planton posté devant la porte.

— C'est sûrement ce qu'ils vont décider, me répondit-il en questionnant du regard ses collègues qui nous tenaient en joue. Si ça ne tenait qu'à moi, remarquez, je commencerais par vous sauter méchamment. En haut, c'est un peu plat à mon goût, mais vous avez un beau petit cul.

Il éclata de rire. Les autres en firent autant. Et la porte se referma sur nous.

— Qu'est-ce qu'il fout, Stricker ? (Kit frappa le mur du plat de la main.) Le type que j'ai vu dehors est bien le Dr Peyser, je n'ai pas rêvé.

— Qui n'est autre que Carl Puris. Quand je pense que je suis allée à son enterrement, à Boulder ! Je crois que je ne vais pas tarder à avoir mal au crâne.

— Peyser avait une petite amie nommée Susan Parkhill. Une biologiste de premier plan, elle aussi. Je soupçonne cette Parkhill et ton amie Gillian de ne faire qu'une seule et même personne.

Je lui pris doucement la main. Il travaillait sur cette enquête impossible depuis si longtemps, seul contre tous et sans réels moyens. Je mesurais à présent le calvaire qu'il avait dû endurer quotidiennement.

Un coup sec à la porte, qui s'ouvrit presque aussitôt. Un garde annonça :

— Gillian veut vous voir. Vous seule, docteur O'Neill.

## 107

En matière de cynisme, je faisais de rapides progrès. Je ne me laissais plus abuser. Je découvrais la face cachée du Colorado. Et dire qu'aux premiers jours, j'avais cru aux charmes de ce nouveau paradis !

Gillian n'était pas mon amie, mais mon ennemie mortelle.

Je savais parfaitement ce qui m'attendait.

Un interrogatoire dont ma vie dépendrait.

Gillian exigeait que je lui fournisse des renseignements, et il fallait absolument que je me taise.

— Tu sais, Frannie, je t'aime bien.

Encore un de ses mensonges soigneusement élaborés. À moins qu'elle ne fût sincère ? Après tout, rien n'était impossible.

Nous étions dans sa bibliothèque. Enfoncée dans son fauteuil de cuir noir, elle scrutait mon regard. Le sentiment de trahison que j'éprouvais depuis notre arrivée ne faisait qu'empirer. Je voulais hurler ce que j'avais sur le cœur, insulter Gillian jusqu'à ce que je n'en puisse plus, mais je parvins à me maîtriser. Enfin, en partie.

— Était-ce avant ou après que tu as fait assassiner David ? Et Frank McDonough ?

Un voile de glace tomba sur ses yeux marron. Son visage lisse ne trahissait pas la moindre émotion. Comme s'il s'agissait de notre première rencontre.

— Et je serais prête à recommencer. Dans ce genre de situation, la fin justifie les moyens. Léonard de Vinci et Copernic ont dû enfreindre les lois pour réaliser leurs découvertes, Frannie. Pour éviter d'émettre des jugements trop sévères, il faut prendre en compte tous les paramètres. (Elle désigna le fauteuil de l'autre côté de la longue table d'acajou.) Assieds-toi, je t'en prie.

Je fis non de la tête. Pas question de jouer le jeu. Une boule de feu me dévorait le ventre.

— Tu as peut-être envie de parler pour te soulager, mais moi, ça ne m'intéresse pas. J'aimerais qu'on me ramène en bas, si tu veux bien. Je ne veux plus rien entendre, *Susan*. Susan Parkhill, c'est bien ça ?

Son front se fit ombrageux, elle pianota sèchement sur la table.

— Bon, d'accord, venons-en au fait. J'ai des questions à te poser. À qui as-tu parlé ? Ne me complique pas la tâche. Pense aussi à toi, et à ces enfants auxquels tu t'es apparemment tellement attachée.

— Je n'en ai parlé à personne, répondis-je aussi posément que possible. Puis-je descendre, maintenant ?

Le regard de Gillian s'enfonça dans mon crâne.

— À *qui* en as-tu parlé ? À part à ta sœur Carole, bien sûr ?

Ces mots me firent l'effet d'un coup de poing. J'eus l'impression de perdre l'usage de la parole.

— Nous n'avons pas encore mis la main sur Carole et ses deux filles, mais ce n'est qu'une question de temps. Je peux me passer de toi pour résoudre ce problème-là. Y a-t-il quelqu'un d'autre ?

Je secouai la tête. Cette femme allait réussir à me faire crever de haine. Il y eut un long silence, pendant lequel Gillian, ma vieille amie, étudia mes réactions.

— Le mensonge n'est pas ton fort, Frannie. Cela fait partie des choses que je savais déjà. Alors disons que je vais te croire.

Ses traits s'adoucirent. Elle avait envie de parler d'elle. Je décelais déjà dans ses yeux une petite lueur de contentement.

— Je vais te dire ce qui s'est passé, poursuivit-elle. C'est époustouflant. Tu comprendras mieux lorsque j'aurai terminé. Nous avons pris toutes les procédures de recherche habituelles à contrepied. Au lieu d'introduire l'ADN d'oiseau dans les zygotes humains en quantité infime, nous avons largement augmenté la dose. Nous avons en quelque sorte mélangé les chromosomes de plusieurs oiseaux et de nos patients humains en les chauffant jusqu'à ce qu'il y ait séparation, puis recomposition des chaînes d'ADN. Cela peut paraître tiré par les cheveux, mais cette technique a déjà fait ses preuves.

— Tu n'es pas obligée de me parler, insistai-je.

— *Tut, tut*, fit-elle, avant de reprendre. Mon mari a réussi à maîtriser ce phénomène de recomposition génétique. La nature transmet les gènes de chaîne en chaîne selon un processus aléatoire. Mon mari, lui, a redistribué les cartes. Il ne s'attendait pas à voir les cellules se multiplier aussi rapidement, mais c'est ce qui s'est passé. Quand on a su, grâce au sonogramme, que Max était viable, on n'y croyait pas. Tout a commencé grâce à elle. Elle n'était pas parfaite, mais elle a inauguré une ère nouvelle.

Un sonogramme. J'avais donc raison. Ces enfants avaient été inséminés dans des utérus.

Le regard de Gillian me transperçait toujours. Elle continua :

— Les expériences ont été menées à bien dans les deux cliniques de fécondation in vitro du Dr Brownhill, à Denver et à Boulder. Les couples lui faisaient confiance, et il leur assurait que ses méthodes étaient sans précédent, ce qui était la stricte vérité. Nous récoltions les ovules de la femme, nous les fécondions avec le sperme du mari, nous rajoutions un peu d'ADN, puis nous implantions l'embryon dans l'utérus.

— Ces femmes et ces hommes vous avaient autorisés à le faire, bien entendu ?

— Les mères n'ont aucune importance, cracha Gillian. Nous avons commencé par étudier les oiseaux parce qu'ils vivent très longtemps pour des animaux aussi petits.

J'opinai. Cela, je le savais déjà depuis longtemps. L'albatros peut vivre soixante-dix ans, le perroquet bien plus longtemps encore. Les exemples ne manquent pas, chez l'oiseau.

— Les enfants dotés d'ailes n'étaient qu'un début, poursuivit-elle. Peu après, nous avons fait une découverte d'une importance capitale, qui a tout changé. Un membre de l'équipe de recherche a réussi à isoler l'activateur d'un gène capable d'absorber les radicaux libres. Comme tu le sais, les radicaux libres endommagent les cellules. Or, si les cellules restent intactes, l'organisme ne peut plus mourir de causes naturelles.

Je me mis à suffoquer. Une main de glace se referma sur moi. Impuissante, j'écoutai Gillian poursuivre, un petit sourire au coin des lèvres :

— Michael ressemble à n'importe quel petit garçon de son âge, n'est-ce pas ? Et Ève ressemble à n'importe quelle petite fille ? Et bien, en fait, ces deux enfants valent tous les sacrifices, financiers ou humains. Michael a une espérance de vie de deux cents ans, voire davantage.

Je n'en croyais pas mes oreilles. C'était donc cela...
Une espérance de vie de deux siècles.
Gillian hocha lentement la tête. Elle me tenait. J'avais enfin compris.

— Mon fils est la prochaine étape dans l'évolution de la race humaine, conclut-elle.

## *108*

Kit avait déjà participé à une centaine d'interrogatoires, mais c'était la première fois qu'il se trouvait du mauvais côté de la table.

— Je m'appelle Thomas, lui dit l'homme, très à l'aise, très sûr de lui.

— J'ai beaucoup entendu parler de vous.

— Je n'en doute pas. Bon, tant que nous en sommes au stade de la conversation, je vais vous parler un peu de moi.

— Pourquoi pas ?

— J'étais dans l'armée de l'air. Je voulais absolument devenir pilote de chasse.

— C'est bien, d'avoir des rêves, commenta Kit, qui cherchait désespérément un moyen de renforcer sa position.

— Évidemment. Malheureusement, ma vue n'était pas assez bonne au gré de l'Air Force. Sans être myope, j'étais interdit de vol. Alors je me suis retrouvé à jouer les profs. La voie classique, quoi.

— Quel niveau ? Des classes d'enfants ?

— Oh, quelques années à peine. Puis j'ai décroché un poste d'assistant à l'école de l'Air Force. J'y enseignais la biologie... à de futurs pilotes.

— Très sympa.

— Oui, oui, et plutôt plus amusant qu'on ne pense. Vous savez, vous faites un bon interlocuteur. Avec vous, on peut parler entre hommes.

— Oh, ça, je n'en sais rien, mais vous avez de la conversation. Vous avez l'air plutôt sociable.

— Oui, ça m'aide de temps à autre. Donc, je reprends. Le Dr Peyser est venu me recruter.

— À cause de vos connaissances en biologie ?

— Non, pas vraiment. Son équipe est extrêmement pointue. Moi, en comparaison, je suis un amateur. Mais ma formation scientifique m'a aidé à comprendre la portée de son projet. Parce que c'est ainsi qu'il travaille. Il recherche des hommes capables d'appréhender sa vision de l'avenir, d'y croire, puis il leur offre la chance de leur vie.

— Financièrement, vous voulez dire ?

— Financièrement, bien sûr, mais il y aussi la satisfaction personnelle, le fait de savoir qu'on est en train de réaliser quelque chose d'important. Enfin, bref, vous, si mes renseignements sont exacts, vous aviez ce qu'il fallait pour faire des étincelles au FBI.

— Mais moi, contrairement à vous, je n'ai jamais eu de gourou.

Thomas hocha la tête.

— C'est ce que je me suis laissé dire. Bon, Kit, dites-moi à qui vous avez parlé de l'École. La question est simple, je veux une réponse simple, et ce sera fini.

— À personne, répondit Kit. Je n'en ai parlé à personne.

Oncle Thomas explosa, et Kit comprit alors l'importance de la peur dans le fonctionnement de l'École. Il comprit la haine que les enfants vouaient à oncle Thomas. Il la partageait, et la sentait se renforcer à chaque coup.

Malgré la douleur, il n'avoua rien.

Pas un mot ne sortit de sa bouche.

## *109*

Max reconnut immédiatement les hommes qui fouillaient les bois à sa recherche. C'étaient les vigiles de l'École, les gros bras auxquels elle avait si souvent eu affaire. Il y en avait partout. Ils n'hésiteraient pas à la tuer, mais encore fallait-il qu'ils mettent la main sur elle...

Elle avait trouvé refuge au sommet d'un imposant sapin, mais tout danger n'était pas écarté pour autant. En cas d'urgence, il lui serait difficile de prendre son envol à partir d'une petite branche trop souple. Il fallait qu'elle puisse gagner un peu de vitesse, et l'idéal était de pouvoir courir. Son arbre allait-il se transformer en piège ?

Impossible de voler. Deux hélicoptères survolaient méthodiquement la forêt. Max les entendait hacher l'air de la nuit dans un bruit de tonnerre. Elle en vit même un glisser dans le ciel violet.

La porte était ouverte. La fillette distingua deux hommes armés. Ces malades la cherchaient partout.

Rien à voir avec l'hélicoptère de la télévision au-dessus de Denver. Ceux-là n'étaient pas des « gentils », comme avait dit Kit, mais des chasseurs armés de fusils, et Max savait à quel point les balles pouvaient faire mal.

Elle frissonnait de peur. Elle était de nouveau seule, et elle détestait ça.

Matthew, Oz, Ic et les jumeaux lui manquaient. Elle songea à Frannie et à Kit. Elle leur avait confié son destin. Chaque fois qu'elle pensait à eux, elle ressentait quelque chose d'étrange. Son cœur se mettait à battre plus vite et elle s'étranglait, comme si elle allait pleurer.

Max se figea. Un soldat approchait de son repaire.

Il portait de curieuses lunettes. « Pour voir dans le noir, comprit Max, comme un vampire. »

Non, elle n'allait pas se laisser faire et mourir comme ça, bêtement !

Elle se jeta de l'arbre de tout son poids et, après un instant de chute libre, au dernier instant, battit violemment des ailes.

*Flap ! flap ! flap !*

L'homme leva la tête. Trop tard. Max s'abattit sur lui comme une énorme pierre. Les lunettes et le fusil giclèrent quelques mètres plus loin. Par terre, il n'y avait plus qu'un tas inanimé.

« C'est idiot ! Qu'est-ce que ça prouve ! Que je suis comme lui ? »

Une petite voix intérieure la rassura.

Non, cela signifiait simplement qu'elle était capable de riposter !

Elle brandit les poings, déploya largement ses ailes et murmura à la face du ciel : « Oui, je peux les combattre ! »

Quelques secondes plus tard, un vrombissement sourd lui fit lever la tête. Plusieurs hélicoptères arrivaient sur elle. Peut-être s'était-elle réjouie trop tôt.

## *110*

Le visage de Kit n'était plus que plaies et contusions. Sa lèvre supérieure, fendue, saignait. Son nez, ensanglanté lui aussi, avait sans doute été cassé. Le type qui avait tabassé Kit s'en était manifestement donné à cœur joie.

— Que s'est-il passé, Kit ?

— Je n'ai pas parlé, parvint-il à articuler en tentant d'esquisser un sourire.

Je m'assis sur le lit, à côté de lui, en regrettant de ne pas avoir ma trousse. Il grimaça lorsque j'effleurai l'une de ses ecchymoses.

— Ça va aller. Ce n'est pas la première fois que je me fais dérouiller.

Cela dit, il ne décolérait pas. On aurait cru un animal mis en cage et maltraité. Il voulait se venger, et sa combativité faisait plaisir à voir. Il ne renonçait jamais. Il me raconta son entretien musclé avec oncle Thomas ; je lui révélai ce que j'avais appris de la bouche de Gillian.

Il me prit par la taille en gémissant. Je posai ma tête contre son épaule. Il y eut un long silence, puis il me chuchota à l'oreille :

— Tu sais, je n'oublierai jamais la première fois que je t'ai vue.

Au ton de sa voix, je l'imaginais en train de sourire. Ou, du moins, d'essayer.

— Quand je t'ai crié de dégager de chez moi ? De reprendre tes affaires et de foutre le camp ? Et tu m'as répondu : « Un contrat est un contrat. »

— Je le pense, acquiesça-t-il. Et je pense également qu'une poignée de main est une poignée de main. Je t'ai tout de suite trouvée courageuse, pleine de bon sens, plutôt gonflée et très bordélique. Et extrêmement belle, évidemment.

— Ah oui, c'est vrai, je me souviens. J'étais hypersexy, avec mon tablier couvert de sang et de tripes de cerf.

— Ouais, du sang sur les mains et du feu dans les yeux. Tu étais irrésistible. En tout cas, je te trouve vraiment très belle. J'espère qu'on sortira entiers de tout ça, Frannie, mais je vois mal comment ils pourraient nous relâcher. On sait tout, ce qui fait de nous des témoins gênants.

— Quand je pense que c'est peut-être notre dernier jour sur terre... soupirai-je en ayant l'impression de m'écouter. Qu'est-ce que tu regrettes de ne pas avoir fait ? Que ferais-tu aujourd'hui si tu en avais la possibilité ?

Sans hésitation, il répondit :

— J'aimerais bien voler avec Max. (Silence.) J'aurais tellement aimé pouvoir dire adieu à Kim et à mes deux gosses... J'aimerais faire un safari photo au Kenya. Vivre un peu au Tibet, malgré le film avec Brad Pitt. Et passer un ou deux mois à Florence.

— Oui, c'est une bonne idée, ça. J'aimerais bien être un personnage de *Star Trek*. « Téléporte-nous à Florence, Scotty », et le tour serait joué.

Étrange conversation en un pareil moment. Nous nous sentions apaisés, un peu dans le coton. Ce que je regrettais sans doute le plus, c'était notre séparation. Kit et moi venions à peine de commencer, et il fallait déjà que cela s'arrête. Quel terrible sentiment d'injustice !

— Je ne peux pas envisager de mourir sans avoir au moins fait ça, me chuchota Kit.

Et, malgré ses lèvres boursouflées, il m'embrassa tendrement sur la bouche. Avec lui, je n'étais jamais au bout de mes surprises.

— Moi aussi, je voulais le faire, lui dis-je à mi-voix. Dès le premier jour.

— Dis donc, tu as bien caché ton jeu. Et tu voulais faire quoi d'autre ?

— Je vais te montrer. Approche-toi.

Les baisers se firent plus pressants. Nos corps s'attirèrent l'un vers l'autre. Que voulais-je faire d'autre ? Je voulais le déshabiller tout doucement, avec des gestes étudiés, pendant qu'il me rendrait la politesse. Le temps nous était désormais compté, et cela changeait tout. Notamment l'ordre de nos préoccupations.

Je me mis à caresser son visage, à embrasser ses coupures, à lécher le sang de ses lèvres. Je voulais m'imprégner de chaque détail de son être, pour n'en oublier aucun. Que pouvions-nous faire d'autre ? À quoi bon nous torturer, nous reprocher nos erreurs, à quoi bon tambouriner aux murs et hurler dans le vide ?

Je m'attaquai ensuite à son ceinturon de cuir. Mes gestes restaient timides, puis je me fis la réflexion que mes préventions n'avaient aucun sens, et mes doigts s'enhardirent. J'avais rencontré Kit un peu vite, mais au moins l'avais-je rencontré. Jamais je n'avais connu un homme aussi séduisant, à tous points de vue. Pour moi, c'était une certitude absolue.

Les secondes s'égrenaient lentement, et je faisais tout pour les étirer. Ce retour soudain à la sensualité avait quelque chose de grisant. Et je ne culpabilisais plus.

Kit se pencha au-dessus de moi, me prit tendrement le menton, puis me couvrit la bouche, les joues, le nez et les yeux de baisers, sans jamais décrocher son regard d'azur du mien.

Si ma mémoire ne me trahissait pas, c'était la première fois que quelqu'un m'embrassait les yeux. Ensuite, lorsqu'il déposa un baiser dans le creux de ma gorge, ce fut pour moi un véritable ravissement. Dieu que j'adorais sentir sa peau contre la mienne ! L'instant était peut-être mal choisi, mais je ne pouvais plus, je ne voulais plus m'arrêter.

J'avais du mal à réaliser ce qui nous arrivait. Je haletais, mes seins jouaient les yoyos. Je voulais Kit, je le voulais de toutes mes forces. Mes mains laboururent son dos, ses épaules, l'intérieur de ses cuisses musclées. Il bandait méchamment. J'adorais savoir qu'il avait envie de moi. Moi aussi, j'avais envie de lui.

Au fond de moi, une flamme s'était rallumée, et le feu se propageait à une vitesse phénoménale. Kit me pénétra. Nos corps soudés se mirent à osciller lentement, puis de plus en plus vite, à l'unisson. Un rythme si régulier, si parfait, qu'il me vint à l'esprit, l'espace d'un court instant, que nous étions en train de voler, et que ce n'était pas plus compliqué que cela...

## *111*

Max s'était contentée de somnoler un peu. Pas question de dormir, c'était trop risqué. Par sécurité, elle n'avait pas cessé de se déplacer. Son dernier refuge : une étroite et profonde crevasse, au sommet d'un massif hérissé d'aspens et de rochers. Elle s'était dissimulée sous une couche de feuilles mortes et de petit bois.

Une heure plus tard, elle pénétra par effraction dans un chalet de week-end. Elle avait soif, elle avait faim — le vol consommait une grande partie de son énergie — et cette intrusion lui rappela quelques bons souvenirs.

Elle mangea trop et trop vite. Tenaillée par des crampes d'estomac, elle faillit vomir, mais l'heure était venue de repartir, de vivre à cent à l'heure, et sans doute de mourir...

Tant pis. Au moins, elle aurait connu la liberté. Elle avait pu voler et entrevoir le monde. Un privilège que la plupart des habitants de la planète n'auraient jamais.

Le jour se levait et Max se réjouissait de voir encore une fois le soleil. Elle aurait aimé pouvoir voler jusqu'à l'astre, se fondre dans cette boule de feu orange et jaune. Elle avait l'impression d'être en contact avec l'univers tout entier.

Elle avait encore mal un peu partout, et elle se sentait courbatue. Elle rêvait d'une douche chaude, aurait voulu que Frannie la coiffe, lisse ses plumes. Elle aurait tout donné pour être seule avec ses amis.

Une nouvelle bouffée de colère l'envahit. Elle revit oncle Thomas, les gardes, les types bizarres en complet-veston.

Elle rampa vers un promontoire dominant la vallée.

« Je dois être à environ trois kilomètres de la maison. Il s'agit de ne pas faire de bruit. C'est pas le moment de me faire coincer. »

Lorsqu'elle leva doucement la tête pour regarder en

contrebas, elle crut que son cœur allait s'arrêter. Une véritable armée d'hommes et de femmes s'était lancée à sa recherche. Max plongea derrière le rocher.

Lorsqu'elle se hasarda à relever la tête, elle aperçut l'un des hélicoptères. Cela lui donna une idée. Stupide, brillante ou totalement folle ? Il était trop tôt pour le savoir. Max se concentra sur l'appareil, évacuant tout le reste de son esprit.

Oui, ça pouvait marcher ! D'ailleurs, il n'y avait guère d'alternative. Mieux valait un plan que pas de plan du tout...

Elle étira ses membres, ignora les éclairs de douleur qui irradiaient son corps. Il fallait qu'elle s'assouplisse, qu'elle se prépare mentalement. Qu'elle lutte contre la nausée. Une partie des aliments sur lesquels elle s'était jetée devait être impropre à la consommation.

Elle se répéta : « Tu décolles aussi vite que possible. Il ne s'agit pas d'avoir peur, ni d'hésiter. Tu restes au milieu des arbres.

Tu voles très, très vite.

N'aie pas peur !

Vole au ras du sol.

Et tant pis pour celui qui se trouvera sur ton chemin ! »

D'un bond, elle se leva et courut à toutes jambes. Son cœur battait beaucoup trop vite. Il allait sortir de sa poitrine, exploser comme une bombe.

Dès qu'elle eut quitté le sol, elle regarda en dessous d'elle mais ne vit personne. Où étaient passés tous ceux qui la cherchaient ? À tout instant, une balle pouvait l'abattre. Elle grimaça d'appréhension, songea à fermer les yeux, se ravisa.

« Il faut que je vole au ras du sol, aussi vite que je peux.

Pourvu qu'ils ne me tirent pas encore une fois dessus. Je veux pouvoir voler encore quelques minutes, encore une minute, encore dix secondes. »

Oh, non ! Trop tard pour se réfugier dans un arbre. Le garde était là, si près d'elle qu'il aurait presque pu la toucher.

Il avait réussi à s'approcher sans faire de bruit. En le voyant s'apprêter à épauler son fusil, Max piqua sur lui comme un bombardier. Elle n'avait pas le choix.

Mais elle ne réussit pas à le renverser. Tous ses muscles lui faisaient mal, elle était trop épuisée. Elle ne se sentait pas bien.

Elle cessa alors de lutter et vomit sur le type. Tout ce qu'elle avait trouvé dans le frigo, le ragoût de bœuf froid, la glace aux pépites de chocolat, le lait un peu tourné, le jambon, le provolone, les poivrons au vinaigre, tout. Elle aspergea copieusement le visage du garde et sa stupide casquette Colorado Rockies. L'autre porta les mains à ses yeux, ignorant sans doute ce qui lui arrivait, lâcha son arme et se mit à brailler comme un malade.

Max le laissa sur place et disparut au milieu des arbres et des buissons. Elle était tirée d'affaire. Heureuse d'avoir échappé au pire, elle hurla :

— Ouais ! ! !

Elle retrouvait l'usage de ses ailes avec un plaisir infini.

« Mon Dieu, faites que je puisse voler soixante secondes de plus. Faites que je puisse voler encore une fois, rien qu'une fois. »

## *112*

En m'éveillant, j'eus l'agréable surprise de trouver le visage de Kit à quelques centimètres du mien. Nos corps étaient encore rivés l'un à l'autre. Et curieusement, pour la première fois depuis bien longtemps, je n'émergeais pas d'un terrifiant cauchemar.

Quoique...

Kit, déjà réveillé, me regardait. De près, ses yeux bleus me paraissaient encore plus beaux. Il m'émerveillait. Jamais je ne l'aurais imaginé si sensible, si attentionné, si facile à vivre. « Je suis sûre, me dis-je, que tu étais un père formidable. »

— Bonjour, murmurai-je en souriant.

J'avais l'impression de flotter dans une douce bulle de chaleur.

— Bonjour, toi. Je rêve, ou on a merveilleusement fait l'amour hier soir ?

Tout me parut soudain si simple, si évident, si naturel. Quelle ironie ! Nous venions de tomber amoureux, et nous allions sans doute mourir.

On frappa doucement à la porte. Nous nous regardâmes. Notre heure était-elle arrivée ? Thomas et ses gorilles venaient sans doute nous chercher.

Une clé s'engagea dans la serrure. Nous sautâmes au bas du lit pour enfiler nos vêtements en catastrophe.

Quand la porte s'ouvrit, je n'en crus pas mes yeux.

— Bonjour, tante Frannie. C'est moi, Michael. Je suis venu vous sauver.


# *113*

Mais il n'était pas seul. Un homme en costume d'été bleu ciel lui emboîta le pas, un pistolet braqué sur Kit. Pour une raison qui m'échappait, un grand sourire lui barrait le visage.

— Moi aussi, je suis venu vous sauver, déclara-t-il très calmement, d'une voix si basse qu'il fallait presque tendre l'oreille pour comprendre.

— Qui êtes-vous ? voulus-je savoir.

Je ne l'avais encore jamais vu. J'avais la quasi-certitude qu'il ne travaillait pas au centre hospitalier, et qu'il ne faisait pas partie du personnel de sécurité.

Kit éclaira ma lanterne.

— Il s'appelle Peter Stricker. C'était mon patron au FBI. Il est directeur régional. C'est Peter qui m'a donné l'ordre d'abandonner cette enquête sous prétexte qu'elle ne menait nulle part. Quand il a vu que je ne lâchais pas le morceau, il a menacé de me virer. Et maintenant, le voici. Bonjour, Peter, ça va ? Je constate que cette affaire a finalement retenu votre attention.

Grand, bien bâti, cheveux blonds plaqués en arrière, Peter Stricker était une vraie caricature de yuppie, sourire Colgate compris.

— Eh oui, murmura-t-il, à qui peut-on faire confiance de nos jours ? À personne, finalement. Pas aux amis les plus proches. Pas même à certains vieux potes du FBI.

— Tu veux dire qu'il y a encore quelques personnes, au Bureau, auxquelles je pourrais me fier ?

— Oh, bien sûr. Deux ou trois dinosaures ici et là. Le directeur en fait partie, d'ailleurs. Heureusement, nous sommes quelques-uns à avoir eu la chance de participer à cette belle aventure, aux côtés d'un certain nombre de gradés de l'armée jouissant d'une confiance absolue. Tous ceux qui ont eu vent du projet ont tenu à avoir leur part du gâteau. C'est ça, l'Amérique ! Mais tu avais raison : c'est une affaire gigantesque. Elle dépasse tout ce qu'on a pu voir à ce jour.

— Dois-je en déduire que le gouvernement est impliqué ?

— Ne nous emportons pas. Laissons de côté les fantasmes paranoïaques et les histoires de complots. Disons simplement que certains hauts responsables sont au courant de ce qui se passe ici, dans le Colorado, tout comme c'était le cas à San Francisco et à Boston. Nous agissons à titre purement personnel. Nous ne sommes qu'une cinquantaine, et l'enjeu est énorme. Certains de nos médecins ont eu quelques états d'âmes, mais nous avons mis un terme à leurs vélléités de révolte.

— Vous contribuez au progrès et on rémunère vos efforts ? C'est effectivement très américain, ironisa Kit.

— Oui, je suis fort bien payé, mais n'oubliez pas que nous jouons un rôle vital. Regardez : je vous ai bien empêché d'intervenir, non ? J'ai contribué à une grande cause, une cause à laquelle je crois. Je pense que les travaux du Dr Peyser sont d'une importance capitale.

— Alors, c'est vous qui êtes venu nous tuer ? lui demandai-je en m'écartant de quelques pas pour mettre un peu de distance entre Kit et moi.

— Ce n'est vraiment pas ce que j'avais prévu en descendant, mais tout peut changer. Ne faites pas cela, docteur O'Neill. Je vous le déconseille.

Sans m'arrêter, je fis l'innocente.

— Vous me déconseillez quoi ?

— Tu n'as jamais été agent de terrain, lança Kit. Jamais tu ne t'es sali les mains, Peter. Tu as passé des années derrière un bureau. Moi, je ne t'aurais jamais nommé directeur régional.

— Maintenant, ça suffit ! tonna Stricker en pointant son arme sur ma poitrine. Tu sais, Tom, je suis parfaitement capable de faire le sale travail. Tiens, regarde...

Il n'eut pas le temps de poursuivre. Kit se jeta en avant et lui expédia un coup de poing magistral en pleine mâchoire. Stricker chancela, mit un genou au sol, mais parvint à se relever. Il était beaucoup plus fort et résistant que je ne l'aurais imaginé. Kit le cueillit d'un uppercut court mais puissant. En voyant Stricker perdre son rictus arrogant, j'eus envie de pousser un cri de joie. Un troisième coup, au ventre celui-ci, le fit se plier en deux. Kit était fort, lui aussi, mais chez lui, ça se voyait. Visiblement, il avait tiré un certain profit de ses années de pratique de la boxe amateur au mystérieux club des Golden Gloves.

Encore un direct entre les yeux et Stricker, le nez fracassé, partit au tapis. Et cette fois, il ne se releva pas.

Kit se baissa pour ramasser son arme. Il n'était même pas essoufflé et son combat semblait l'avoir plutôt réjoui. Moi-même, en qualité de simple spectatrice, j'avais beaucoup apprécié le spectacle.

— Viens, on se barre.

— C'était super, commenta Michael, encore ébahi. Vraiment génial. Tu sais te battre !

— Merci, Michael, lui dis-je. Maintenant, montre-nous où sont Oz, Icare et les jumeaux.

Et comme n'importe quel enfant de quatre ans, ce petit phénomène censé incarner la prochaine étape de l'évolution humaine me prit par la main en affichant un grand sourire.

— Viens, tante Frannie, je sais où ils sont.

## 114

Michael nous entraîna héroïquement dans un petit couloir qui débouchait sur une lourde et sinistre porte métallique. Moi, pendant tout ce temps, je priais pour que les enfants soient indemnes. Qu'on ne les ait pas « piqués ».

— Sans issue, marmonna Kit. Comment fait-on, Michael ?

— On passe par ici pour gagner du temps, répondit le gamin. T'inquiète. Je suis futé, pour mon âge.

— Je te crois.

Il poussa la porte d'un coup d'épaule.

Nous découvrîmes alors un gigantesque laboratoire. Cylindres gradués, pipettes, tubes microcentrifuges, mélangeurs, appareils à secouer les éprouvettes, incubateurs gros comme des lave-linge. Dans le mur, j'aperçus un autoclave destiné à la stérilisation des objets.

À l'autre bout de la salle, trois jeunes femmes étaient alitées. Trois jeunes femmes enceintes d'au moins huit mois.

Un infirmier au physique plutôt sportif se précipita à notre rencontre, l'air inquiet et furieux à la fois.

— Vous êtes là pour l'inspection ? Le tour du complexe ? Vous savez que normalement, vous devez être accompagnés.

Sans prononcer le moindre mot, Kit lui fit cadeau d'un uppercut royal qui l'étendit pour le compte. On entendit la tête rebondir sur le sol avec un claquement sec.

— Il faut pas qu'on reste ici, avertit Michael.

Il avait raison, mais je n'arrivais pas à détacher mon regard de ces trois jeunes femmes qui devaient avoir autour de vingt ans. Elles avaient l'air d'être en parfaite santé. À quoi pouvaient ressembler leurs bébés ?

Elles nous observaient en silence. C'est alors que je vis les lanières de cuir. On avait sanglé, lié ces malheureuses pour les empêcher de se lever.

— On va leur trouver de l'aide, me pressa Kit. Viens, Frannie, il faut filer d'ici.

— Les secours vont arriver, leur dis-je. Je vous le promets.

Nous pouvions difficilement nous occuper d'elles maintenant. Michael était déjà en train de me tirer vers une autre porte d'acier, au fond de la salle.

— On reviendra vous chercher.

La future maman que j'essayais de rassurer ne devait guère avoir plus de dix-huit ans. La peur dans le regard, elle murmura simplement :

— Je crois que je sens les premières contractions.

## 115

Gillian avait pris la parole.

— La plupart de nos contemporains ne sont que des cailloux au bord du chemin. Totalement inutiles, ils attendent que quelque chose se passe. Par chance, nous ne correspondons pas tous à cette lamentable description. Soyez donc les bienvenus. Le petit groupe hautement exclusif auquel vous appartenez désormais va jouer un rôle décisif pour l'avenir de l'humanité. Aujourd'hui, nous inaugurons une ère nouvelle. Je vous en fais la promesse, et vous verrez que je la tiendrai.

Le Dr Antony Peyser, assis à son côté à la table de conférence, enchaîna sans même se lever :

— Il est à peine huit heures du matin, et nous sommes dans les temps. Je dirais que tout se passe à la perfection, et je suis heureux de voir ici rassemblés les grands noms de la recherche génétique. On a vous a dit que je n'étais plus de ce monde mais, comme vous pouvez le voir, cette annonce était un peu prématurée. Vous constaterez également que mes mains tremblent, car j'ai été victime d'une crise cardiaque. Aujourd'hui, je suis en bonne santé et j'ai même trouvé le moyen de rallonger de dix, voire douze ans ma misérable espérance de vie. Nous y reviendrons plus tard, mais croyez-moi, ce n'est qu'un détail en comparaison de ce que nous vous avons réservé ce matin.

Hochements de tête et sourires polis dans l'assistance. Il y avait dix-sept personnes. Dix-sept hommes et femmes venus visiter les installations et participer à la plus grande vente aux enchères de tous les temps.

Chacune de ces personnes représentait un groupe industriel, voire un État. Un richissime homme d'affaires s'était déplacé afin de financer la création d'une nouvelle société si les résultats s'avéraient probants. Les « grands noms de la recherche génétique » venus participer à la vente des découvertes scientifiques les plus étonnantes de l'Histoire évitaient de se regarder. Ils étaient concurrents et semblaient avoir peur — ou honte — de laisser paraître leur empressement commun.

— Vous avez tous eu connaissance des dossiers, poursuivit le Dr Peyser. Vous avez eu la possibilité de voir les lots. Chacun de ces enfants est un miracle de la science, une pièce unique dont la valeur est incommensurable. Tous les documents, tous les renseignements sur l'origine des lots seront communiqués aux acquéreurs. Nous avons établi, pour chaque lot, un prix de réserve, mais j'espère que cette précaution s'avérera inutile. Bien, s'il n'y a pas d'autres questions, je propose que les enchères commencent.

Gillian se leva, esquissa un sourire et plaça devant elle, sur la table, une liasse de feuilles, avant d'ajuster ses lunettes à monture d'acier qui lui donnaient un air de cadre supérieur. Oui, décidément, le monde changeait, et bien plus vite que ne l'imaginaient tous ces délégués et responsables imbus de leur propre pouvoir.

— Je déclare la séance ouverte. À compter de cet instant, seules sont autorisées à enchérir les personnes ici présentes. Les enchères par téléphone ou sous enveloppes scellées ne seront pas admises. Un coup de marteau sanctionnera chaque vente.

Un homme au crâne dégarni et aux épaules tombantes, vêtu d'un costume sombre à rayures, se pencha en avant.

— Pourrons-nous prendre immédiatement possession des lots et des documents scientifiques ?

Il avait un nez en trompette à l'arête curieusement marquée, et sa grosse lèvre inférieure laissait deviner un tempérament agressif. Il venait du New Jersey, vivait dans une villa cossue, à deux pas du siège d'AT & T.

— Bien entendu. Souhaitez-vous ouvrir les enchères, docteur Warner ?

— On monte par tranches de combien ? s'inquiéta un homme au physique imposant, auquel ses cheveux châtain clair bouclés donnaient un air d'étudiant attardé.

— Les offres se feront en multiples de cent millions de dollars, docteur Muller, lui répondit Gillian.

Une vague de commentaires et de molles protestations

parcourut la salle, chacun soupçonnant ses concurrents de disposer d'informations confidentielles. Gillian interrompit le brouhaha d'un coup de marteau.

— Mesdames, messieurs, un peu de tenue, je vous en prie. Cette vente doit se dérouler dans le calme.

Les enchérisseurs se reprirent aussitôt. N'étaient-ils pas, après tout, de braves citoyens, courtois et bien élevés ?

Gillian jeta un dernier coup d'œil sur la liste des lots, puis releva la tête. Tous les regards étaient fixés sur elle, et un silence total régnait dans la salle. Dans les stalles invisibles d'une étrange course, chacun attendait, figé, le signal du départ. Gillian marqua un temps d'arrêt, comme si elle avait oublié de dire quelque chose. En réalité, elle jouait avec les nerfs de ses prétentieux clients. Elle comprenait mieux, à présent, ce que Prométhée avait dû vivre juste après avoir dérobé aux dieux le précieux feu.

L'atmosphère était chargée d'électricité, voire d'anxiété. L'homme allait peut-être faire un grand bond en avant au lieu de ramper comme il l'avait toujours fait.

Gillian reprit enfin la parole.

— Lot numéro un : AGE 243, surnommé Peter. Le prix de réserve est fixé à huit cents millions de dollars cash. Peter a quatre ans. D'une très grande intelligence, il jouit d'une excellente santé. Il peut voler. Nous commençons donc à huit cents millions.

Du fond de la salle s'éleva une voix de stentor, celle d'un client allemand.

— Un milliard de dollars pour le petit Peter, AGE 243, et ses précieux documents.

## 116

Matthew était en vie. Compte tenu du calvaire qu'il venait de vivre, je le trouvais même étonnamment vaillant.

J'avais tout de suite deviné qu'il s'agissait du petit frère de Max. Un peu plus large d'épaules, le torse plus fort, il avait la même chevelure blonde, les mêmes ailes blanches tachetées d'argent et de bleu. Et il était tout aussi impressionnant. En passant par la « maternité », nous avions fini par découvrir la pièce où les enfants étaient séquestrés.

— Moi, c'est Matthew, nous dit-il avec le même sourire que sa sœur. Vous devez être Frannie et Kit. Et qui voilà ? Mais c'est Adam, qui revient du royaume des morts !

Le fils de Gillian secoua la tête d'un air désabusé.

— Maintenant, ils m'appellent Michael.

— « Ils » ont qu'à aller se faire voir. Qu'est-ce que vous en pensez, hein ? Hein, Adam ?

— Z'ont qu'à aller se faire voir ! chantèrent en chœur tous les enfants.

Kit ne tarda pas à reprendre les rênes.

— Il faut qu'on sorte d'ici. Il n'y a pas une minute à perdre, les petits.

Personne ne contesta son ordre. Michael nous entraîna successivement dans deux souterrains qu'il semblait connaître par cœur. Au bout, un escalier étroit montait vers une double porte blindée.

Kit poussa simplement la barre de sécurité, et le battant s'ouvrit ! Une sirène se mit à ululer, mais nous étions enfin dehors...

— Allez, les enfants, sauvez-vous, vite ! Éloignez-vous de la maison !

— Courez ! leur cria Kit. Ne restez pas plantés là à regarder ! Courez !

— Ça y est, on est déjà loin ! plaisanta Icare.

— C'est la grande évasion ! renchérit Oz.

Pour les enfants, tout cela n'était qu'une formidable

aventure. Tant mieux, après tout. Nous étions de nouveau en fuite, et la forêt demeurait notre seul refuge. Mais il se passait quelque chose dans la maison, en ce moment même.

Une douzaine de véhicules étaient garés sur le parking gravillonné. Des berlines, des Range Rover, des Jeep, des monospaces. Les chauffeurs postés près des voitures ne devaient pas en croire leurs yeux.

Cinq enfants ailés, courant à toutes jambes, et accompagnés de deux adultes à l'air passablement perturbé !

Soudain, je vis d'autres personnes émerger de la maison. Il y avait quelques toubibs de Boulder, mais également des hommes et des femmes que je ne connaissais pas. Curieusement, tout ce petit monde était en tenue de bureau. J'aurais bien aimé savoir pourquoi.

C'était la fuite générale. Des alarmes s'étaient déclenchées un peu partout. À l'entrée, quelqu'un nous aperçut et nous montra du doigt. Tous les regards se tournèrent dans notre direction.

Des gardes lourdement armés nous avaient déjà repérés. Jamais nous ne réussirions à atteindre la forêt.

— Envolez-vous ! hurlai-je aux enfants. Envolez-vous !

Ils m'obéirent sans discuter. Le petit groupe prit l'air avec une parfaite coordination, comme s'ils s'étaient entraînés ensemble depuis des années. Matthew lui-même suivit le mouvement sans le moindre problème.

— C'est ça ! Filez !

— Le plus haut et le plus loin possible ! ajouta Kit. Vers la forêt ! Dépêchez-vous !

Je vis Gillian sortir en courant de la maison, et crus que mon cœur allait s'arrêter. Elle portait un tailleur bleu. Quelle réunion venions-nous d'interrompre ? Gillian hurla aux gardes d'ouvrir le feu. Cette même Gillian qui, quelques jours plus tôt, me disait encore : « À quoi servent les amies, je te le demande ? »

Elle venait dans ma direction en s'époumonant.

Au lieu de m'enfuir, je fonçai droit sur elle.

Le choc fut inévitable.

Je la percutai tête baissée comme je le faisais avec mes frères, quinze ans plus tôt, lorsque nous jouiions au football, sans casque, dans notre ferme du Wisconsin. Le tackle, ça me connaît. Mon épaule s'enfonça avec une violence inouïe dans le ventre mollasson de cette salope de Gillian. C'était ma façon à moi de rendre hommage à Paul Hornung, à Jimmi Taylor, à Ray Nietski et à l'équipe championne du monde des Green Bay Packers, que je vénérais lorsque j'étais gamine.

Le souffle coupé, Gillian émit un râle, suivi d'un long gémissement. La voir souffrir ainsi, physiquement, me procura un plaisir indescriptible. J'espérais bien lui avoir cassé quelque chose. Elle roula au sol. J'en profitai aussitôt pour lui envoyer un grand coup de pied dans les côtes. Un vrai bonheur !

Et c'est alors que je vis Max, juste au-dessus de la maison.

## *117*

Eddy Friedfeld, futur chauve, avait des airs de baroudeur. Il travaillait pour KCNC Live News 4. Son Bell Jet Ranger, il le connaissait par cœur. Il avait l'habitude de prendre des décisions rapides et relativement censées. Généralement, le bruit de l'hélico ne l'empêchait pas de réfléchir.

Mais là, tout raisonnement était devenu impossible. Son cerveau ne fonctionnait plus normalement, comme s'il venait de subir un court-circuit.

De toutes ses forces, Eddy s'accrocha au manche et fit le tour des instruments de bord. Anémomètre, indicateur de vitesse ascensionnelle, compas, radio, tout avait l'air de fonctionner. Il ne décelait aucune anomalie à l'intérieur du cockpit.

Il volait à une vitesse d'environ 190 kilomètres à l'heure. Tout était normal.

À un détail près. En apercevant la fille, à tribord, à cent cinquante mètres, il avait failli avoir une attaque. Il y avait de quoi devenir fou.

Il cligna plusieurs fois des yeux, mais rien n'y fit. Elle était toujours là.

Cette petite fille volait !

C'était impossible, et pourtant il ne rêvait pas !

Elle volait en toute liberté, tel un gigantesque faucon ou aigle d'Amérique.

Dans son casque, il chuchota :

— Randi ?

— Tu vois ce que je crois voir ? répondit sa camerawoman, Randi Wittenauer, vingt-deux ans. Dis-moi que nous sommes victimes d'une hallucination, Eddy.

— Oui, je vois que ça comme explication.

L'OVNI volait à une altitude d'environ cinq cents pieds et se rapprochait rapidement.

Eddy Friedfeld sentit des picotements lui parcourir la nuque. Ses épaules contractées lui faisaient mal. Il avait l'impression d'être au combat, comme pendant l'opération Tempête du Désert. Seigneur Dieu ! Elle fonçait droit sur lui !

Il effleura le collectif pour modifier légèrement la commande de pas. Eddie aimait l'hélicoptère parce que son pilotage exigeait une dextérité constante et une grande acuité des sens. Aujourd'hui, il était servi...

Il pressa la touche intercom.

— Randi, elle arrive sur nous à trois heures. Je vais jouer du palonnier pour que tu l'aies mieux.

Il savait, bien sûr, que Randi n'avait pas attendu pour faire tourner la caméra. Si tout cela était bien réel, la cassette passerait au journal de la matinée.

D'une vigoureuse poussée sur le manche, il fit basculer l'appareil sur la droite, puis effectua une boucle en baissant les gaz. L'OVNI réapparut enfin dans son champ de vision.

Une belle petite fille avec des ailes. De superbes ailes. Elle volait devant lui, dans l'axe.

Ce devait être une blague, une mise en scène. Mais qui aurait pu goupiller un coup pareil ?

— J'ai de la pelloche ! s'exclama Randi. Des kilomètres ! C'est dingue, ces ailes ! J'envoie tout aux studios. Y en a qui vont faire une drôle de tête, ce matin ! Ça va être la folie, à Denver ! Qu'est-ce qu'elle est belle !

Oui, elle avait raison, cette fille était d'une beauté à couper le souffle.

Friedfeld, qui n'osait même plus cligner des paupières, regarda la petite fille-oiseau aux cheveux d'or exécuter une série de cabrioles stupéfiantes.

On aurait dit qu'elle écrivait dans l'air. Essayait-elle de transmettre un message ?

Il se cala sur le canal de la production.

— Ombre Neuf aux studios. Vous captez les images ? Stéphanie, ramène-toi. Tu vois ce truc insensé ? Ou alors je suis mort et en route pour le paradis. C'est un ange, que je vois, là ?

Quelques secondes plus tard, la voix de Stéphanie Apt crépitait dans son casque :

— Qu'est-ce c'est que cette histoire, Eddy ? Tu nous as fait une blague, ou quoi ? C'est quoi, ces images ?

Stéphanie était une journaliste très terre à terre, cynique et réaliste. Friedfeld imaginait sa tête. Il y avait de quoi devenir complètement fou !

— Tu vois exactement la même chose que moi, lui répondit-il. Fais venir la police, les secours et tout ce que tu veux. On se trouve peut-être à quatre, cinq kilomètres au nord du tronçon de Hoover Road. Je répète : ce que tu es en train de voir, c'est ce que nous voyons. Elle vole vers le nord et on la suit ! Ce n'est pas une illusion d'optique ! Je lui donnerais onze ou douze ans. Elle ressemble à n'importe quelle lycéenne de Denver, Boulder ou Pueblo. Si ce n'est qu'elle a des ailes, et qu'elle vole. Je le jure sur la mémoire de ma grand-mère, tout cela est vraiment en train de se passer. La fille a des ailes magnifiques, des ailes blanc et argent. Il faut me croire. Elle est en train de nous emmener quelque part et franchement, je suis prêt à la suivre n'importe où. Eddy Friedfeld, en direct sur la Quatre pour un flash spécial. C'est inimaginable ! Une fille en train de voler !

## *118*

Max était fermement persuadée, au fond d'elle-même, qu'elle allait s'écraser, disparaître dans les flammes, mourir. Qu'elle devait forcément mourir, et bientôt. Triste fin, mais c'était son destin. Ainsi en avait décidé l'univers. Elle le savait depuis le jour où elle s'était enfuie. Matthew devait le savoir, lui aussi.

Les gardiens ne pouvaient pas se permettre de laisser en vie un témoin aussi gênant. Elle était au courant des meurtres et autres terribles crimes qu'ils avaient commis. Elle n'était peut-être qu'un cobaye comme les autres, un cobaye surnommé Clochette, mais elle connaissait tous leurs vilains secrets.

Au moins, elle avait pu voir le monde, le vrai, de ses propres yeux. Un monde parfois moche et dangereux, mais tellement beau la plupart du temps. Lorsqu'elle était encore à l'École, jamais elle n'aurait pu imaginer une telle richesse, une telle diversité ! C'était cent fois mieux que dans les livres, dans les émissions de télé, ou même dans les films.

Alors, maintenant, autant y aller à fond...

En se rapprochant de la grande maison, celle de Gillian, Max aperçut plein de gens courant dans tous les sens comme de minuscules figurines.

Elle inclina la tête et piqua vers les hommes qui étaient

armés en comprenant qu'elle n'avait pas le choix. Tel était son destin. Ils essayaient d'abattre Oz et Icare qui étaient en train de s'éloigner à tire-d'aile, si mignons, si courageux. Les autres enfants, par bonheur, étaient déjà quasiment hors d'atteinte.

Quelques gardes menaçaient Frannie, près du bâtiment principal, mais celle-ci avait l'air de s'en sortir, tout comme Kit. Tous les deux se battaient avec beaucoup d'énergie, et visiblement, ils avaient le dessus.

Soudain, quelqu'un tira sur Kit qui s'effondra aussitôt. Max se souvint alors de la terrible douleur qu'elle avait éprouvée au moment où la balle avait pénétré dans sa chair. Kit venait d'être touché au cou. Il ne bougeait plus, ne parlait plus. Max ressentait sa souffrance comme si elle avait elle-même été blessée.

Du ciel, elle hurla :

— Kit, relève-toi ! Je t'en prie, relève-toi !

Mobilisant toute son énergie, elle plongea sur l'un des gardes. À plus de 70 kilomètres à l'heure, elle le balaya d'un coup d'aile. L'homme s'écroula, à la grande joie de Max. Elle était contente, non de lui avoir fait mal, mais de l'avoir empêché de faire du mal à d'autres. Faire du mal à quelqu'un sans une sérieuse raison lui paraissait inconcevable. Elle n'était pas comme Eux, elle n'était pas comme les autres hommes.

Soudain, Max se rendit compte que d'autres hélicoptères arrivaient de l'est. Des « gentils ». Il y en avait trois. Ils fonçaient vers la maison.

Ils déchiraient l'air dans un bruit de tonnerre. Un véritable ouragan fouettait les branches et les feuilles, couchait les hautes herbes. Le premier hélicoptère de la télé avait été rejoint par d'autres, alertés par la diffusion des premières images. Les appareils qu'elle avait attirés sur place, les « gentils », étaient en train de tout filmer. Leurs noms s'affichaient en grandes lettres de chaque côté. KCNC News 4, KKDVR News 31 Fox, KMGH News 7, KTVJ News 20.

Juste derrière la maison, un hélicoptère des « méchants » était en train de décoller.

« Ils n'ont pas le droit de s'enfuir, songea Max. Ces salauds ne doivent pas voler. »

Au mépris du danger, elle augmenta son angle d'attaque et atteignit rapidement une vitesse supérieure à 100 kilomètres à l'heure. Elle allait beaucoup trop vite et commençait à se faire peur.

Elle piqua droit sur la verrière de l'appareil noir.

Non, elle ne pouvait pas les laisser s'échapper comme ça. Ils n'avaient pas le droit de voler, ceux-là...

Et tout à coup, de l'autre côté, surgissant des sapins, elle vit quelque chose filer vers l'hélicoptère. Quelle surprise ! Quel bonheur !

Elle hurla à pleins poumons :

— Matthew !

## *119*

Carole O'Neill et ses deux fillettes, Meredith et Brigid, campaient près d'un torrent bouillonnant dans le parc national de Gunnison. Dans le camping-car, le son du petit téléviseur Sony, pourtant au maximum, n'était pas encore assez fort, et l'image était bien trop petite.

— C'est Max ! s'écria Brigid. Et voilà tante Frannie ! Qu'est-ce qui se passe, maman ? Je le crois pas.

— Taisez-vous, les filles, je veux écouter.

Carole fit rapidement défiler toutes les chaînes. Partout, les mêmes images invraisemblables. Il se passait quelque chose d'incroyable chez Gillian Puris. Même si, depuis vingt-quatre heures, elle n'était plus à une surprise près, Carole se demanda si elle n'était pas victime d'une hallucination.

Tel un chasseur kamikaze, Max était en train de piquer droit sur un hélicoptère. Carole retint son souffle.

Que se passait-il ?

Frannie frappait Gillian Puris à coups de poing. Sa sœur en train de se battre avec Gillian ? Cela n'avait aucun sens.

Et soudain, une image lui souleva le cœur. Kit gisait au sol, inanimé. On lui avait tiré dessus. Des hommes armés de fusils couraient en tous sens.

Dans toute l'agglomération de Denver, des centaines de milliers de téléviseurs diffusaient la même scène en direct, commentée par une voix off. Et à mesure que se propageait la nouvelle, chaque seconde voyait s'allumer des milliers d'autres postes. Des familles entières se rassemblèrent autour de leur téléviseur. Des millions de personnes furent tirées de leur lit pour assister à l'événement. Dans les hôtels, les snack-bars, les restaurants de nuit, les bureaux, on s'agglutina devant le petit écran.

En l'espace de quelques minutes, les reportages diffusés en direct par les chaînes de Denver furent transmis à tous les réseaux de la planète et commentés sur tous les tons par des milliers de journalistes surexcités.

Sur tous les continents, dans tous les pays, dans chaque ville et chaque village, on put voir les images extraordinaires de cette petite fille en train de voler. Pour certains, ce fut une expérience quasi mystique. On parla d'ange, de surnaturel, de miracle, de phénomène sans précédent, d'apparition divine. Hommes, femmes ou enfants, tous ceux et celles qui avaient assisté à ce spectacle inouï resteraient marqués à jamais.

« L'humanité vient de faire un bond dans l'avenir, proclama sentencieusement un présentateur anglais, et ces images sont là pour le prouver. »

## *120*

J'étais aux premières loges. Kit gisait toujours au sol. Je m'efforçais de le réconforter et de lui venir en aide. Touché juste au-dessous de la clavicule, il avait perdu beaucoup de sang. Son cou n'était plus qu'une tache rouge, sa chemise était détrempée. Rien de grave, insistait-il, mais j'avais peine à le croire. Je tremblais de peur. Il marmonna :

— Elle a fait venir les « gentils ». Elle est vraiment futée, cette petite.

Et elle volait comme une artiste. J'étais fière d'elle, mais quelle angoisse ! Elle prenait beaucoup trop de risques. Les pales des hélicoptères, les balles...

Au-dessus de nous, les appareils tourbillonnaient dans un vacarme assourdissant. Je n'avais eu aucun mal à déchiffrer les inscriptions.

Toutes les chaînes de télévision avaient envoyé leurs équipes de direct. Max avait en quelque sorte ramené la cavalerie.

Les caméras embarquées surprenaient les airs désemparés, les regards coupables. Gillian et sa bande de criminels en col blanc allaient peut-être finir leurs jours en prison.

Max se dirigeait droit sur le Bell Jet Ranger noir comme pour l'empêcher de décoller. C'était du suicide.

Et je vis alors Matthew jaillir de la forêt pour se joindre à l'action. Quel spectacle ! Le frère et la sœur enfin réunis. L'heure de la vengeance avait sonné.

— Attention ! hurlai-je en battant vainement des bras. Max, descends ! Max, ne fais pas ça !

Peine perdue. Elle ne pouvait m'entendre dans le sifflement assourdissant des turbines. Elle savait très bien ce qu'elle faisait.

Elle était beaucoup trop près de l'appareil.

Je crus la voir percuter l'engin. Tout se passa extrêmement vite. Impossible de savoir si elle avait réellement touché l'hélicoptère, si elle était blessée.

Sous mes yeux, elle partit en torche.

« Max, je t'en prie, ne tombe pas. Max, rétablis-toi, je t'en supplie. »

L'appareil avait tenté une manœuvre désespérée pour l'éviter. Déséquilibré, il tombait à présent comme une feuille, d'une altitude de cinq cents pieds. Les pales tournaient au ralenti, prêtes à se disloquer. Dans le cockpit, je vis les visages terrorisés.

Matthew, juste au-dessus, suivait sa chute en contemplant la scène comme s'il ne s'agissait que d'un jeu. Il était si près que je m'attendais à le voir aspiré dans ce tourbillon mortel.

Abandonnant un instant Kit, je courus en direction de Max.

Une gigantesque déflagration fit trembler le sol.

Après avoir éventré la forêt, l'hélicoptère avait heurté la terre dans un hurlement de tôles déchirées. Un geyser de flammes s'éleva au-dessus des frondaisons, bientôt suivi d'une colonne de fumée noire. Équipage et passagers avaient dû trouver la mort sur le coup.

Une fois de plus, à mon grand dam, je jouais les témoins. J'aurais tant voulu retrouver ma vie d'antan.

Je vis Max sortir du rideau de fumée, les ailes et le visage couverts de suie et de cendres. Elle parvenait encore à se maintenir en l'air, mais paraissait à bout de forces.

Les autres enfants quittèrent leur refuge, au milieu des arbres, et sifflèrent pour appeler Icare, qui les rejoignit aussitôt. Max les guida jusqu'aux vastes pelouses qui bordaient la maison.

À peine posés, Matthew et elle se mirent à courir, et ils redécollèrent face au soleil levant. Leur énergie me stupéfiait.

Je crus comprendre leurs intentions. Ils s'étaient lancés à la poursuite d'une grosse Mercedes grise qui s'éloignait de la maison à tombeau ouvert, sur un chemin de terre que je connaissais bien pour l'avoir déjà pratiqué.

Je savais qui se trouvait à l'intérieur. Gillian, le Dr Peyser, le petit Michael, le chauffeur, et Harding Thomas. Sacrée brochette. Une fois de plus, ils allaient réussir à s'enfuir.

À quelques mètres de moi, un Land Rover semblait m'attendre, moteur au ralenti. Sans hésiter une seconde, je décidai de l'emprunter.

Je pris la berline en chasse. Je ne voulais pas jouer les héroïnes, je voulais simplement arrêter Max et Matthew avant qu'ils ne se tuent.

# *121*

« Respire à fond », me répétais-je.

Une cinquantaine de mètres me séparaient de la Mercedes. Sur ce chemin accidenté, mon Land était à son affaire, mais les amortisseurs de la S600 n'allaient pas supporter longtemps le supplice qu'on leur infligeait. Le conducteur roulait beaucoup trop vite.

Tels des moustiques enragés, Max et Matthew tournoyaient autour du véhicule, cherchant sans doute à énerver le chauffeur.

Max plongea, percuta le toit de la voiture. Les deux enfants faisaient les fous. Comme des gamins.

Je descendis la vitre, sortis la tête. Le vent me fouetta le visage, me forçant presque à fermer les yeux. Garder le volant dans ces conditions tenait presque de l'exploit.

— Max, non !

Je klaxonnais comme une malade. J'avais mis l'alarme et le signal de détresse.

En vain. Ni Max, ni Matthew ne se retournèrent une seule fois. Ils avaient forcément perçu mes coups de klaxon, ils savaient que je les suivais, mais ils ne voulaient rien entendre.

J'enfonçai la pédale d'accélérateur jusqu'au plancher. De part et d'autre du chemin, les arbres se mirent à défiler de plus en plus vite. Je prenais beaucoup trop de risques, mais que faire d'autre ?

Puis, enfin, Max daigna se retourner. Elle aperçut le Land Rover, vit ma tête qui dépassait de la portière. C'est à cet instant que je compris la place qu'elle avait prise dans ma vie. Petit à petit, sans m'en rendre compte, je m'étais installée dans mon rôle de mère. Je ne supportais pas l'idée qu'il pût lui arriver quelque chose. Pour moi, sa vie, celle de Matthew et des autres enfants comptaient désormais plus que tout.

Je compris ce qui allait se passer mais Max, qui gardait les yeux fixés sur moi, ne soupçonnait encore rien.

— Max ! hurlai-je de toutes mes forces. Attention, regarde, devant ! Retourne-toi !

Harding Thomas venait de baisser sa vitre, côté passager. Il sortit la tête. Je vis sa main brandir un pistolet et le pointer vers les enfants qui suivaient la voiture.

Quand Max tourna enfin la tête vers la Mercedes, elle eut tout juste le temps de s'écarter et de filer entre les arbres avec Matthew pour y trouver refuge. Ce qui ne les empêcha pas de narguer Thomas, au passage.

J'entendis un coup de feu. Une branche d'arbre, fracassée par l'impact, cassa avec un craquement sinistre. La berline accéléra.

Je suivis le rythme. J'étais prête à tout pour stopper ces monstres, pour protéger les enfants. Gillian, Peyser et Thomas ne devaient plus échapper au châtiment qu'ils méritaient. Du moins essayais-je de m'en persuader. En attendant, la Mercedes fonçait vers la vallée et j'allais bientôt la perdre de vue.

## 122

Je passai la quatrième et le Land réagit aussitôt en grondant comme un fauve. Le long du chemin, les arbres filaient si vite que je ne les distinguais même plus. Désormais, la moindre erreur d'appréciation pouvait m'être fatale.

Jamais je n'avais conduit un véhicule à pareille vitesse. Je risquais à tout moment d'en perdre le contrôle et de percuter un sapin, mais l'urgence l'emportait sur la peur. Mon pied restait collé au plancher.

Brusquement, alors que je croyais que ce chemin étroit et sinueux allait nous mener vers la ville, dans la vallée, une côte surgit devant nous. Ce n'était plus un rallye, mais les montagnes russes. Le danger en plus...

Max et Matthew réapparurent droit devant, l'une sur la droite, l'autre sur la gauche. Ils avaient dû comploter quelque chose.

Ils zigzaguaient juste derrière la Mercedes dont les feux stop ne cessaient de s'allumer. Ils volaient beaucoup trop vite.

Je vis Thomas se tortiller par la portière afin de les mettre en joue.

Les deux enfants se mirent à le provoquer, le traitant de tous les noms.

Devant le peu de succès de mes coups de klaxon, je renonçai à les mettre en garde. Max et Matthew avaient bel et bien décidé de n'en faire qu'à leur tête. Je frissonnais déjà en songeant à ce qui risquait de se passer, mais pour rien au monde je n'aurais détourné les yeux.

## 123

Max bascula sur l'aile droite et fondit sur la voiture tel un oiseau de proie, sans se soucier de l'arme que brandissait Thomas.

Elle se propulsa devant le pare-brise, dut entrevoir le visage du conducteur convulsé de terreur, distingua peut-être son propre reflet.

La Mercedes me précédait de plusieurs longueurs, mais j'entendis nettement les cris de la petite :

— Assassins ! Assassins !

La berline grise dérapa. Deux roues quittèrent le sol, et je vis le flanc droit de la voiture se lever. Tout se passa extrêmement vite.

Max, qui avait dû aveugler le conducteur, fut projetée au loin telle une poupée de chiffon. Elle heurta à pleine vitesse le tronc d'un chêne.

Le choc fut tel que pour moi, elle ne pouvait y avoir survécu. Un frisson d'horreur me parcourut le corps de la tête aux pieds.

Harding Thomas, qui s'apprêtait à faire feu, la regarda s'écraser contre l'arbre. Et vit trop tard la branche basse qui allait lui broyer le crâne.

Il y eut comme un craquement de coquille de noix. Les os explosèrent, le rictus de peur s'effaça en une fraction de seconde, le sang et la cervelle giclèrent dans tous les sens.

J'écrasai la pédale de frein. Le Land glissa et partit comme une toupie, effectuant un tour complet sur lui-même.

La Mercedes, devenue incontrôlable, poursuivit sa course folle, la tête méconnaissable de Thomas toujours à l'extérieur. Elle percuta un gros chêne, rebondit à droite. Les roues se soulevèrent, puis retombèrent. La puissante berline faucha le sous-bois sur plusieurs dizaines de mètres avant d'atteindre un ravin rocailleux.

J'aperçus Gillian, collée à la vitre, hurlant sans bruit.

Le Dr Anthony Peyser, les yeux écarquillés, était peut-être déjà mort.

La Mercedes effectua une série de tonneaux de plus en plus rapides. La tête du conducteur traversa le pare-brise, les flancs de la voiture s'incurvèrent, un cratère se dessina dans le toit, les vitres volèrent en éclats. La voiture s'écrasa contre des rochers moussus, quelque soixante-dix mètres en contrebas.

« Ils doivent tous être morts », me dis-je.

Péniblement, je parvins à m'extraire du Land Rover. Je ne voyais plus clair, j'avais le cerveau en compote. Je tenais à peine debout, mais il fallait que je m'occupe de Max. S'il n'était pas déjà trop tard.

Elle gisait recroquevillée au pied de l'arbre qu'elle avait heurté, la poitrine balafrée d'une énorme plaie, une aile cassée. Pour le reste, on verrait plus tard.

Matthew nous rejoignit en hurlant « Max ! Max ! » et en émettant des petits cris qui ressemblaient davantage à ceux d'un jeune oiseau qu'à ceux d'un gamin.

Et moi, je hurlais tout autant que lui.

## *124*

Deux heures s'étaient déjà écoulées, et j'avais l'impression d'être là depuis quelques minutes à peine. Je tremblais encore et je n'étais pas belle à voir, mais cela n'avait aucune importance. L'opération la plus difficile de ma carrière m'attendait.

Une grande agitation régnait au centre hospitalier de Boulder. Tandis qu'on opérait Kit, deux salles plus loin, j'accompagnai Max dans le bloc principal. Consciente, elle gémissait légèrement, mais au moins elle était en vie.

Elle souffrait de graves blessures au thorax et aux ailes. Plaies ouvertes, fractures et peut-être un collapsus pulmonaire. Elle avait perdu beaucoup de sang, ce qui posait un problème particulier. Son groupe sanguin était en effet unique, quelque part entre celui de l'homme et celui de l'oiseau. Seuls Matthew et les jumeaux en possédaient un compatible, mais Peter et Wendy avaient déjà donné tout ce qu'ils pouvaient.

On m'avait fourni une blouse et un masque bleu clair. Pour la première fois de ma vie, j'allais exercer mes modestes talents au sein d'un bloc opératoire. J'étais la seule véritable spécialiste des oiseaux dans l'agglomération de Boulder et, à la différence des nombreux chirurgiens qui officiaient ici, j'avais déjà opéré des dizaines de volatiles blessés. J'étais bien la femme de la situation, et personne n'aurait pu me persuader du contraire. Pour moi, il n'était pas question de laisser quelqu'un d'autre faire ce travail.

Elle avait le pouls très faible. Autour de moi, les regards étaient graves et anxieux. Personne ne savait ce qu'il fallait faire, et visiblement, on s'interrogeait sur mes capacités. Seule certitude : Max était dans un état extrêmement critique.

Après avoir respiré à fond, je pris donc les choses en main.

— Allez, au boulot, dis-je à l'équipe médicale rassemblée à la hâte.

Pour l'anesthésie, je décidai d'utiliser l'isofluorine. Elle est moins dangereuse pour les oiseaux, et j'ignorais comment Max pourrait réagir au penthotal de sodium. En outre, ma longue expérience de ce produit me permettait de calculer facilement le bon dosage. Un ou deux médecins me regardèrent d'un air sceptique, mais on ne me posa pas de questions.

Suivant mes instructions, l'équipe chirurgicale prit soin de replier les ailes de Max avant de lui poser le masque. Si elle paniquait juste avant de s'endormir et s'agitait, elle risquait en effet de se blesser irrémédiablement.

Dès que le gaz siffla, Max tenta de se débattre. Connaissant sa combativité, je ne fus pas surprise, mais elle ne tarda pas à s'endormir. Une infirmière épongea les larmes qui me noyaient les yeux. J'étais émue, mais ce n'était ni l'endroit, ni le moment.

— Je suis là, Max, chuchotai-je. Aie confiance en moi. Je suis là, ma chérie. (Puis, à l'infirmière qui m'assistait, je précisai :) C'est une amie. Ça va aller.

— Je suis sûre que vous vous en tirerez très bien, me dit-elle. Je ferai tout ce que je pourrai pour vous aider.

Il fallait que je me ressaisisse, et vite. J'étais dans un bloc opératoire en qualité de médecin, j'avais une vie à sauver. Une vie humaine, la vie d'une personne à laquelle je tenais énormément. Mais je savais très bien que Max avait peu de chance de survivre.

Les anesthésistes me firent signe. Nous étions prêts. Après m'être assurée que la fillette était bien inconsciente, je la déballai moi-même pour examiner les blessures de ses ailes et, surtout, la plaie béante de sa poitrine. Ce n'était pas beau à voir.

Sans m'attarder, après avoir déplumé les abords de la blessure, je nettoyai la zone, enlevant des morceaux de métal, de bois, des éclats de verre, et d'autres plumes. Je redoutais surtout de trouver un poumon perforé.

Ensuite, armée de mon scalpel, j'entrepris de débrider la zone en enlevant la peau et les tissus endommagés. Puis vint le moment d'inciser.

Comme tous mes confrères, je craignais de voir le sang s'infiltrer dans la cavité péricardiale. Heureusement, le poumon n'avait pas été perforé. Pas de collapsus. Je fis ce que je pouvais avant de m'attaquer aux autres blessures.

— Je suis toujours là, Max, continuais-je à mi-voix. Tu m'entends ? Je sais que tu entends beaucoup mieux que nous.

Le tendon reliant l'humérus au troisième doigt de l'aile gauche était sérieusement lacéré, mais il n'avait pas été sectionné. Je fis une suture Bunnel-Mayer, puis refermai l'incision. À présent, je travaillais d'instinct.

À mes côtés, une chirurgienne recousut une longue

plaie dans la joue de Max, avant d'en soigner une autre située juste sous la clavicule. Elle était pédiatre et travaillait avec un tel savoir-faire que j'en oubliais parfois sa présence.

Max la courageuse tenait bon.

— Tu te débrouilles bien, Max. Continue comme ça. Tu es la meilleure, Maximum.

Je sentis une éponge m'essuyer le front. J'aurais bien aimé disposer d'un tel service au Zoopital.

J'entendais chuchoter autour de moi, mais l'opération extrêmement délicate que j'essayais de mener à bien monopolisait toute mon attention. L'ordonnancement de tous ces organes inhabituels était un vrai casse-tête. Cette opération ne figurait en effet dans aucun livre d'anatomie, que ce fût à la bibliothèque de l'université du Colorado, celle de Berkeley, de Harvard ou de Chicago. En tout cas, pas pour l'instant.

Je procédai ensuite à une pénorraphie sur toute la longueur de la plaie, avec une suture discontinue.

Un regard vers la pendule murale m'apprit que trois heures et demie s'étaient déjà écoulées. J'étais moite de transpiration.

Une main se posa sur mon épaule, et j'entendis l'un des médecins me souffler à l'oreille :

— On a fait ce qu'on a pu.

## *125*

Nous ne pouvions pas perdre Max après tout ce que nous avions vécu, tout ce qu'elle avait enduré...

Après qu'on lui eut administré de l'amoxicilline et installé une perfusion saline, je bandai ses ailes en huit, ce qui contribuerait à la protéger si elle paniquait au moment du réveil. Ce n'était qu'un détail, mais nous avions fait tout ce que nous pouvions. J'espérais que cela suffirait.

J'avais le cœur brisé, mais sous le regard des médecins et infirmières, je retenais mes larmes. Après m'être débarrassée de ma tenue, je pris une douche vite fait et courus jusqu'au service de chirurgie intensive.

Kit avait été opéré par les meilleurs chirurgiens disponibles. Il était branché de partout. On ne savait plus où s'arrêtait l'homme, où commençaient les appareils.

Le diagnostic faisait état d'une fracture de la clavicule, de deux côtes brisées, d'une perforation du poumon et d'une pleurésie. Kit était sous perfusion sanguine et sous antibiotiques. Contrairement à ce qui passait avec Max, tous ses signaux vitaux étaient bons.

Je tirai un fauteuil auprès de son lit et m'y affalai. J'y restai longtemps, dans une sorte d'état de transe, en me bornant à le contempler. Puis, enfin, je consentis à laisser couler mes larmes. Et Dieu sait qu'il y en avait !

Je me souvins de notre première rencontre, au Zoopital, à l'époque où celui-ci existait encore... Et de ce soir magique où il avait chanté à la Villa Vittoria. De notre « dernière nuit sur terre » dans le sous-sol chez Gillian. Nous avions vécu tant d'expériences en si peu de temps.

— Je t'aime, Kit, lui chuchotai-je. Kit ou Tom, peu importe. Si tu savais combien je t'aime.

Après quoi, je dus m'assoupir. J'ignore combien de temps. Toujours est-il qu'à un moment, je sentis Kit me caresser doucement les cheveux.

Heureuse de le trouver conscient, je déposai un tendre baiser sur sa joue. Un grand sourire se dessina sur son visage.

— Comment va Max ? s'inquiéta-t-il.

— Elle est dans un état très critique. Je ne sais pas ce qui va se passer. C'est la première fois qu'on pratique une opération de ce genre.

Je demeurai plusieurs heures dans la chambre de Kit, mais après tout, je n'avais plus de chez-moi. Puis je remontai prendre des nouvelles de Max. Elle devait être en phase de réveil.

Du deuxième au quatrième étage, j'eus le temps de dire quelques prières. Je pensais à mille choses à la fois. À Dieu, à la place des récentes avancées de la science et de la médecine dans le grand schéma, si grand schéma il y avait, si schéma il y avait. « Nous sommes tous des créatures de Dieu », me répétai-je en me demandant si cette phrase avait encore une signification.

« Faites que Max ne meure pas. C'est une bonne petite fille, et elle est unique. Je vous en prie, faites qu'elle ne meure pas. M'écoutez-vous, Seigneur ? »

Lorsque je pénétrai dans la chambre, Max dormait encore. Elle avait l'air si fragile, si innocente. J'avais l'impression d'assister aux derniers jours d'une étoile.

Je m'assis à côté d'elle pour la veiller.

« Faites que Max ne meure pas. Je vous en supplie. Ne laissez pas mourir cette petite fille ! »

Tôt le matin, je la vis battre des paupières. Lorsqu'elle me regarda, je sentis mon cœur se serrer.

— Bonjour, Max. Bonjour, ma chérie.

Elle n'avait presque pas de voix.

— Bonjour. Je suis... où ?

— Tu es à l'hôpital, en sécurité, à Boulder. Tu es avec moi.

— Frannie, je t'ai entendue me parler pendant l'opération.

Elle était si faible que j'avais du mal à saisir ses paroles. Je lui embrassai une joue, le front, puis l'autre joue. Je frissonnais d'angoisse, et je priais.

— Je t'ai manqué, dis ? murmura-t-elle en essayant de sourire.

— Oh oui, tu as manqué à tout le monde. Où étais-tu, ma chérie ?

— Oh, j'étais en train de voler.

Elle se tut. Elle respirait avec difficulté. Je lui pris la main. Pendant de longues minutes, elle ne prononça pas un mot. Je lui caressai le front et les cheveux. Elle était moite, et ses joues me brûlaient les lèvres quand je l'embrassais. Elle murmura :

— Tu sais, c'est vraiment comme quand on vole. C'est agréable. J'aime bien y aller, Frannie.

Puis, tout doucement, sa main se referma sur la mienne.

Max ferma les yeux.

Max était au pays des rêves.

Épilogue

*Comme des anges*

## 126

Certains soirs, il m'arrive de m'asseoir sur la vieille balançoire en bois et en corde, devant la maison, et de me balancer de plus en plus haut en me disant que je réussirai peut-être à décoller et à m'envoler. Je pense à tout ce qui est arrivé et j'essaie de comprendre. Je sais que je ne suis pas la seule.

Je vais vous dire ce qui s'est passé depuis la journée de tous les dangers, chez Gillian. Quelques semaines plus tard, Kit et moi avons fait ce que nous dictaient le cœur et la raison : nous nous sommes volatilisés dans la nature avec les petits. Matthew, Oz, Ic, les jumeaux et enfin Max.

Je ne vous révélerai pas notre adresse actuelle, mais nous y sommes en sécurité. Ce n'est que du provisoire, mais nous y sommes bien. Les autorités ne savaient pas quelle attitude adopter face aux enfants ailés, face à Kit, face à moi, et nous ne savions quelle attitude adopter face aux autorités. À qui faire confiance ? De qui se défier ?

Une groupe composé de chercheurs dépourvus de conscience, de quelques politiques influents et d'une poignée de cadres dirigeants appartenant à d'importants laboratoires de recherche s'est rendu coupable de crimes ignobles. Ces hommes ont commis des meurtres, dont celui de mon mari, David. Et ils se sont livrés à des expériences sur des cobayes humains.

Certains de ces chercheurs sont morts. Le plongeon de la Mercedes a coûté la vie à Gillian, alias Dr Susan Parkhill. À son fils Michael, qui n'avait que quatre ans, mais aurait dû vivre deux siècles. Au Dr Anthony Peyser.

Comme toujours, les hypothèses les plus paranoïaques circulent. Il n'en reste pas moins que le gouvernement a effectivement été mêlé à l'affaire. Personne ne sait jusqu'à quel point, et sans doute ne le saura-t-on jamais, mais il y avait bien des soldats à Bear Bluff, et quelques agents du FBI. Tout cela parce que de grands groupes industriels étaient prêts à verser des sommes colossales pour récolter les premiers fruits défendus d'un programme de manipulation génétique révolutionnaire.

Ève a survécu. Elle vit actuellement dans une base secrète de l'armée américaine, en Caroline du Nord. Son existence n'a pas été révélée au public. Contrairement à une opinion répandue, les simples citoyens n'ont peut-être pas le droit de tout savoir...

Un récent article du *New York Times* s'est intéressé aux enfants des trois jeunes mères découvertes chez Gillian. Selon l'auteur, ils sont nés sans visage. Une malformation apparemment voulue par l'équipe du Dr Peyser. Ces cobayes ne devaient en effet servir qu'à fournir des « pièces détachées ».

Et nous, nous vivons ici, au milieu des bois, loin de tout, loin du monde dit civilisé. On pourrait dire qu'il s'agit d'une sorte de programme de protection des témoins, si ce n'est qu'en l'occurrence, les témoins sont réellement à l'abri.

Les enfants sont ravis, et nous aussi. L'air est sain, on voit le ciel bleu de tous les côtés, on a notre petit étang, le paysage est magnifique et on peut faire ce qu'on veut sans être épiés. Qui dit mieux ?

Évidemment, ça ne pouvait pas durer. On a fini par retrouver notre trace.

## 127

Un samedi après-midi, sous un beau soleil, nous sommes arrivés à la base de Caroline du Nord où vivaient en toute discrétion les cobayes survivants.

Dix-huit mille hectares de terrain d'entraînement. Pour tenir les enfants à l'écart des journalistes et autres importuns, c'était parfait.

Nous étions sur place à midi pile, et nous avions rendez-vous avec le général à quatorze heures. Sur la base, tout le monde était charmant, des MP à l'ordonnance du général, un lieutenant-colonel du nom de James Dwyer, en passant par les simples soldats.

Les enfants avaient eu le droit de s'habiller normalement, ce qui les enchantait. Je portais un jean et un pull à col roulé beige. Kit avait mis un pantalon kaki et un blazer bleu marine. Nous attendions le grand moment, aussi fébriles que les gosses pour qui ce jour promettait d'être le plus important de leur vie.

À l'heure dite, on nous a déposés devant une belle demeure, style maison de planteur, dans une charmante petite rue bordée d'arbres. Pins et magnolias prospéraient. J'apercevais beaucoup de maisons de taille respectable, en brique rouge, mais celle du général était de loin la plus imposante, la plus belle, et la plus appropriée à l'événement.

Quand nous sommes sortis du minibus kaki, Matthew s'est mis à chantonner : « On est dans l'armée. »

Le général Hefferon et son épouse sont venus nous accueillir sur le pas de la porte. Leurs sourires étaient chaleureux, mais les MP armés de M-16 qui les encadraient nous ont immédiatement rappelé de bien mauvais souvenirs. Max s'est tournée vers moi :

— Je suis sûre qu'ici, on n'a pas le droit de voler. Finalement, je me demande si j'ai envie de rester. Cet endroit, je le sens pas.

— Attends un peu, lui ai-je chuchoté. Tu vas voir, Max, c'était une bonne idée.

— Les gens me regardent comme si j'étais une bête curieuse.

— C'est parce que tu es très belle.

La porte de la maison s'est ouverte, et plusieurs personnes sont sorties sur le proche, en file indienne, l'air engoncées et mal à l'aise. La nervosité que je lisais sur leurs visages devait, me suis-je dit, refléter la nôtre.

— Allons, les enfants, à l'intérieur, a suggéré la femme du général.

On leur a donné des badges. J'ai aidé Peter à épingler le sien pendant que Kit s'occupait d'Icare, le plus angoissé de la bande, puis je leur ai dit :

— Maintenant, vous marchez jusqu'à la porte. Et soyez gentils.

Sans un mot, tout intimidés, ils ont traversé la pelouse immaculée. Ils allaient pour la première fois rencontrer leurs véritables parents.

En me rapprochant, j'ai vu que les adultes rassemblés sur le porche portaient eux aussi des badges. Deux par deux, ils se tordaient nerveusement les mains en essayant de ne pas trop fixer les enfants.

Peter et Wendy s'étaient accrochés à mes basques. Quand je leur ai dit : « Voilà vos parents », j'ai bien cru que j'allais fondre en larmes.

— Je vous présente Peter et Wendy.

— Nous, c'est Joe et Anne, se sont présentés les parents.

La mère avait les lèvres tremblantes. Ils ont tout de suite craqué. Joe, un homme assez corpulent et sans doute tout aussi généreux de cœur, s'est agenouillé, a tendu les bras et s'est mis à sangloter.

À ma grande surprise, Wendy s'est aussitôt précipitée dans les bras de son père. Une seconde plus tard, Peter courait retrouver sa mère en pleurant : « Maman ! »

Partout, la même scène. Oubliées, les appréhensions et les réflexions cyniques du voyage. L'armée et Washington s'étaient donné du mal pour organiser ces mémorables retrouvailles.

Presque tout le monde pleurait, y compris le général Hefferon et son épouse. J'ai même vu quelques MP écraser une larme.

Max et Matthew s'étaient nichés dans les bras d'un beau couple approchant la quarantaine. Je les connaissais. Art et Teresa Marshall, qui vivaient à Revere, Massachusetts, étaient des gens bien.

Une jeune femme d'allure frêle et au sourire magnifique s'était accroupie pour étreindre Icare.

Oz et sa mère échangeaient déjà des roucoulements affectueux.

Ces enfants voyaient enfin le soleil briller. Je les regardais en tenant Kit par la taille. Les yeux noyés de larmes, je ne voyais quasiment plus rien, mais je n'arrivais pas à détacher mon regard de cette scène si émouvante. Kit pleurait, lui aussi.

Puis j'ai entendu la voix haut perchée de Peter, si facile à reconnaître :

— Venez, on va voler pour eux, on va leur montrer. Allez, Wendy, viens avec moi. On le fait. On monte aussi haut qu'on peut.

— Non, Peter ! lui a crié Max. Tu ne fais pas ça !

Peter s'est immobilisé, il l'a regardée en roulant des yeux, avec un sourire béat. Max a capitulé.

— Bon, d'accord, on va voler, mais tous ensemble, alors.

Et sitôt dit, sitôt fait.

Ils se sont élancés sur la pelouse et ils se sont envolés, extraordinairement groupés, en sifflant pour permettre à Icare de suivre. Nous les avons regardés survoler les toits, les magnolias et les grands pins de Caroline et évoluer dans l'azur sans le moindre effort.

Quelle incroyable expérience ! Jamais le monde n'avait vécu pareils moments. Et je pense à ce qu'ont dû éprouver les parents en voyant leurs beaux enfants voler ainsi, comme des oiseaux...

Photocomposition Nord Compo
Villeneuve d'Ascq

*Impression réalisée sur CAMERON par*

**BRODARD & TAUPIN**
GROUPE CPI

*La Flèche
en septembre 2000*

*Imprimé en France*
Dépôt légal : septembre 2000
N° d'édition : 2096 – N° d'impression : 3989